Deux mille kilomètres avec une balle dans le cœur

www.lemasque.com

David Agrech

Deux mille kilomètres avec une balle dans le cœur

Éditions du Masque
17, rue Jacob 75006 Paris

ISBN : 978-2-7024-3512-0

La mort viendra et elle aura tes yeux.
Cesare Pavese

1

An apple a day keeps the doctor away.

La fille était contre l'Abribus. Elle était en sous-vêtements. Elle me regardait. C'était une soirée chaude d'été dans le quartier de la Porte de Clichy. Il était vingt et une heures. Il faisait encore jour mais il n'y avait plus grand monde dans les rues. Toute la journée, un soleil impitoyable s'était acharné à éliminer la moindre parcelle de fraîcheur jusque dans les recoins les plus sombres de la ville. Je me suis approché de la fille. Elle me regardait toujours. Juste en dessous, ça disait : « Un corps d'été toute l'année ! » Je me suis adossé contre elle et j'ai pris mon mal en patience : à cette heure-ci, il passe un 66 tous les quarts d'heure.

Je serais bien incapable de dire à quoi j'ai pensé au cours des minutes qui ont suivi. La chaleur que recrachaient le bitume, les volets clos et les carrosseries, mêlée à la sueur et à la lassitude d'une fin de journée, rien de tout cela ne pouvait m'inciter à trouver le courage de produire quelque chose qui ressemble à une pensée… Alors je crois que j'ai dû me contenter de regarder stupidement passer les voitures. Juste ça. Et il faut reconnaître qu'à la fin d'une journée sans importance, regarder passer les voitures sans penser à quoi que ce soit, c'était probablement l'activité parfaite. C'est pour ça que je ne me disais rien de particulier, tandis qu'une voiture un peu plus sombre que les autres était en train de ralentir, et certainement pas que le moment de ma mort était arrivé.

Les vitres fumées ne laissaient rien voir. Puis celle de l'arrière s'est abaissée. Derrière, il y avait un homme qui me regardait. Le canon d'une arme est apparu sous le visage, formant un petit cercle parfait. Lui aussi, il me regardait.

Une ou deux secondes en tout. Je n'ai même pas eu le réflexe de m'écarter. C'est seulement quand j'ai vu l'éclair que j'ai compris. Et il était alors trop tard. Au moment où j'entendais la détonation, c'était déjà en train de me rentrer dans l'épaule. J'ai à peine eu le temps de serrer les dents. L'instant d'après, une sorte de chose fine me traversait l'abdomen. Ça m'a fait ouvrir la bouche. Au milieu de la douleur, il y a eu une autre détonation mais je ne savais plus si elle appartenait au coup que je venais de recevoir ou si elle en annonçait un autre. J'avais le souffle coupé. Je me tenais prêt pour le troisième. Le monde était en train de s'échapper de tous les côtés. Et je n'attendais plus que le troisième choc… Toujours pas… Ça pouvait arriver d'un instant à l'autre… Toujours pas… Et puis j'ai basculé. La main qui n'était pas sur mon ventre, je l'ai tendue vers le sol. Ça n'a pas servi à grand-chose. C'était fini.

2

You've made your bed, now lie in it.

Je voyais la rue, vide et calme. Rien n'avait changé. J'ai vu les feuillages presque immobiles, sombres et lointains, avec, par-dessus, un ciel du soir. J'ai pu repousser mon bras pour regarder ma montre. Il était 21 h 07. On était le 24 août.

Malgré la douleur, j'ai essayé de trouver une phrase – juste une – avant de mourir. Pour moi-même. Mais rien ne venait. J'étais trop épuisé… Un souvenir, alors. Un souvenir pour quitter le monde avec lui, une dernière image… Oui, ça méritait bien encore un petit effort. J'ai cherché. J'ai cherché mais, dans l'urgence, il n'y avait rien qui se détachait. Seulement des images anodines, des images qui ne m'intéressaient déjà plus et qui s'effaçaient aussitôt, d'elles-mêmes. Aucun visage, non plus. Aucun visage suffisamment aimé pour vouloir m'y arrêter, aucun visage avec lequel j'étais prêt à m'endormir. Comment cela était-il possible ? Aucun visage, vraiment ? À aucun endroit, à aucune époque de ma vie, même en cherchant bien, même en remontant dans le passé ? Mais non… Les quelques visages sur lesquels je m'arrêtais se couvraient déjà d'un voile terne, même ceux qu'un temps j'avais cru aimer. Plus rien ne m'attirait vers eux. Et là, étendu au milieu du sang et de la douleur, je préférais encore tout oublier… Un visage vraiment aimé, bien sûr, ça aurait été différent… Un visage sur lequel, maintenant, je pourrais poser les yeux en quittant le monde pour partir sans crainte et sans regrets. ça, oui, j'aurais tout donné pour l'avoir, même en pensée…

Et j'ai compris seulement à ce moment-là qu'il était trop tard pour ça aussi. Je me sentais m'éteindre peu à peu. Tous les visages s'éloignaient et se perdaient maintenant dans la même indistinction, sans qu'un seul me retienne… J'ai alors senti le sol commencer à s'incliner et, brusquement, il a fait un tour complet. Je me suis rattrapé de justesse, comme j'ai pu, en m'agrippant au bitume. Puis j'ai tenté de m'écarter de cette pente qui commençait à courber le sol et, en me retournant, j'ai revu les yeux de la fille. Je me sentais glisser lentement. Son regard me suivait comme celui de la Joconde. Tout disparaissait peu à peu mais son regard restait fixé sur le mien, tandis que je glissais de plus en plus loin, de plus en plus profondément dans la nuit.

Et je sais maintenant que tout aurait pu finir ainsi.

3

A watched pot never boils.

C'était d'abord tellement vague, tellement lointain… Et puis ça s'est mis à ressembler à une langue inconnue. C'était une voix, mais pas la mienne. Quelqu'un me parlait. Je me suis peu à peu souvenu du monde. Et à cause de cette voix insistante, j'ai fini par ouvrir les yeux. Alors j'ai revu son regard.

Elle était penchée sur moi. La surprise me raccrochait au monde. J'ai même trouvé la force de souffler quelques mots : « Vous êtes descendue, vous êtes descendue de l'affiche… » J'ai voulu tourner la tête pour vérifier. Je n'avais plus la force de faire le moindre geste. « Calme-toi, Daniel, tout va bien se passer », m'a-t-elle dit. Je l'ai regardée. Qu'est-ce qui pouvait bien se passer ? « Je vais mourir… » À moins que je ne sois déjà mort. Je la regardais toujours. Elle avait de grands yeux. Étonnés ou naïfs ? J'y ai vu l'image de la bonté du monde. Je commençais à avoir froid. Je le lui ai dit. Elle m'a répondu qu'ils seraient bientôt là et qu'il fallait être fort. Et puis elle a ajouté :

« Pense à ses yeux...

— Ses yeux à qui ?

— À celle pour qui tu veux rester... »

J'ai alors essayé de mieux la regarder, puis je lui ai demandé comment elle s'appelait. Elle a paru réfléchir avant de me répondre.

« Anna.

— Écoute Anna... Je crois bien qu'il n'y a personne. Et ma mère ne pleurera pas très longtemps... »

Elle ne disait plus rien ; elle se contentait de poser sur moi ce même regard qu'elle avait depuis le début. Un regard pour lequel il n'y a pas de mots. J'ai fini par trouver sa main, et alors je l'ai serrée. On ne refuse pas sa main à un mourant. Comme si elle avait eu le choix, je lui ai tout de même dit merci. Pour rien au monde, désormais, je n'aurais voulu lâcher cette main. Je me rendais compte que ça m'apaisait, que tout semblait devenir plus simple et que tout ce qui arriverait serait un peu plus facile. Alors je lui ai demandé de rester là, jusqu'à la fin, de me le promettre. « Ne t'inquiète pas », m'a-t-elle répondu. Les choses se brouillaient toujours autant mais je sentais au moins la peur s'éloigner peu à peu. J'essayais de ne pas quitter des yeux Anna dont le visage se tournait de plus en plus souvent vers le bout de la rue. Je pensais à son accent. « D'où viens-tu ? », lui ai-je demandé. Elle a ramené son regard vers moi et elle a simplement répondu qu'elle venait de loin.

Elle n'en disait pas plus mais elle me souriait. Je rêvais à ce loin que j'imaginais calme, frais et simple. C'était mon dernier voyage. Pendant quelques instants, j'avais quitté la ville et le sol sur lequel j'étais étendu… Quand je suis revenu à elle, j'ai senti monter en moi un regret. Je lui ai dit combien j'aurais aimé l'avoir rencontrée plus tôt. Et puis une idée s'est imposée, peu à peu. Je n'arrivais pas à l'écarter, alors j'ai fini par lui demander : « Si je ne mourais pas, ce soir, est-ce que nous nous reverrions ? Je sais qu'il y a peu de chances mais s'il y en avait une seule… sur des milliers… et si, alors, j'avais l'assurance…

— On se reverra », m'a-t-elle promis. Et j'ai voulu y voir l'expression d'un souhait réciproque.

Je ne doute pas que la peur de la mort produise en nous une affection désespérée pour l'inconnu qui se tient à nos côtés, mais ce que je ressentais allait bien au-delà, me semblait-il, et le fait que je sois en train de mourir n'était plus qu'une chose secondaire. Pour quelques secondes encore, je vivais. Et j'avais précisément l'impression de vivre une rencontre, d'être au début d'une histoire. Dans cette circonstance, la seule différence entre moi et un individu attablé à la terrasse d'un café, c'était l'urgence. Alors, comme ce que je ressentais me paraissait trop précieux pour le laisser se perdre définitivement, j'y suis allé sans détour :

« Tu sais, Anna, je crois bien que je suis en train de t'aimer… » Elle a eu un mouvement pour retirer sa main. Je ne pouvais rien contre ça mais je l'ai suppliée du regard.

« Je vais mourir, il fallait bien que je le dise…

— À la première venue ? » Et il y avait dans son regard à la fois de la moquerie et de l'indulgence.

« Pense ce que tu veux, mais je n'ai pas besoin de plus de temps pour savoir que c'est vrai. »

Elle n'a rien répondu, mais elle m'a regardé, longuement. Et ce que nous nous sommes dit alors, pour ça non plus, je ne trouve pas de mots…

Puis je la vis se relever. Une lumière éblouissante apparut alors derrière elle, ses pieds s'élevèrent du sol et elle s'éloigna peu à peu, avant de s'immobiliser. Rien ne semblait avoir bougé dans l'affiche. Alors j'ai voulu l'appeler pour qu'elle revienne, mais je sentais mes lèvres remuer sans entendre le moindre son. Ce qui restait du monde a fini par basculer, j'ai tenté de me raccrocher aux branchages qui passaient près de ma tête.

Je voulais la revoir encore, je voulais vivre juste assez pour cela. C'était la première fois de ma vie que je désirais quelque chose avec une telle force… Juste la revoir…

Mais il était maintenant trop tard, et tous les souvenirs de ma vie cessèrent quelques instants après.

4

Nice guys finish last.

« Ce sera une très bonne nouvelle… »

Je venais d'ouvrir les yeux. J'entendis la même voix me poser une ou deux questions, sans trop espérer de réponse… Aux fenêtres, il y avait des voilages et la pièce baignait dans une blancheur un peu terne. J'ai repensé à l'ambiance des longs repas d'après-midi, le dimanche, chez une tante éloignée.

Puis il y a eu un médecin. Après l'examen, qui s'est déroulé en silence, il m'a demandé si je me souvenais de ce qui s'était passé. Je commençais à peine à remettre les choses en place. Je lui ai simplement parlé de la voiture, de l'éclair… Après, tout se perdait… Il m'a regardé sans rien dire.

Puis il y a eu comme un blanc. Sans que je m'aperçoive de quoi que ce soit, le médecin avait disparu de la pièce. Mais la fenêtre continuait à faire le même grand rectangle clair. En face de moi, le mur était vide mis à part le poste de télévision fixé en hauteur. Parfois un chariot grinçait le long du couloir. Et le fait de savoir que j'avais survécu, ça donnait malgré tout à ces choses une légère saveur, comme si je retrouvais des objets familiers après un long voyage. J'étais en vie. J'étais en train de me rendre compte de ça. C'était une information suffisamment importante en soi pour que le bilan de la journée puisse être considéré comme positif. J'ai fermé les yeux.

Je les ai rouverts en entendant la porte se refermer. « Comment vous sentez-vous, monsieur Ferrey ? » Elle était en train de régler la perfusion. Après, elle s'est placée en face de moi et elle m'a dit des choses que je n'ai pas très bien comprises au sujet, je crois, de la visite d'un médecin. Et puis elle a disparu.

Ce qui s'est passé après est très vague, j'ai entendu des portes s'ouvrir et se refermer. Tout à coup, il y a eu un médecin qui était en train de m'examiner.

« Ça n'est pas encore la grande forme, concluait-il, mais il y a quand même du mieux…

— Vous pensez que je pourrai sortir bientôt ? » Il m'avait fallu lutter contre la rigidité de ma mâchoire et cet effort ne devait pas être très beau à voir. Il m'a regardé quelques instants. Ce que je venais de dire avait l'air de lui sembler pénible.

« Vous êtes bien nourri, fit-il remarquer, vous avez la télévision (il lança une œillade en direction du cube noir suspendu dans le coin de la pièce), votre chambre est fraîche, vous pouvez dormir quand vous voulez… Alors pourquoi faut-il que les gens comme vous, qui ont reçu du plomb dans l'abdomen, ne pensent qu'à retourner cavaler en plein soleil ? »

Il était en bonne santé. Je n'étais pas en état de soutenir la discussion, alors j'ai simplement fermé les yeux.

Après, il y a eu les deux silhouettes, un peu gauches, qui se tenaient au bout du lit. Celles-là, je les connaissais. « Tu vois bien qu'il est réveillé », a déclaré papa. Alors maman s'est approchée, prudemment, comme si tout ça l'intimidait. Je ne comprenais pas très bien ce qu'ils faisaient là, pourquoi ils n'étaient pas à la maison, assis à leur place dans le salon.

« On a eu si peur pour toi, Daniel… » Mais elle n'a pas pu aller plus loin. Sa voix s'est étranglée et elle a éclaté en sanglots. Papa s'est approché d'elle et il lui a dit qu'elle voyait bien que j'allais mieux.

Puis il l'a fait s'asseoir.

Je ne sais pas combien de temps ils sont restés. J'ai juste le souvenir d'un interminable flot de paroles. Maman posait sans cesse des questions puis, voyant que j'avais de moins en moins la force d'y répondre, elle a cru bon, je ne sais pas pourquoi, de me donner des nouvelles de la famille. Elle devait sans doute avoir la conviction que c'est le dernier îlot qui subsiste, le dernier lien avec le monde chez un grand convalescent, le dernier sujet de discussion à conserver son attrait quand l'affaiblissement de l'organisme a rendu tous les autres si ternes et si lointains…

J'ai fermé les yeux. Papa a dit qu'ils reviendraient demain. Quand je les ai rouverts, la pièce était vide. Sur la table de chevet, il y avait maintenant une fleur dans un pot.

À un moment, je ne sais plus trop si c'était avant ou après, il y a aussi eu Sandrine et Victor. Ce dernier n'a pas pu s'empêcher de faire une petite plaisanterie sur la nourriture en entrant mais, après ça, je ne l'ai plus entendu. Sandrine est venue me prendre la main. « Papa et maman m'ont dit que tu allais un peu mieux… (Ça ne l'empêchait pas de chuchoter comme si elle parlait à un mort.) On voulait simplement te souhaiter bon retour. On te laisse te reposer… » Et elle est sortie aussitôt, suivie de Victor qui m'a adressé un signe de la main. Pourtant, sans que je fasse très bien le lien entre ces deux moments, le même Victor se trouvait maintenant assis à côté de moi. Il avait avancé une chaise : « Donne-moi les détails, m'a-t-il dit. Tu as vu le tireur ? Tu peux le décrire ?

— Visage normal…

— Ça veut dire quoi normal ? Tu penses que tu l'avais déjà vu ? »

À vrai dire, je n'en savais rien. Il a ensuite voulu connaître sa nationalité.

« Comment tu veux que je le sache ?

— Ça se voit, c'est tout. N'importe quelle petite frappe pourrait te le dire.

— Je ne suis pas une petite frappe.

— Blanc ? (J'ai hoché la tête.) Donc Europe de l'Est. Ça nous laisse Polonais, Russe, Roumain, Albanais… Tu dirais quoi ?

— Sans doute un Austro-Hongrois… »

Mais ça ne l'a pas fait rire.

« Utilise plutôt tes forces à réfléchir... Les sourcils par exemple...

— Normaux, qu'est-ce que tu veux que je te dise ?

— Bruns ? (J'ai confirmé.) Et les yeux, petits et ronds ?

— Un peu enfoncés... Et la paupière lourde.

— Donc petits et ronds. Le bas du visage ? » J'essayais de réfléchir mais je n'en pouvais plus. Je n'arrivais pas à me concentrer sur quelque chose plus de deux minutes.

« Une autre fois, Victor... »

Mais il continuait :

« Souviens-toi : le bas du visage, épais ou anguleux ?

— Anguleux...

— Qu'est-ce qu'il portait ?

— Je ne sais pas... L'intérieur était sombre... Tu sais, tout s'est passé si vite... Enfin, une veste, je crois. Peut-être en cuir, mais légère.

— Et même légère, ça me paraît bizarre, il faisait chaud ce soir-là. Tu es sûr de toi ? (Je lui ai fait signe que non. Pourquoi est-ce qu'il s'était donné la peine de poser la question ?) Bon. L'arme ?

— Je n'ai rien vu. Le canon était braqué sur moi. Je ne voyais qu'un trou. C'était sans doute un pistolet automatique, je ne peux pas t'en dire plus. »

Victor a hoché la tête et il a fait mine de se détendre en se taisant un moment. Mais il n'en avait pas fini. Il m'a posé d'autres questions sur le conducteur, sur le modèle de la voiture, et il n'en revenait pas que je ne sois même pas capable de lui citer la marque. Puis il a voulu savoir si la police était déjà passée. J'ai fait signe que non.

« Bon, eh bien quand ils viendront, évite de leur parler de moi, sinon je vais les avoir sur le dos pendant plusieurs jours. Et avec les affaires que j'ai en ce moment, si je peux éviter… »

Je l'ai arrêté, ça allait de soi. J'ai tout de même essayé de savoir pourquoi il me posait toutes ces questions. Mais Victor pose les questions, il n'y répond pas. En l'occurrence, il a prétendu que c'était par simple curiosité. Puis, après l'inévitable plaisanterie sur les jeunes infirmières, il s'est levé. Je lui ai fait signe de se rasseoir.

« Victor, sur cet Abribus… (Je ne parlais pas très fort ; il a dû s'approcher), sur cet Abribus, il y avait une publicité pour de la lingerie ou un produit de beauté, je ne sais plus… Tu vas peut-être trouver ça bizarre, mais ça m'a marqué. Je la revois nettement, plus nettement que le reste… (J'ai bien vu à sa tête qu'il aurait préféré que ce soit l'inverse.) En fait, la vérité c'est que je crois bien que la fille m'a tapé dans l'œil. Et… Et je me dis que cette pub est peut-être passée dans des magazines, tu comprends ? À l'occasion… »

Victor n'a pas pu s'empêcher de sourire.

« Pas de problème, Daniel. Je t'apporterai de la lecture la prochaine fois… »

Une infirmière venait d'entrer. Il s'est levé mais il a ajouté, en se penchant vers moi, à voix basse et la main posée sur mon épaule : « Ça me fait plaisir que tu parles de ces choses… Ça montre que l'énergie revient. »

Et il est parti.

5

Honesty is the best policy.

C'est le lendemain qu'a débarqué un officier de la brigade criminelle, le capitaine Braudel. Assez trapu, l'air un peu borné, le genre à faire des fautes d'orthographe dans ses rapports ; le type de l'inspecteur qui cache bien son jeu, en somme. Apparemment, lui aussi, il voulait des détails. Pour le dire franchement, cette histoire de tueur à l'arrière d'une voiture aux vitres fumées l'intriguait beaucoup. Du coup, ce n'était pas tellement sur le tireur que portaient ses questions, mais sur moi. « Oui, vous… » Parce que, apparemment, on ne se faisait pas tirer dessus de cette façon-là quand on était un simple passant. Il ne disait pas ça ouvertement mais il me le faisait suffisamment comprendre en me demandant par exemple (et il plissait alors les yeux tandis que le ton de sa voix semblait dire « cherchez bien… »), en me demandant, donc, si je connaissais des personnes susceptibles de m'en vouloir, pour une raison ou pour une autre... J'ai réfléchi quelques instants et j'ai répondu qu'à part un type dans le métro avec lequel j'avais eu des mots un peu vifs quelques jours auparavant, je ne voyais pas qui pouvait en avoir après moi à ce point. Il a hésité un peu avant de noter ça mais il a finalement fait mine de le prendre pour argent comptant.

« Que faites-vous dans la vie, monsieur Ferrey ? » a-t-il poursuivi.

Je lui ai servi le couplet habituel sur les petits boulots, en fonction des opportunités, rien de très stable, il fallait bien le reconnaître, et s'il n'y avait pas eu les courses de chevaux pour arrondir les fins de mois...

Mais tout cela ne semblait pas le satisfaire. Il m'a interrompu d'un mouvement de la main :

« Concrètement, votre dernier emploi... »

Alors je lui ai parlé de mon poste d'enquêteur client-mystère. Ça l'a intrigué. Il voulait en savoir plus et j'ai dû fournir quelques explications :

« C'est simple : on prend des glaces à la terrasse des cafés et puis on note si la serveuse a bien dit "bonjour" avec le sourire, si les toilettes sont propres, si le logo sur la serviette est bien orienté face au client... Des choses comme ça. Et puis quand on a fini notre glace on change de café pour aller remplir un nouveau formulaire. Et ainsi de suite pendant toute la journée... »

Ça l'a laissé rêveur, comme s'il découvrait que le monde pouvait encore lui réserver des surprises.

« Et on vous paye pour ça ?

— Pas très bien justement. C'est ça l'ennui… »

Il a concédé un sourire.

« Et pour ce qui est de votre situation de famille ?

— Comme pour le travail, rien de très stable. »

Du coup, il a voulu savoir s'il y avait des risques de ce côté-là. Je ne comprenais pas très bien alors il a fait preuve d'un peu de pédagogie et il m'a expliqué que le manque de stabilité en la matière, ça peut parfois se retourner contre vous. Il suffit d'un mari ou d'un petit ami jaloux, d'une femme déçue, d'une mauvaise séparation… Dans bien des cas, il n'en fallait pas plus pour conduire au drame…

Mais non, je ne pouvais pas vraiment me flatter de provoquer ce genre de réactions extrêmes. Le policier a noté ma réponse. Dans le couloir, on entendait les pas des infirmières qui allaient et venaient.

« Monsieur Ferrey… (Là, il a soupiré et m'a regardé droit dans les yeux comme s'il allait se livrer à une opération de grande franchise.) Écoutez… Je vais partir du principe que vous êtes de bonne foi et que vous n'êtes pas conscient de la situation dans laquelle vous vous trouvez. Pour faire simple, je dirai que les gens qui s'en sont pris à vous sont des professionnels. Dans le domaine du crime organisé comme ailleurs il y a, disons… différentes gammes de services… Et dans le domaine de l'assassinat, les choses sont très claires : le coup de couteau, ça demande un peu d'habileté, c'est vrai, mais ça reste le plus discret, le plus économique et le plus simple à mettre en œuvre. En revanche, quand on veut impressionner et montrer qu'on en est déjà à un niveau d'organisation supérieur, on préfère utiliser le scooter et une arme à feu. C'est tout aussi efficace et on peut facilement prendre la fuite, mais il faut être à deux. Enfin, dans Paris, la voiture, on peut dire que c'est le haut de gamme, la méthode des petits rois, parce que c'est un peu plus compliqué à mettre en œuvre. Ça veut aussi dire qu'on n'a pas peur des témoins, qu'on veut montrer qu'on tient la rue et qu'on ne se fait pas trop de souci pour la fuite. C'est une méthode généralement utilisée pour intimider un autre clan et elle est donc plutôt destinée aux gros poissons. En d'autres termes, monsieur Ferrey, on vous a servi un assassinat de première classe… » À ce moment-là, il s'est interrompu et il m'a regardé bien en face : « Et moi j'aimerais savoir pourquoi. »

Il a eu l'air satisfait de son effet. Il a poursuivi :

« Alors, dans votre intérêt, je vous demande de faire un petit effort… »

J'ai cherché. J'ai vraiment cherché mais, les affaires de Victor mises à part, je ne voyais rien. J'ai peut-être pensé, une fraction de seconde, à Julia ; une fraction de seconde seulement, parce que ça ne tenait pas la route. Je la soupçonnais plutôt d'avoir simplement tiré un trait sur tout ça et, de mon côté, je préférais ne plus en parler.

« Alors rien ?

— Non…

— Et les courses ? Je suppose que vous devez refiler des tuyaux de temps en temps… Je vous comprends. On peut se faire de l'argent avec ça, mais bon, c'est le genre de chose qui peut mal tourner. On sait ce que c'est… Ou alors, sans aller jusque-là, un copain vous dit : "Tiens, tu joueras Tonnerre Noir, dans la troisième", et vous, vous ne le faites pas parce que Tonnerre Noir est dans un mauvais cycle. Manque de chance, ce jour-là, il était en forme et le copain attend son gain… Des choses comme ça, on en voit souvent… »

Je lui ai dit que j'étais un solitaire, que je jouais seulement sur ma propre cagnotte et que je me méfiais des tuyaux en tout genre.

Alors il a voulu savoir si je gagnais beaucoup.

« Pas énormément, mais je dois reconnaître que depuis quelque temps c'est assez régulier.

— Qui vous a appris ? Qui vous a mis le pied à l'étrier, si je puis dire ? »

Je lui ai répondu que j'avais appris par moi-même, en perdant de l'argent. C'est le meilleur moyen d'apprendre. Il n'a pas jugé utile de faire de commentaire et il a juste mis un peu plus de temps que d'habitude à noter ma réponse. Quelque chose me disait qu'il en avait fini avec ses questions. Il a en effet survolé les deux feuillets de ma déclaration avant de me la tendre.

« Si vous voulez bien signer… »

Je ne me sentais pas la force de la relire. J'ai décidé de faire confiance à la police nationale et j'ai inscrit en bas de la feuille une signature un peu faiblarde. Il a jeté un coup d'œil à mon gribouillage qui a paru le satisfaire et puis il a rangé tout ça dans sa sacoche. Il s'est levé. Il se tenait maintenant au bout du lit et il me considérait une dernière fois, attentivement.

« Vous ne m'avez pas aidé, monsieur Ferrey. (Il a tapoté sa sacoche.) Dans ce que vous m'avez dit, il n'y a rien. Et vous le savez. On va essayer de faire notre boulot, mais sans nouveaux éléments, ça ne sera pas facile… Enfin, d'une certaine manière, c'est votre problème. Parce que ceux qui vous en veulent, ils savent bien qu'ils vous ont manqué. Alors ils vont chercher à remettre ça… Réfléchissez-y. Et rappelez-moi quand vous aurez retrouvé la mémoire. On a chez nous des gens qui savent assurer une bonne protection. Ça ne devrait pas vous être indifférent… »

Il venait d'atteindre la porte.

« Inspecteur… »

Il se retourna.

« Je suis capitaine de police…

— Pardon, capitaine… Et si ces types-là s'étaient trompés ? Ils m'ont peut-être confondu, de loin… La voiture était à… »

Le policier se contenta de sourire et quitta la pièce sans se soucier d'en entendre davantage.

6

First things first.

Le lendemain, j'ai fait six pas.

Sandrine et Victor sont passés en fin d'après-midi. Ils ont dû me trouver un peu plus en forme car, cette fois-ci, ils se sont assis et ont essayé de discuter avec moi. Sandrine disait pas mal de choses à propos de je ne sais plus trop quelle exposition qu'elle venait de voir. Je crois surtout qu'elle essayait d'y mettre du sien pour remplir les blancs. Elle a aussi parlé d'un film… Mais je dois avouer que, tout ça, c'était comme un bavardage lointain et j'avais du mal à m'y intéresser. Ils s'en sont aperçus, et la conversation a commencé à s'essouffler.

Victor avait sur les genoux quelques magazines. Il a intercepté mon regard, alors il s'est levé et il me les a déposés entre les mains. Ça s'est passé de façon très naturelle mais il a tout de même fait en sorte, discrètement, de soulever un coin de la couverture du *Nouvel Obs* à l'intérieur duquel il avait eu la complaisance de glisser une revue porno. Puis il m'a adressé un petit sourire et il est retourné s'asseoir. Les principaux sujets de conversation étaient maintenant épuisés et, comme j'avais à parler à Victor, j'ai demandé à Sandrine de nous laisser. Après son départ, je me suis tourné vers lui :

« Pourquoi est-ce qu'on m'a tiré dessus ?

— Je t'assure que j'aimerais bien le savoir… »

L'attitude, le hochement de tête, le ton de la voix, tout sonnait juste.

« Tu dois au moins avoir une idée de ceux qui avaient un intérêt à faire ça…

— Je t'assure que je ne sais rien encore, m'a-t-il répondu. Mais si c'est lié à nos affaires, je devrais avoir du nouveau assez vite. On se renseigne, et dès que j'ai quelque chose tu seras le premier informé. Si ça te rassure, on pourra même donner quelques pistes à la police, histoire que tout ça avance le plus rapidement possible. »

Il parlait d'une voix calme et il avait l'air sûr de lui. Je n'arrivais pas à me laisser complètement gagner par ce calme mais je ne trouvais pas non plus grand-chose à lui répondre. Rien ne surprenait Victor. Il savait toujours tout. À quarante-cinq ans, il en faisait dix de plus, et il avait su tirer le bénéfice de ces deux âges. Il avait l'éternel costume et la corpulence du notable. Son visage, surtout, épaissi par les années, semblait constituer à lui seul un gage de respectabilité. On devinait cependant, à certaines manières, à certaines intonations et même à son langage, qu'il manquait de ce raffinement qui aurait pu le faire entrer de plein droit dans un milieu où il devait se contenter d'établir des contacts à défaut d'y nouer de réelles amitiés. Mais le monde a besoin de tout et cet homme-là était un négociateur habile, pragmatique et efficace. Vous saviez en le voyant que, dans bien des situations, il serait en mesure de vous rendre service. Les mains, les épaules, le cou, le menton, le front, tout cela en effet avait chez lui une épaisseur rassurante. En somme – et bien qu'il soit trop malin pour ne pas rester du bon côté de la barrière – il avait l'allure attachante des truands des vieux films. Je ne pouvais me résoudre à croire qu'il en savait aussi peu qu'il voulait bien le dire.

« Tu as bien une petite idée…

— Il faut des éléments, Daniel. Je ne veux pas me précipiter et faire n'importe quoi. Mais on le retrouvera, fais-moi confiance.

— Oui… Et en attendant, chaque fois que la porte s'ouvre je me demande si c'est pas quelqu'un qui vient finir le boulot.

— T'en fais pas trop pour ça. Les flics ont pris des mesures et on surveille un peu les choses de notre côté. Quand tu sortiras de l'hôpital, tu viendras vivre quelques jours avec nous. Ça devrait nous laisser suffisamment de temps pour régler le problème… J'espère juste que tu te remettras vite, parce que je t'avoue que je commence à en avoir ma dose de venir renifler cette odeur d'hôpital tous les jours… »

Je l'ai regardé. Il était en train d'enfiler son pardessus. Il paraissait confiant. Je ne connaissais pas encore assez bien Victor pour savoir si cette confiance était la simple conséquence d'une approche joviale et optimiste du monde ou bien si elle s'appuyait sur une véritable maîtrise des choses. Sandrine m'avait présenté à lui deux ans plus tôt à peine. À l'époque, je poursuivais une interminable licence d'anglais tout en travaillant trois ou quatre jours par semaine dans un restaurant. J'étais parvenu, malgré ça, à achever et à faire accepter la traduction d'un jeune auteur américain que je croyais prometteur pour avoir lu, un peu par hasard, une critique indulgente dans le *New Yorker*. La traduction m'avait pris six mois. Le jour où j'avais reçu mon à-valoir, j'étais sorti me promener dans les rues, le cœur battant et des pensées ambitieuses plein la tête… Mais au terme de l'année, le pourcentage sur les ventes a sonné comme un dur rappel à la réalité. Il n'y avait d'ailleurs pas un centime de plus à espérer vu que les libraires avaient déjà retourné leurs invendus et que, même aux États-Unis, plus personne ne semblait se soucier de cet auteur. Je me suis donc rapidement rendu aux conclusions du calcul simple et implacable qui consistait à diviser par 6 les 630 euros que j'avais reçus en tout et pour tout. J'avais ainsi gagné 105 euros par mois. J'ai mis cette somme en regard de mes 547 euros de loyer. Ça se passait de tout commentaire.

Quand j'ai confié mon découragement à Sandrine, Victor était là. Ce type était tout le contraire de moi. Il était parti de rien et j'avoue que j'étais assez impressionné par les relations qu'il était parvenu à se faire et surtout par la facilité avec laquelle l'argent semblait venir à lui.

Ça lui permettait notamment de pouvoir jouer, au besoin, le rôle de protecteur avec le petit frère de sa femme. C'est vrai qu'il avait le sens de la famille et qu'il aimait le montrer. Ma mère avait aussitôt été séduite par le personnage. Elle aurait même aimé que son fils lui ressemble un peu plus... Au début, elle n'arrêtait pas de dire : « Prends donc un peu exemple sur ce Victor » ou bien : « Victor, lui, il est ceci... Victor il fait cela... » C'en était arrivé à un tel point que même mon père, pourtant loin d'être un fin psychologue, finissait par s'en mêler : « Tout le monde n'est pas obligé de ressembler à ce Victor ! Laisse donc un peu Daniel faire son trou. Il n'est pas plus bête qu'un autre. Il s'en sortira... si du moins il arrête d'attendre que tout lui tombe du ciel. » (Car mon père était incapable de faire le moindre compliment à mon sujet sans le contrebalancer aussitôt par une de ces remarques négatives qui annulaient toujours, en définitive, le peu qui venait d'être consenti à mon crédit.) Pour en revenir à Victor, dès qu'il a vu quelle était ma situation, il m'a pris à part et c'est comme ça qu'il a commencé à m'expliquer pour les courses. Il m'a indiqué les cinq ou six trucs à savoir et il m'a donné comme seule consigne de ne pas perdre plus de dix pour cent des trois mille euros qu'il me donna, en liquide, ce jour-là. Je devais jouer le tout en plusieurs courses puis lui rapporter le détail des mises et l'argent. Au-delà de trois mille euros, c'était pour moi. Un mois plus tard, j'avais appris comment gagner entre cinq et douze pour cent en dix jours. Victor était monté à cinq mille euros d'enjeux par semaine et, une fois que je lui avais rendu la mise ainsi qu'une photo des tickets gagnants prise avec mon téléphone portable (histoire, pour lui, de suivre en détail comment je m'y prenais), il me restait au moins deux mille euros en propre par mois. Je ne comprenais pas tout à fait où était l'intérêt de Victor mais, à mes yeux, il était riche et je le soupçonnais de déguiser ainsi sa générosité. D'ailleurs, pour lui, c'était une opération blanche. S'il n'y gagnait rien, il n'y perdait rien non plus…

Au final, je n'ai jamais terminé ma licence d'anglais et je n'ai jamais plus traduit d'auteur américain inconnu, ni quoi que ce soit d'autre. Tout au plus m'arrivait-il parfois de me dire qu'il faudrait bien penser un jour à gagner raisonnablement ma vie. Et, cette fois-là, après son départ – ce qui venait de m'arriver aidant à certaines remises en question – je me le suis dit une fois de plus. Puis j'ai vu les hebdomadaires féminins qu'il m'avait laissés. J'ai commencé à feuilleter celui qui se trouvait au-dessus de la pile.

7

Necessity is the mother of invention.

Chère Anja Nilssen,

Cela fait deux semaines maintenant que je suis à l'hôpital mais, entre le coma et la phase de réadaptation, je n'ai pas pu vous écrire plus tôt. C'est seulement depuis hier que je peux faire quelques pas. Aujourd'hui, je suis sorti dans le couloir, et je suis parvenu à marcher jusqu'à la baie vitrée qui donne sur le parc. J'y suis resté un bon moment, la vue m'a fait du bien. Dans une petite salle, à côté, il y avait un ordinateur pour ceux qui veulent envoyer des e-mails. Alors j'ai repensé à vous. Je suis allé sur le site de Nivea et c'est comme ça que j'ai trouvé votre nom. Vous allez comprendre à quel point c'était important pour moi.

Je vais vous raconter les choses simplement, comme elles se sont passées. Il y a deux semaines, j'attendais le bus et, sur l'Abribus, il y avait cette affiche de la campagne publicitaire à laquelle vous avez participé… Je dois dire que c'est très réussi et qu'en particulier vous y êtes très bien, Anja… Mais bon, je dois aussi vous avouer que, chacun ayant ses propres soucis, je n'y ai pas alors prêté attention plus que ça… D'autant plus que la voiture a ralenti juste après. Il y avait dedans un homme armé, et il m'a tiré dessus plusieurs fois. J'allais donc mourir, Anja, j'allais mourir, cela ne fait aucun doute, cependant, juste au moment où je fermais les yeux, aussi stupéfiant que ça paraisse, vous êtes descendue de l'affiche, bien vivante, et vous êtes venue vous pencher sur moi. Le plus extraordinaire, c'est que vous vous êtes mise à me parler et je crois encore avoir, dans le creux de l'oreille, le son de votre voix et cet accent étranger que je n'avais jamais entendu auparavant… Vous savez, vous m'avez dit ce jour-là des choses que je n'avais jamais entendues, des choses tellement importantes et si neuves pour moi que ça me trouble encore… Alors j'ai lutté pour continuer à vous entendre, continuer à vous voir, et c'est comme ça que j'ai pu tenir jusqu'à l'arrivée du SAMU. *Vous avez alors disparu et moi, j'ai perdu connaissance…*

Je sais ce que vous allez me répondre : vous n'êtes pas responsable de ce que font vos images, et encore moins des fantasmes d'un passant… Mais, comment vous dire… Dès le moment où vous m'êtes apparue, votre présence m'a été familière, comme si vous m'annonciez la possibilité d'une vie meilleure… Je sais, ça doit vous faire sourire, mais ça s'est vraiment passé comme ça. En quelques instants, nous étions devenus comme des amis, oui, comme des amis proches, plus rapidement et plus fortement que cela a pu m'arriver à n'importe quel autre moment de ma vie… Alors voilà : je voulais simplement vous dire que j'ai besoin de vous revoir. Et je sais bien toutes les raisons que vous pourriez avoir de refuser ; mais, soyons francs, ça ne vous coûterait pas grand-chose de m'accorder ça…

Vous allez sans doute me dire que c'est le genre d'hallucinations qu'on s'invente au moment de mourir, pour se raccrocher à la vie… Pourtant, je vous assure qu'aujourd'hui encore, au moment où je vous écris, je ressens presque intact ce que j'ai ressenti alors. Ce jour-là, c'est comme si quelqu'un ou quelque chose m'avait fait un signe et m'avait soufflé à l'oreille, tandis que j'allais mourir : « Tu dois vivre, vivre pour pouvoir revoir un jour cette femme. Vous avez encore des choses à vous dire… des choses capitales… »

Alors peut-être que tout cela ne signifie rien, peut-être que je me suis trompé et qu'on n'aura rien à se dire… Mais vous comprendrez que je ne voudrais pas ignorer un tel signe sans lui avoir accordé un peu d'attention.

Voilà. Quelle que soit votre décision, cette lettre m'aura au moins permis de vous informer que, d'une certaine manière, on peut dire que vous m'avez sauvé la vie. Pour ma part, c'est bien comme ça que je vois les choses, et je m'en souviendrai toujours.

Pour le reste, j'attends vraiment une réponse. En même temps, s'il devait ne pas y en avoir, il ne faudrait pas penser que je vous en veux, parce que ce serait tout de même quelque chose que je pourrais comprendre. Et alors, dans ce cas, si on ne doit pas se revoir, sachez au moins que je vous souhaite tout ce qui peut se souhaiter de meilleur.

Sincèrement,

Daniel Ferrey

8

He who hesitates is lost.

Quelques jours plus tard, j'ai quitté l'hôpital. Sandrine m'a installé dans la chambre d'amis et j'ai mené, les premiers temps, une existence apathique. Je parvenais bien à marcher seul, en m'appuyant sur une béquille, mais j'avançais avec l'agilité d'un scaphandrier et, au bout de trois ou quatre pas, je me retrouvais complètement essoufflé, de sorte qu'il ne me restait plus qu'à me laisser tomber dans le fauteuil ou le canapé le plus proche. Heureusement, Victor avait le câble et je pouvais passer une heure ou deux à aller d'une chaîne à l'autre. Mais il faut bien dire que, le reste du temps, je m'ennuyais ferme. Plusieurs journées s'éternisèrent ainsi.

Au bout d'une semaine, je finis tout de même par pouvoir sortir à nouveau. J'allais alors prendre l'air au parc Monceau et c'était déjà beaucoup. Je m'y étais trouvé un banc. Je pouvais rester là un bon moment. Le trafic du boulevard de Courcelles ne parvenait pas à couvrir les chants d'oiseaux dans les feuillages. Les journées étaient cristallines. C'étaient des journées de milieu de semaine où tout est normal. Il y avait un léger souffle d'air, et je commençais seulement à comprendre ce que cela signifiait, matériellement, d'être toujours en vie. Ce n'était rien de très profond d'ailleurs, plutôt une sensation légère et gratuite, comme de respirer une bouffée d'air.

Un soir, après le dîner, alors qu'il était d'humeur à bavarder, Victor a commencé par faire quelques considérations générales et oiseuses sur l'avenir avant de se mettre à évoquer deux ou trois souvenirs de jeunesse. C'était le genre de sujet sur lequel il était intarissable. Il faut dire qu'il en avait vu du pays, et il ne pouvait pas s'empêcher d'en sourire encore... À la fin, il a paru considérer quelques instants toutes ces choses d'un air rêveur puis, comme s'il venait seulement d'y repenser, il a pris sur la table basse une grande enveloppe posée en évidence et me l'a tendue : « Je me suis dit que ça te ferait plaisir. »

À l'intérieur, il y avait un prospectus de séjour touristique. Une femme, allongée sur un transat, nous regardait tandis que son compagnon lui tendait une coupe de champagne. Ça se passait au bord d'une piscine phosphorescente, sur papier glacé. La lumière était soyeuse. Le soleil allait disparaître. C'était accompagné d'un billet d'avion.

Victor s'aperçut de mon embarras.

« Ne sois pas gêné, Daniel, j'y tiens et je sais que tu ne regretteras pas. »

Il avait un certain talent pour mettre les gens devant le fait accompli en leur donnant le sentiment qu'il aurait été indécent de discuter. J'ai tourné quelques pages pour gagner du temps. Casablanca... Ses plages, son soleil intense...

« Qu'est-ce qu'il faudra que je fasse là-bas ? » lui ai-je demandé en refermant la plaquette. Il a éclaté de rire :

« Prendre du bon temps, c'est tout ! Tu es en vacances et c'est le patron qui paye !... Tu n'as pas l'air content. Tu avais autre chose de prévu ? »

Je n'ai pas osé ressortir l'histoire de l'affiche. Tout en commençant à lui répondre, j'essayais de trouver des arguments pour m'en sortir sans trop le froisser.

« Ce genre d'ambiance, tu sais, ce n'est pas... (Je me suis interrompu. Tout en parlant, je venais d'apercevoir la date sur le billet.) Attends, le 15... Mais c'est dans deux jours !

— La fille de l'agence m'a fait une offre et je n'avais pas trop le choix des dates. D'ailleurs, où est le problème ? Tu ne fais rien de mieux ici...

— Je suis navré, Victor, mais je ne suis vraiment pas en état d'y aller. Regarde, j'arrive à peine à descendre les escaliers. J'ai pas encore complètement cicatrisé et le chirurgien m'a conseillé de ne pas m'exposer au soleil pendant un moment... »

J'étais parti pour dérouler tous les arguments possibles et imaginables mais j'ai alors croisé son regard. Ça m'a arrêté net.

« Au fond, m'a-t-il dit, ton problème c'est que tu ne sais pas vivre, et si tu continues comme ça tu en seras toujours au même point dans trente ans… Franchement, ça me fait de la peine… Tu attends quoi pour t'y mettre ? Tu sais, tu me fais penser à ces insectes qui passent leur vie à l'abri du soleil… Je vais te dire pourquoi je t'envoie passer deux semaines sur l'une des plus belles plages du monde à boire des cocktails : ces derniers temps, je t'ai donné quelques coups de main. C'était surtout vis-à-vis de ta sœur, tu comprends. Mais les affaires que je traite sont délicates. Ça demande de la confiance, du caractère. Alors, la question que je me pose c'est : qu'est-ce que je fais avec Daniel ? Je le fais entrer dans le jeu ou bien je le laisse en dehors de tout ça ? Maintenant, je te connais un peu mieux. Tu sais, il faut du temps pour gagner mon estime mais je peux te dire que tu es en bon chemin, parce que – et je te le dis comme je l'ai constaté – ce que tu fais, c'est toujours fait sans bruit mais c'est bien fait. Dans la mesure de tes moyens. Alors je serais assez tenté de te faire entrer dans mon petit cercle. Ceux qui en font partie se comptent sur les doigts de la main… »

Il s'est interrompu, pour mesurer son effet mais aussi pour souffler un peu. Instinctivement, il cherchait un verre à whisky du regard. Il n'y en avait pas. Il s'est alors approché en s'appuyant sur son avant-bras :

« Maintenant, je vais te dire. Ce qui t'est arrivé, je n'en dors pas de la nuit : je veux savoir ce qui s'est passé, qui est derrière. Et je te garantis que je le saurai. Mais il y a des risques, et je ne me fais pas à l'idée que tu te balades dans la rue tous les après-midi. Alors voilà. Prends ces deux semaines. Moi, je pourrai enfin dormir et, à ton retour, toute cette histoire sera probablement réglée. Note que j'aurais pu t'envoyer au vert dans un petit village. Seulement, pendant la semaine qui va suivre, plus tu seras loin, plus je serai tranquille. Et deux mille kilomètres, à mes yeux, c'est un minimum… Mais il n'y a pas que ça, Daniel. Je trouve surtout que tu ne t'amuses pas assez, alors t'as vraiment pas besoin de croupir deux semaines dans une vieille bicoque en bordure d'une départementale… Tu mérites mieux. Je le connais, cet hôtel. Les gens y vont pour passer du bon temps. Et il n'y a qu'à tendre la main pour cueillir… Voilà ce qu'il me faut pour Daniel, je me suis dit. Rien de tel que le dépaysement pour oublier ce qui vient de se passer. Ma parole ! Tu reviendras avec le sourire ou je ne connais plus rien à la vie… Tu as une chance de salaud et tu ne le sais pas encore… Deux semaines ! Allez, prends ce fichu billet et, pour le soleil, rassure-toi, ça n'a jamais tué personne ! De toute façon, tu verras, là-bas, les parasols, c'est pas ce qui manque… »

9

Keep away from fire.

Alors j'ai pris l'avion.

J'ai atterri, en fin de matinée, à l'aéroport international Mohammed-V. Une navette était là, comme prévu. Après avoir filé pendant deux heures sur une autoroute blanche, elle s'est arrêtée devant l'hôtel-club La Palmeraie. Le palmier était en effet l'élément dominant dans le parc, avec les parterres de gazon et les rosiers alignés. C'était un de ces vastes complexes offrant à sa clientèle une gamme d'activités variée. Mais mon état avait beau s'améliorer un peu chaque jour, pour autant je ne me voyais utiliser ni le toboggan de la piscine, ni l'un des cinq courts de tennis, et encore moins m'inscrire à un stage de danse ou de catamaran. Alors j'ai rejoint ma chambre. Des rideaux colorés, une statuette dorée posée sur un guéridon et un poster représentant une oasis suffisaient apparemment à lui donner un petit air de vacances.

Par la fenêtre, on pouvait voir ondoyer sous un vent chaud les branches des palmiers et, tandis que je regardais tout ça, je sentais descendre sur mon cou l'air frais soufflé par une bouche d'aération. La température intérieure était de 22,5 degrés. Je me suis allongé sur le lit et j'ai passé un moment à faire défiler les chaînes. C'est MTV qui m'a finalement achevé. J'ai coupé le son et je me suis endormi quelques minutes plus tard.

En deux jours, mes habitudes étaient fixées. Je me réveillais un peu avant midi. Je commençais par butiner pendant une heure ou deux parmi les soixante-quatre chaînes. Puis, en début d'après-midi, je quittais ma chambre et je déjeunais dans le petit kiosque qui ombrageait l'une des extrémités de la piscine. C'était correctement fourni en boissons et la carte respectait la couleur locale. En général, je me rabattais sur quelques crêpes et divers mélanges que me conseillait le barman, pour varier les plaisirs, comme du vin blanc à la fraise, du Campari arrosé de Schweppes ou d'autres mariages du même genre. Cette première collation de la journée m'occupait une petite heure. Je goûtais, à l'ombre fragile des canisses, le plaisir de l'existence tout en observant le spectacle des badinages aquatiques et des corps immobiles.

Puis, après avoir incliné la tête un peu plus en arrière pour récupérer les dernières gouttes qui se terraient au fond de mon verre, je rejoignais les salons climatisés de l'hôtel où je dégotais un journal de courses pour ne pas perdre le fil et *Elle* pour les photos de jolies filles. De trois heures de l'après-midi à six heures, c'était un de mes moments préférés. Le lobby était alors absolument silencieux et quasiment désert. La plupart des clients batifolaient au bord de la piscine ou arpentaient courageusement les ruelles de la vieille ville. Pour ma part, je me contentais de me lever de temps en temps pour aller rendre une visite au bar, et c'était tout.

C'est seulement en début de soirée qu'il commençait à y avoir un peu plus d'agitation. Les tables de billard se remplissaient ; autour de la télévision, on regardait les informations sur les chaînes européennes, tandis que des joueurs d'instruments traditionnels animaient le grand salon et les bords de la piscine. Où qu'on soit, il en parvenait toujours quelques échos. Puis le bar de la discothèque ouvrait, les couloirs et les halls se remplissaient et il semblait, à partir de ce moment-là, que la population de l'hôtel venait subitement de doubler.

Pour ma part, j'achevais prématurément la soirée devant une spécialité italienne et un spectacle de danse avant de rejoindre ma chambre.

En ouvrant la fenêtre, on pouvait entendre des rires s'élever dans la nuit tandis que la piscine, dans son immobilité sereine, diffusait aux alentours un rayonnement turquoise. Je m'allongeais et j'empoignais la télécommande. Nouvelle errance labyrinthique parmi les retransmissions intégrales de golf, de courses hippiques et de tournois de tennis… Au bout d'un certain temps, tout cela finissait par se mélanger et s'éloigner. Il ne me restait plus alors qu'à faire disparaître ces choses bruyantes du bout du pouce et m'endormir…

Voilà, à peu de choses près, comment s'écoulèrent ces deux semaines. Les journées s'étaient contentées de filer, mollement et indistinctement. Il faut bien reconnaître que c'était, dans l'ensemble, assez agréable et dépaysant. Au téléphone, Victor lui-même ne me racontait jamais rien d'autre que des plaisanteries à son goût. Paris était loin, et j'avais parfois l'impression de l'avoir quitté depuis plusieurs mois.

10

All's well that ends well.

« Vous reconnaissez cet homme ? »

L'homme en question regardait l'objectif. C'était l'agrandissement d'une photo d'identité tirée d'un document officiel. Les contours étaient légèrement flous et on pouvait voir, en haut à droite, la trace d'un tampon administratif. L'homme ne cherchait pas à sourire. J'ai eu l'impression qu'il essayait juste d'avoir une apparence normale et je crois bien que, dans d'autres circonstances, je ne lui aurais pas prêté attention. Je ne sais pas combien de temps j'ai scruté ce visage en noir et blanc. Quand j'ai relevé la tête, je me suis aperçu que le policier ne me lâchait pas des yeux.

Ils étaient deux. Ils m'avaient cueilli une heure plus tôt, à la descente de l'avion, et m'avaient demandé si j'étais bien Daniel Ferrey. Je pouvais difficilement prétendre le contraire. Alors l'un d'eux, le capitaine Braudel, celui qui m'avait interrogé à l'hôpital, m'avait demandé de les suivre.

Après avoir franchi quelques portes et longé autant de couloirs, on m'avait introduit dans une salle meublée sans grande fantaisie d'une table et de trois chaises de style néo-fonctionnel. Un ordinateur portable ouvert et quelques dossiers achevaient de donner un peu de chaleur à l'ensemble. En levant les yeux vers l'un des angles du plafond, j'avais pu noter la présence discrète d'une petite caméra de surveillance. Après deux semaines passées dans une autocratie nord-africaine, ça faisait chaud au cœur de retrouver le doux fonctionnement d'une démocratie soucieuse du respect de l'individu.

« Vous reconnaissez cet homme. »

Ce n'était plus une question.

Et le fait est que le regard de celui qui vous tire dessus, c'est quelque chose qui ne s'oublie pas.

« Je crois bien que c'est lui. »

Il m'a semblé que je devais ajouter quelque chose.

« Vous... vous l'avez arrêté ? »

Il n'a pas pris la peine de répondre et il a enchaîné :

« Je vais devoir vous demander où vous étiez, mardi, en fin d'après-midi. »

Je n'ai pas pu m'empêcher de sourire. J'ai fait un geste vers le mur blanc qu'il y avait derrière nous et au-delà duquel me semblait se trouver la direction de la piste d'atterrissage.

« Comme vous voyez, j'étais au Maroc. Deux semaines, pour me changer les idées... Qu'est-ce qui s'est passé mardi ? »

Il a achevé de taper ma réponse sans rien dire puis il m'a tendu une autre photo. On y voyait le même homme, allongé sur le trottoir. Il y avait une mare de sang autour de sa tête.

« Voilà ce qui s'est passé mardi. C'était à deux cents mètres de son domicile. »

Je n'ai pas eu besoin de jouer la surprise.

« On dirait que vous avez un ange gardien, monsieur Ferrey. Il serait peut-être temps de nous en dire un peu plus. »

Je lui ai dit que je ne comprenais pas.

« Moi non plus, monsieur Ferrey. L'eau était bonne ?

— Pardon ?

— Il y avait bien une piscine dans votre hôtel ?

— Je ne m'y suis pas beaucoup baigné.

— Je veux bien le croire… Avec ce que vous avez encaissé deux semaines plus tôt vous ne deviez pas encore tout à fait tenir sur vos jambes et pour ce qui est des cicatrices, l'eau, le chlore… c'est pas terrible. C'est à se demander ce que vous êtes allé faire là-bas… »

Il a avancé sa chaise. C'était assez brusque. Ça a crissé sur le sol et ça m'a mis mal à l'aise. Il s'était rapproché en s'appuyant sur les coudes et il m'a dit, en baissant un peu la voix : « Maintenant, écoutez-moi : vous allez me donner la vraie raison de votre voyage. »

J'avais beau lui répéter que j'avais eu besoin de repos et aussi lui dire que j'avais eu peur de rester à Paris après ce qui m'était arrivé, il avait le don de voir le mal partout :

« C'est ça, et comme par hasard, vous rentrez justement une fois que votre tueur a été éliminé... »

Je me suis contenté de lui répondre que je n'avais tout simplement pas les moyens de rester toute ma vie en vacances.

« Je veux bien le croire, monsieur Ferrey, je veux bien le croire... À ce propos, ce séjour, vous l'avez payé comment ? La dernière fois qu'on s'est vus vous n'aviez pas l'air de rouler sur l'or...

— C'est un cadeau de ma sœur. Elle a senti que j'avais besoin de me changer les idées... »

Il a hoché la tête avec le sourire du connaisseur, sans chercher à aller plus loin. Il a juste conclu qu'ils allaient devoir continuer à fouiner, ce qui ne serait drôle pour personne... Après ça, il est sorti quelques instants puis il est revenu avec ma déclaration imprimée et m'a demandé de la signer.

J'ai tout de même voulu savoir qui était cet homme. Le capitaine m'a alors expliqué qu'il s'agissait d'un Bulgare, aux papiers en règle et au casier judiciaire à peu près vide. Pour le reste, l'enquête suivait son cours. Je devais d'ailleurs me tenir à la disposition de la police.

« Je ne vous cache pas, en effet, que votre cas nous intéresse de plus en plus... » ajouta-t-il. Et je n'ai pas pu m'empêcher de faire remarquer que c'était rassurant de se voir passer du rôle de victime à celui de suspect. Ça comportait moins de risques...

« N'allez pas pour autant croire que vos chances de mourir de vieillesse ont beaucoup augmenté. Notre ami (il eut un geste du menton en direction de la photo) n'avait sans doute rien de personnel contre vous. Vous n'avez pas perdu un ennemi. Juste un tueur. Reste à savoir ce qu'a décidé celui qui paye. Mais cela, vous et moi, pour le moment, ça nous dépasse… N'est-ce pas ? »

Il venait d'ouvrir la porte. Nous en sommes restés là de notre petite conversation.

11

Wait and see.

J'ai retrouvé Paris sous une pluie fine de septembre. Les feuilles des arbres commençaient déjà à tomber sur les trottoirs des boulevards. Rue de La Jonquière, je n'ai croisé que quelques passants maussades au col remonté.

Chez moi, la serrure n'avait pas été forcée et, à l'intérieur, rien n'indiquait que l'appartement avait été fouillé. Le voyant du répondeur clignotait. J'ai ouvert les fenêtres. Depuis le jour où on m'avait tiré dessus, je n'avais remis les pieds à mon appartement que quelques minutes, avec Sandrine, pour faire mes bagages. Rien n'avait bougé depuis un mois. C'était comme si les choses avaient patiemment attendu mon retour. Une fine pellicule de poussière les avait juste rendues un peu plus ternes. J'ai fait plusieurs fois le tour de la pièce, comme un animal stupide, puis j'ai commencé à relever les messages de mon répondeur. Victor me demandait de passer en fin de journée.

Quand je me suis retrouvé devant eux, ce soir-là, j'ai été surpris de me rendre compte que j'étais plutôt heureux de les revoir. Victor était sorti de l'appartement et m'attendait devant l'ascenseur tandis que ma sœur se tenait dans l'entrebâillement de la porte, un sourire discret au coin des lèvres. Victor n'a pas pu s'empêcher de me soulever le menton comme si j'étais un collégien en s'exclamant que j'avais bronzé, ma parole. Et il s'est tourné vers ma sœur pour la prendre à témoin : « Regarde-le, on dirait un chanteur de variétés ! » Pour toute réponse, elle lui a simplement demandé de faire un peu moins de raffut et elle nous a fait signe d'entrer.

À peine installés dans le salon, Victor n'a pas arrêté de m'interroger. Il voulait tout savoir. Est-ce qu'il avait fait beau, est-ce que la piscine était chaude, le bar était-il correctement approvisionné ? Et les filles ?…

Il a fallu répondre à tout.

« Comment ça ! Tu n'as pas fait de plongée ? »

C'est Sandrine qui a dû lui faire remarquer qu'avec mes blessures, je ne m'étais sans doute même pas baigné.

Il y a eu un silence et j'ai cru que le moment était opportun pour mettre Victor au courant :

« La police m'attendait à l'aéroport. »

Il n'a eu aucune réaction mais ma sœur s'est levée en disant qu'elle allait faire réchauffer les plats et, quand elle est sortie de la pièce, il m'a demandé ce que j'avais appris de nouveau. « Le tireur était de nationalité bulgare. Il a été retrouvé mort mardi, en bas de chez lui. Je crois que la police va commencer à s'intéresser sérieusement à mon cas. »

Il n'y avait rien de plus à ajouter et Victor a simplement dit « d'accord ». Il y a alors eu un nouveau moment de silence. Puis il m'a dit, un peu après, qu'il faudrait que je retourne rapidement aux courses. Il m'a proposé d'aller à Enghien ; il y avait une réunion le jeudi suivant. Pour moi, ça faisait court et je le lui ai dit. Je préférais avoir le temps de me remettre un peu dans le bain. Mais je le sentais impatient.

« Tu seras vite dans le bain. C'est Manuel qui a pris le relais pendant ton absence. Figure-toi que cet imbécile a réussi à gagner neuf mille euros en deux jours. Du coup, comme il a pas tes conditions, j'ai récupéré la mise et la moitié des gains, moins sa part fixe. Bref, joli coup pour tout le monde… »

Ça m'a fait sourire. Je savais que Manuel était capable de ça une fois sur dix. Victor jouait avec le feu.

« Il pourrait me remplacer s'il fait l'affaire », ai-je suggéré.

J'avais appuyé au bon endroit. La figure de Victor s'empourpra légèrement. « Ça risque pas… Je ne t'ai pas raconté la suite : le coup des neuf mille, ça m'avait mis en confiance. La fois suivante, je lui ai donné quatre mille euros avec remise des gains cinq jours plus tard. Bon. Une semaine après, je n'avais toujours pas de ses nouvelles. Impossible de le joindre. Cet idiot faisait le mort mais, dans le même temps, ça l'empêchait pas de continuer à se rendre tous les jours sur les champs de courses. J'ai dû envoyer un type. Tu te rends compte du temps que cette histoire a pu me faire perdre… Il est arrivé en pleurnichant dans mon bureau. Là, j'ai encore eu droit à un cinéma pas croyable. Il s'est mis à crier : « Ne me faites pas de mal ! Ne me faites pas de mal ! » T'imagines avec tous les gens qui passent au bureau ? J'avais un conseiller municipal qui attendait dans la pièce d'à côté… Tu vois le tableau. Non mais pour qui est-ce qu'il me prend ? Entre nous, je dois reconnaître que, sur le coup, j'avais une sérieuse envie de régler ça de façon bête et brutale, et il l'aurait bien cherché. Il a sorti son carnet et une liasse de tickets pour preuve qu'il avait essayé de rattraper les dégâts, comme il disait. Bref, c'était quatre mille d'envolés. Il avait laissé filer plus de deux mille en cinq jours et il avait fini de perdre le reste en essayant de se refaire. En tout, il a joué une vingtaine de courses, jusque dans des hippodromes où il n'avait jamais mis les pieds. Il m'a montré les tickets, les feuilles de courses, etc. Pour chaque course perdue, il m'expliquait pourquoi, selon sa logique, il aurait dû gagner. Il avait griffonné des infos, des bruits d'écurie, des histoires de généalogie équine et je t'en passe… La seule chose qui est ressortie de tout ça, c'est que ton copain n'a pas la moindre méthode. À chaque fois, il a foncé sur un cheval à l'intuition… Ah ça, je t'assure que si je ne savais pas qu'il t'est utile, je lui aurais donné une semaine et pas un jour de plus pour me rendre l'intégralité de la mise ! Je ne comprends pas comment tu fais pour arriver à en tirer quelque chose…

— Il a un bon œil. Tant qu'on ne sort pas du cheval, tout ce qu'il remarque est bon à prendre. Son seul problème, c'est qu'en quarante ans de courses, il ne semble pas encore avoir compris que, tout ça, ce n'est pas qu'une affaire de bon cheval. Si tu veux mon opinion, il aime trop ce qu'il fait. Il n'est pas assez mathématique. »

Victor a hoché la tête mais il se souciait peu, en général, d'entrer dans le détail des explications. Puisque les courses avaient été remises sur le tapis, j'en ai profité pour évoquer à nouveau la question de l'enquête. Je lui ai demandé si ça impliquait de modifier un peu notre fonctionnement. Il a réfléchi tout en repoussant une miette avec la pointe de son couteau. Comme ma sœur revenait, en conclusion de notre discussion, il m'a juste dit de ne rien changer et nous n'avons plus abordé le sujet ce jour-là.

Pour le dîner, Sandrine avait fait une poêlée de fruits de mer et je me souviens aussi d'un dessert à base de chocolat. Le tout venait de chez Vignon, comme à chaque fois que Victor lui donnait pour consigne de bien faire les choses. Et, comme à chaque fois qu'il avait un peu trop bu, à la fin du repas, il a déboutonné le col de sa chemise et s'est mis à parler de son projet de bateau. Ça avançait. Il avait trouvé le port et même un anneau : il était en contact avec un type de Nantes qui utilisait son bateau une semaine par an et qui le laissait amarré le reste du temps, à Port-Cogolin. C'était un beau voilier, de construction récente mais avec ce genre de boiseries vernies qui en mettent plein la vue.

Il comptait aller le voir quand il en aurait le temps. Ils se sont mis à parler de ça avec Sandrine, du fait qu'ils devraient prendre plus de vacances et que l'argent ne servait à rien si ce n'était pas pour en profiter. Victor a insisté là-dessus et a cru bon, à cette occasion, d'exposer sa façon de voir les choses. Et notamment qu'il comptait bien, dès qu'il aurait mis un peu d'argent de côté, se retirer des affaires pour se la couler douce jusqu'à la fin de ses jours.

Après le dîner, je suis allé avec Victor sur le balcon. Les rues devenaient calmes à cette heure-ci et les fenêtres des immeubles alentour s'éteignaient progressivement. Il s'agissait surtout de se rafraîchir l'esprit et nous avons d'abord regardé silencieusement la ville. Puis il a sorti de l'argent de sa poche. Victor a toujours eu l'habitude d'avoir des billets dans ses poches. Il m'en a tendu une partie : « Essaie d'avoir fini dans deux semaines. »

Il y avait quatre mille euros. J'en ai pris la moitié et je lui ai rendu l'autre.

« J'en prends deux mille : je ne suis plus trop dans le bain. Il me faudra un peu de temps. »

Nous sommes retournés à l'intérieur. Victor s'est laissé tomber dans le canapé et il m'a reparlé du bateau. Après m'avoir toisé du coin de l'œil, il m'a confié que, si tout se passait bien, d'ici deux ans il aurait de quoi se payer un vrai yacht. Et c'est comme ça qu'il a commencé à évoquer son histoire d'entrepôts. C'était un projet qui n'en était encore visiblement qu'au stade initial, c'est-à-dire au stade d'un classique enchevêtrement de tôles rouillées sur un vaste terrain, quelque part aux alentours du périphérique. En quelques coups de crayon, au dos d'une enveloppe, Victor a tracé la parcelle et a fait sortir, en un instant, les lignes irrégulières d'un ensemble d'immeubles dont les terrasses étaient recouvertes de végétaux. Une résidence de grand luxe, me confia-t-il. Après ça, il pourrait arrêter les courses. Et le fait est qu'il riait à l'idée que tous ces canassons seraient bientôt de l'histoire ancienne. Puis il est redevenu sérieux. Il m'a expliqué qu'il lui fallait étoffer sa petite équipe de collaborateurs. Il avait besoin de gens un peu malins et en qui on pouvait avoir confiance... J'ai fini par comprendre qu'il voulait que j'en fasse partie. Il insistait, au point que je me suis vu obligé de lui dire carrément que ça ne m'intéressait pas. Il n'en revenait pas. Et il voulait au moins que je lui donne une bonne raison. Une seule. « Dis-moi franchement ce qui te dérange ?... » Il a tout de même fini par ne plus insister. Au fond, il était plus embêté pour moi que pour lui. Après tout, je n'étais pas son frère. Ah, s'il avait eu un frère... Mais il balayait cette hypothèse d'un geste mélancolique et, pour me prouver que sa sollicitude était sincère, il a fini par la question sentimentale en me demandant si je voyais quelqu'un – un peu comme quand votre banquier vous demande des nouvelles du petit dernier en vous raccompagnant à la porte. Il ne semble d'ailleurs écouter ma réponse qu'à moitié.

D'ailleurs, il se faisait tard. Avant de partir, j'essayai une dernière fois de placer une question à propos de l'homme qu'on avait retrouvé abattu. Mais tout cela ne semblait pas beaucoup l'inquiéter.

« Va savoir, me répondit-il, ces gens-là se tirent dessus pour un rien. Oublie tout ça… »

12

Now's the time.

C'est une de ces lumières laiteuses de fin d'après-midi qui m'a réveillé vers onze heures du matin. Mis à part du thé en sachet et quelques morceaux de sucre dénichés dans un placard, tout ce qui aurait pu permettre de constituer un petit déjeuner était périmé. Il a quand même fallu que je me tienne un bon moment devant le frigo, porte ouverte, avant de prendre la décision qui s'imposait. J'ai tout jeté dans un sac-poubelle et je suis descendu.

Il y a, à l'angle de l'avenue de Saint-Ouen et de la rue Guy-Môquet, un bar qui vend de la presse et des croissants. Ils sont gras, tassés et caoutchouteux mais ils ont l'avantage appréciable de bien tenir à l'estomac. J'ai commandé un café avec deux croissants et j'ai pris quelques journaux de turf, puisqu'il fallait bien se remettre au travail. J'ai commencé par déguster, les yeux clos, mon premier mauvais café parisien et ma première bouchée de ces croissants froids auxquels il m'était arrivé de penser, une ou deux fois, là-bas, de l'autre côté de la Méditerranée. Je crois que c'est surtout à ce genre de retrouvailles que servent les voyages.

À mon retour à l'appartement, après avoir rangé les courses, je me suis retrouvé devant la fenêtre, à regarder la rue, pendant de longues minutes. Les journaux attendaient sur la table basse que je fasse mon papier, mais je ne pouvais pas m'empêcher de continuer à regarder la rue. J'observais les passants, les feuillages du square, les voitures qui filaient, celles qui faisaient leur créneau… C'était grâce à Victor que je pouvais vivre dans ce petit coin tranquille de Paris. Là, comme ailleurs, il avait suffi qu'il donne son coup de pouce. Le propriétaire, apparemment un ami à lui, avait consenti une baisse significative du loyer. Ainsi, je n'avais qu'à regarder, le matin, le square des Épinettes par la fenêtre de la cuisine, pour ressentir un petit sentiment de luxe à bon compte…

J'ai quand même fini par m'asseoir devant la table basse. En une de *Paris Turf*, un cheval que je ne connaissais pas franchissait, en suspension et les quatre pattes écartées, la ligne d'arrivée. C'était la sensation du moment, avec article sur trois colonnes, encadré consacré au jockey et commentaires de l'entraîneur. J'ai commencé à feuilleter les tableaux mais je n'avais pas tourné plus d'une ou deux pages que je reposais déjà le journal. J'ai jeté à nouveau un coup d'œil par la fenêtre. Je venais de comprendre qu'il y avait une chose que je devais revoir avant de pouvoir reprendre ma vie d'avant. J'ai enfilé un blouson et je suis sorti.

En arrivant sur le boulevard Bessières, j'ai commencé à sentir mes mains devenir moites au fond de mes poches. Puis, au fur et à mesure que je me rapprochais, il y a eu comme une petite aiguille qui s'est mise à battre la mesure, dans ma poitrine, de plus en plus fort, jusqu'à ce que je l'aperçoive…

Il était là-bas, entre deux platanes, net comme dans ma mémoire mais, aussi, incroyablement plus anodin que l'impression que j'en gardais. C'en était presque rassurant. J'ai parcouru la vingtaine de mètres qui m'en séparait sans arriver à le quitter des yeux. L'affiche n'était plus là, bien sûr. À la place, il y avait une publicité pour une compagnie d'assurances. Ça avait beau être prévisible, j'ai ressenti une petite déception. Je ne sais pas comment le dire. J'imaginais que cette affiche aurait peut-être pu m'apprendre quelque chose. Mon premier réflexe, ensuite, ç'a été de regarder le sol, là où j'étais tombé. Et j'avais l'étrange impression de revenir sur les lieux de ma propre mort. Quelques chewing-gums faisaient des taches blanches sur le bitume mais, à l'endroit même où j'avais perdu tant de sang, pas une seule tache, pas même une trace un peu plus sombre, absolument rien. C'était comme si quelqu'un avait tout nettoyé, et c'était probablement le cas. Je n'avais jamais pensé, avant ce jour, à la question des taches de sang sur la voie publique et aux modalités de leur éradication. Alors, je me suis mis à chercher, autour de moi, une trace de ce qui s'était passé ce soir-là, une éraflure, un impact de balle… Rien sur l'Abribus, mais il m'a semblé que la vitre était d'une transparence impeccable, et peut-être qu'on l'avait remplacée. Sur le tronc du platane, rien, non plus, que des initiales et des cœurs anguleux tracés par de vieux coups de canif. Il me semblait que je ne pouvais pas avoir failli mourir sans que le monde en porte la marque, même infime, à l'endroit où cela s'était produit. Il me semblait que le rescapé d'un accident de la route avait *besoin* de revoir, quelques jours plus tard, les traces de pneus, les débris de phares et le panneau renversé à l'endroit où il avait percuté le bas-côté, comme pour avoir la confirmation matérielle qu'il avait bien survécu à ces objets. Je me rendais compte, au contraire, qu'ici les choses étaient restées dans une indifférence impassible. On n'aurait pas pu mieux me faire comprendre que ma mort était sans conséquence sur le monde qui l'entourait. Devant moi, c'était juste la même rue à sens unique qui continuait à vivre. Une voiture est passée rapidement. Puis une autre. De rares passants longeaient les murs. Rien de particulier apparemment et, pourtant, tandis que je regardais autour de moi, j'ai senti peu à peu monter une impression étrange, comme si je me souvenais de quelque chose. C'était vague d'abord, puis de plus en plus précis et, tout à coup, je me suis rendu compte que j'avais déjà vécu cet instant, là, maintenant… Non seulement la disposition des choses était la même, mais le moment lui-même était identique. C'était une sensation tellement inhabituelle. Je me suis dit que ça devait signifier quelque chose, qu'il y avait peut-être la solution, là, quelque part, à portée de main. Ce présent-là, à cet instant précis, près de cet Abribus, il me semblait que j'en avais déjà eu l'expérience... Je sentais que j'approchais... Quelque chose me disait que la clé était là, sous mes yeux, et qu'avec un petit effort, un peu de concentration...

Alors j'ai essayé de reprendre plus calmement les choses et j'ai cherché cet indice avec mes yeux, avec ma mémoire. Mais c'était une impression fragile. Plus je m'en approchais et plus elle s'éloignait. Je la sentais s'affaiblir peu à peu, comme ces anciennes images d'argent qui s'effaçaient en quelques instants au contact de l'air. Et je la voyais se rétracter. *Sous tes yeux !* ai-je fini par m'écrier. *Il doit bien y avoir quelque chose, réfléchis...* Mais ces mots ont achevé de tout gâcher et, en me disant ça, c'était comme si j'avais agité une eau stagnante : la vase du fond s'est soulevée d'un seul coup, tout est devenu trouble et l'impression a aussitôt disparu vers des profondeurs dont elle ne remonterait peut-être plus jamais...

Je me suis retrouvé stupide, vidé, au milieu d'une rue qui n'était plus qu'une rue. Je suis resté encore quelques instants comme ça, à me demander ce que je pouvais bien encore en attendre, ne sachant pas si ce qui venait de m'échapper était un indice précieux ou le simple écho du souvenir... Mais, à ce moment-là, et comme pour répondre à cette question, j'ai vu apparaître au carrefour une voiture sombre aux vitres teintées. Je me suis reculé d'un coup et je suis parti en courant, sans me retourner, sans m'arrêter. J'ai continué comme ça jusqu'à ce que je sois à bout de souffle, ce qui s'est produit devant l'entrée d'un square. J'ai poussé la barrière et je me suis laissé tomber sur un banc. Je suis resté de longues minutes ainsi, plié en deux, avant de retrouver une respiration à peu près normale. À mes pieds, il y avait des feuilles mortes. J'ai fini par lever les yeux. Le feuillage avait presque entièrement tourné au jaune. Je me suis souvenu, alors, des feuilles vertes qui vibraient dans la lumière du soir. Cela faisait un peu plus d'un mois maintenant. Les traces de sang avaient eu le temps de disparaître et la couleur des feuilles de changer.

Je me suis relevé. Combien de temps allait-il encore falloir avant que je perde cette peur panique à la vue des voitures à vitres teintées ?

13

Christmas comes but once a year.

Le téléphone sonnait déjà quand je suis arrivé devant ma porte.

« Daniel Ferrey ? »

Voix féminine, fort accent… J'aurais dit anglais, autant que je pouvais en juger. Quoi qu'il en soit, c'était indéniablement une question. J'ai donc confirmé. Mais après ça, à l'autre bout, il y a eu un silence. J'avais répondu en français. Je crois que le problème venait de là, et elle m'a en effet demandé si je parlais anglais.

« Sorry, I'm afraid I don't… » C'est sorti tout seul. C'était ce que je répondais parfois quand je voulais faire le malin. Un réflexe un peu stupide, c'est vrai. D'ailleurs, la fille, ça ne l'a pas fait rire. Elle n'a d'abord rien dit. J'ai senti qu'elle était à deux doigts de raccrocher alors je lui ai quand même demandé, dans sa langue, ce qu'elle voulait.

« A letter, m'a-t-elle répondu. You sent me a letter. »

Elle parlait anglais avec un accent que je n'ai pas vraiment réussi à identifier. Ça sonnait comme une sorte d'accent nordique. Peut-être flamand ou danois. Et puis je ne comprenais pas très bien de quoi elle voulait parler. Elle l'a senti.

« A letter... Do you understand ?

— I do. But I don't understand what letter you're talking about.

— I'm Anja Nilssen. Do you remember ? The letter was about... »

Il m'a fallu une seconde pleine avant de remettre ce nom à sa place. Bon sang !

« Of course I do ! I'm so glad... so glad you're calling me back ! »

J'ai aussitôt attrapé un stylo et un bout de papier. Je n'avais rien à écrire. C'était juste un réflexe. C'est vrai qu'il m'arrivait encore d'y penser mais je ne m'attendais plus à recevoir de réponse. Je le lui ai avoué, et je l'ai alors entendue sourire. Il y a eu un blanc. Puis elle m'a demandé si ce que je lui avais écrit était vrai.

Oui, c'était vrai. Et ça me surprenait autant qu'elle. C'est pour ça que j'aurais aimé la rencontrer, et en parler.

Nouveau silence...

« Well... I'm in Paris for a few days... We could meet at l'Hôtel.

— Perfect... Which hotel ?

— It's called "L'Hôtel", it's its name. It's in the Quartier Saint-Germain, rue des Beaux-Arts. »

Le papier et le stylo allaient finalement me servir à quelque chose. Le rendez-vous a été pris pour le lendemain, en fin d'après-midi. Elle serait dans le petit salon, à côté de la réception.

Après avoir raccroché, j'ai glissé le papier dans mon portefeuille et j'ai retiré mon manteau. Le reste de la journée, je l'ai passé à préparer la réunion du lendemain, à Enghien. J'avais le tableau des cinq courses sous les yeux. Une course, ce n'est rien d'autre qu'une liste de noms parmi lesquels il y en a un qui peut faire faire des multiplications à deux chiffres à votre mise. Pour ça, il s'agit juste de lire dans l'avenir et, la plupart du temps, comme chacun sait, il n'y a rien de plus facile dès lors qu'on est un minimum informé. Quand on a compris ça, on a compris que chaque page de *Paris Turf* est pleine de prophéties. Un mauvais cheval ne fera jamais un bon cheval, un bon cheval ne fera jamais *sans raison* un mauvais cheval. Une fois assimilés deux ou trois petits principes de ce genre, l'argent mis sur une course peut rapporter plus sûrement qu'à la banque. Certains y voient une raison suffisante pour y consacrer toutes leurs journées. Parce que c'est un peu ça le problème : déterminer le meilleur cheval demande du temps. En gros, en comparant ses précédents chronomètres, on arrive à se faire une idée de sa distance et de son terrain favoris. On fait ça pour chacun des chevaux et on obtient de cette manière la course théorique. Après, tout ce qui reste à faire, c'est de la pondérer avec les infos non publiées (les bruits d'écurie, la météo, l'évolution des cotes, l'état du cheval...). En cas d'écarts serrés, c'est le genre de choses qui peuvent modifier la donne. C'est pour ça qu'on a toujours besoin d'un œil sur le terrain et, moi, mon œil, il s'appelle Manuel. Je ne me déplace en banlieue que quand c'est vraiment indispensable. D'ailleurs, il voit beaucoup mieux que moi. Un bon vendeur pourrait me vendre un mauvais cheval. Lui, rien qu'en le regardant, il en sait autant que son propre entraîneur. Je me souviens qu'il m'avait appelé un jour en me disant : « Y a un problème avec une pouliche, Daniel. C'est la huit, elle est en chaleur... » Je lui ai demandé : « Tu es sûr de ça ? » (Parce qu'un entraîneur qui fait courir une pouliche en chaleur, c'est qu'il n'a rien d'autre à faire ou qu'il n'avait pas vu le coup venir mais, dans les deux cas, on peut dire qu'il se moque du monde...) « Ça fait pas un pli, Daniel, je suis devant le rond de présentation, ça se voit comme le nez au milieu de la figure ! » Manuel avait beau dire que ça se voyait comme le nez au milieu de la figure, ni vous ni moi ne serions capables de repérer ce genre de maladie à l'œil nu... Mais lui, c'est bien simple, il observe tout, de la démarche générale jusqu'au contour des yeux, en passant par la consistance du crottin tombé au sortir du rond de présentation... J'exagère à peine. En tout cas, inutile de dire qu'on a changé les paris en vitesse, et heureusement... Alors c'est vrai que, pour le coup, avoir repéré le cheval avant la course, ça nous a bien servi. Cela dit, c'est quand même le genre de chose qui n'arrive pas tous les jours, loin de là... Bref, une fois que vous avez collecté tous ces petits éléments qui traînent dans le monde réel, vous corrigez votre ligne d'arrivée théorique. Après ça, en fonction du nombre de partants, de la marge entre le premier et le deuxième cheval et du niveau de risque qu'on est prêt à assumer, il y a trois possibilités : soit jouer un cheval gagnant, soit jouer ce même cheval parmi les trois premiers pour diminuer le risque, soit, enfin, croiser différents paris sur plusieurs chevaux placés dans la même course : les gains sont faibles mais ça présente l'avantage de rentrer dans ses frais à peu près à coup sûr. Et c'est précisément ça que me demandait Victor. Le principe même du contrat passé avec lui, c'était de faire du placement sécurisé à faible rapport.

J'en étais donc à calculer les vitesses, à soustraire les courtes encolures et les longueurs, à transformer les kilos en secondes quand, une fois de plus, je me suis mis à penser à ce que ça pourrait donner si je m'aventurais dans les gros rapports… J'imaginais le scénario idéal : la jolie somme placée sur le cheval gagnant qu'on n'aurait pas été beaucoup à voir venir… Je me disais que c'était loin d'être impossible. Peut-être une chance sur dix. Et je ne pouvais pas m'empêcher d'imaginer ce que deviendrait alors ma vie… C'était une petite maison, avec quelques arbres devant la fenêtre. Pendant les après-midi d'automne, je me mettrais à traduire des choses banales d'abord, des proverbes, par exemple. Juste pour me faire la main et pour mettre du beurre dans les épinards en prévision des vieux jours, quand j'aurais mangé une partie du pactole. Les utilitaires anglais, ça, ça marche toujours… Je sais que c'est par là qu'il faut réattaquer la traduction. Parce que, bien sûr, ce ne serait qu'un début. Après, je traduirais de vrais livres, histoire aussi d'avoir de moi une opinion un peu meilleure que quand je me retrouve en train de lire un *Paris Turf* au comptoir d'un café...

En général, un coup de Klaxon dans la rue ou un pigeon qui bat des ailes contre la vitre suffisaient à me ramener à la réalité, et j'en arrivais toujours à la fin de mes calculs avant d'être parvenu à une véritable décision, si tant est qu'il y ait jamais eu une véritable décision à prendre. En attendant, donc, à force de rêvasser et de lire des colonnes de chiffres alternativement, j'avais obtenu, pour chaque course, trois ou quatre chevaux qui sortaient du lot et il ne me restait plus qu'à téléphoner à Manuel.

Lui, il a d'abord paru heureux de m'entendre à nouveau. Il m'a demandé des nouvelles de ma santé et de mes vacances. Mais je n'avais pas vraiment envie de remettre ça sur le tapis. Du coup, j'ai pas pu m'empêcher de faire des allusions à son histoire avec Victor. La première fois, il a fait mine de ne pas comprendre et puis, voyant que je revenais à la charge, il s'est laissé aller, franchement : tout est sorti d'un coup. Je crois qu'il était presque soulagé de trouver quelqu'un disposé à écouter sa version. En gros, l'idée c'était qu'il n'avait pas eu de chance et qu'il n'avait voulu faire de tort à personne (« ça, tu le diras à Victor, hein ? » répétait-il). Je l'ai laissé débiter ses explications et ça a presque tourné à la pleurnicherie. Il avait toujours rendu service, on ne pouvait pas dire le contraire. C'est vrai qu'avec les chevaux, il lui arrivait parfois de se laisser embarquer un peu trop loin. Mais il n'était pas bête pour autant et, ce coup-ci, ça lui avait bien servi de leçon, ça oui, et il ne recommencerait pas, ça non…

Si Manuel n'était pas bête en effet, il était du moins assez naïf. Et sa naïveté avait ceci de bien particulier qu'elle semblait résister au temps, de sorte que l'on était toujours surpris de la retrouver intacte après des épreuves qui auraient pourtant dû sérieusement l'entamer.

« Ne t'emballe pas, Manuel, pour moi c'est bon. D'ailleurs, tu as bien fait de le remettre à sa place. C'est plutôt courageux de ta part, et j'apprécie… »

Il s'est étranglé. Ce n'étaient plus des larmes mais de l'indignation :

« Mais je n'ai remis personne à sa place ! »

Ça m'amusait et je continuais comme si je ne l'avais pas entendu :

« Et il aura compris ce que ça rapporte d'essayer de me court-circuiter. Je vais pas te dire ce qu'il comptait faire, mais je veux que tu saches que j'ai pris ta défense.

— Mais je l'ai perdu, cet argent, je t'assure ! Tout y est passé, et une partie du mien encore, à essayer de rattraper le coup. Il le sait, je lui ai montré tous les tickets !

— Tu sais bien que les tickets perdants, aux abords des champs de courses, ça fleurit comme des pâquerettes… »

J'ai entendu un gémissement. Il me semblait le voir, la bouche tordue, la main agrippée au téléphone. J'ai eu pitié :

« T'en fais pas, va, je crois que pour ce coup-ci, c'est réglé. J'ai eu une discussion avec lui, il a accepté de tirer un trait sur tout ça. Il sait qu'on travaille bien ensemble. Au fait, c'était pour ça que je t'appelais : on fait Enghien demain. Tu connais le programme, ça n'a pas changé : sois là-bas à dix heures et téléphone-moi une demi-heure avant le début de la première course. Tu as un papier ? »

Il s'est exclamé qu'il était sacrément heureux qu'on remette ça et qu'il avait hâte de montrer qu'il était le meilleur dénicheur d'outsider de tout Paris.

Je lui ai donné, pour chaque course, le nom des chevaux auxquels il devait faire plus particulièrement attention. Pour le reste, comme d'habitude, c'était à lui de voir.

« Je te promets, Daniel, que tu…

— À demain. »

Après ça, j'ai appelé Bruno. Je suis tombé sur son répondeur. J'ai dit que j'avais besoin de lui, le lendemain, à Enghien. J'ai plié la liste des chevaux et l'ai glissée dans mon portefeuille. Le boulot était quasiment terminé. J'ai jeté le journal sur la pile. Il paraissait tout neuf en comparaison des autres qui avaient eu le temps de jaunir.

Bruno est venu récupérer l'argent le lendemain. On s'est retrouvés à mon café et je lui ai donné deux mille euros, dont mille pour les courses du jour. Il a empoché les billets et il a fini de boire sa tasse sans la reposer. Ça a fait quelques secondes de silence, après quoi j'ai entendu crisser sa chaise en même temps que la fermeture Éclair de son blouson. Il m'a dit qu'il attendrait les instructions, puis il a disparu.

Je suis resté là un petit bout de temps, contemplant le ballet des Mobylette et des fourgons de livraison. Quand mon café est devenu froid, je me suis décidé à sortir à mon tour. Je n'avais pas envie de remettre les pieds chez moi. Du coup, je me suis retrouvé devant la porte du café à regarder plusieurs fois à droite et à gauche sans parvenir à prendre une décision. Un 81 est passé à ce moment-là, j'ai couru pour l'attraper et je suis descendu, quelques minutes plus tard, place de Clichy. C'est vrai que ce matin-là, j'aurais pu faire un tour au champ de courses, mais je n'avais pas si envie que ça de me retrouver avec Manuel à manger des hot dogs devant les panneaux d'affichage, et puis je sais que ça ne m'aurait de toute façon rien apporté de plus. Je me suis donc retrouvé à jouer les badauds et, de rue en rue, ça m'a amené jusqu'au quartier des Halles où j'ai laissé se perdre la fin de la matinée. Manuel m'a appelé vers treize heures trente. En premier, c'était une course à réclamer, sans gros enjeu, et il n'y avait pas de changement notable en vue. J'ai donc téléphoné à Bruno et je lui ai dicté les paris.

Un peu plus tard, Manuel a rappelé au sujet de Golden Titus. Il n'était pas dans son assiette, nerveux à l'entrée du rond de présentation, il avait fini par se cabrer et il avait fallu écourter son tour. L'autre souci c'était que le numéro neuf, Real Spain, je ne l'avais pas noté, mais avec des mises réduites (il n'était qu'à huit contre un), il était tout de même plus joué gagnant que placé. Un tuyau circulait visiblement dans l'entourage et Manuel n'avait pas réussi à en savoir plus. Quoi qu'il en soit, dans le doute, mieux valait l'intégrer. J'ai corrigé mon pari et j'ai rappelé Bruno.

Si les humains étaient aussi fiables que des chevaux de courses, je pourrais tout à fait me passer de Bruno. Mais le problème est qu'on ne peut pas donner quatre mille ou même deux mille euros à quelqu'un comme Manuel, Victor venait d'en faire l'expérience. Il n'est pas malhonnête en soi mais on sait qu'un jour ou l'autre, ça ne loupera pas, il ne pourra pas s'empêcher de vous jouer un petit billet à son compte. La première fois, ça marchera, parce qu'il sait comment ça se passe, et il aura été prudent. Mais l'habitude sera prise, la part jouée perso augmentera chaque fois, parce que c'est plus fort que lui : s'il a de l'argent, il le jouera dans des proportions toujours plus importantes. Et il ne se dira pas qu'il faut au moins s'arrêter au tiers. Il continuera donc à augmenter la part misée à son compte, de plus en plus. Cinquante, soixante pour cent. La conséquence, c'est que le jour où il perd, tout s'écroule : il ne lui reste plus qu'à utiliser sa réserve ou à faire des coups plus risqués pour augmenter les gains. Et là, obligatoirement, ça finit très vite par coincer pour tout le monde…

Voilà pourquoi Manuel est payé à la course, quel que soit le résultat, mais avec moins soixante pour cent si l'info technique se révèle mauvaise. C'est tout ; et c'est seulement comme ça qu'on peut bien fonctionner avec lui. La plupart du temps, il ne sait même pas ce que je vais jouer. Il serait capable d'essayer d'utiliser le tuyau. Au début, il faisait mine de mal le prendre, mais je crois qu'il se rend compte que notre système lui apporte ses seuls revenus réguliers. Voilà, en tout cas, la raison pour laquelle je suis obligé de faire appel à Bruno, en parallèle. Lui, c'est tout l'inverse. Il ne m'a pas été présenté par Victor, il se peut même que Victor ne connaisse pas son existence parce que je fais en sorte de ne pas lui en parler. Contrairement à Manuel, il ne boit pas, ne joue pas et ne connaît absolument rien aux chevaux. Il est courtier pour une petite dizaine de clients. Il vit en partie de ça et en partie d'une pension d'invalidité de l'armée : sept ans plus tôt, il a atterri en parachute sur une ligne à haute tension. La seule conséquence c'est qu'il s'absente juste quelques jours, deux ou trois fois par an, pour aller faire des examens médicaux. Ce que vous lui dites ne transpire pas. Il ne m'indiquera évidemment jamais sur quels numéros vont ses autres clients et ne me donnera pas de tuyau, mais c'est exactement ce qu'il me faut. Les choses sont claires. Il y a chez lui un côté excessivement professionnel. S'il pouvait, il tiendrait tout à jour sous Excel. Mais, justement par professionnalisme, il s'oblige à ne rien laisser par écrit.

Donc, c'est Bruno qui a l'argent. Pourquoi ne pas miser dans le premier bar PMU venu ? C'est une exigence de Victor : il n'aime pas trop que cela se passe dans un endroit où vous prenez vos habitudes et où vous finissez par être repéré. Au guichet du champ de courses, il y a plus de passage, ça rassure les gens qui sont un peu vieille école, dans son genre, et qui aiment entourer les affaires d'argent d'une certaine discrétion.

Bref, tous ces intermédiaires, sur une course, ça fait des frais. Ça veut dire que la mise doit être importante pour qu'ils soient au moins couverts par les dix à quinze pour cent de gains en moyenne. Mais bon, ça permet aussi de pouvoir être sur deux lieux quand on a besoin de miser beaucoup en quelques jours. Ils ont leurs hippodromes de prédilection et j'ai les miens. Et puis il n'y a pas que ça. C'est bon aussi d'être à distance. Ça permet de pouvoir faire des rectifications au calme. Il y a trop de tension, d'urgence et de distractions sur un champ de courses, du coup, on y fait souvent les choses trop précipitamment. Moi, j'aime bien réfléchir à la question ou, si l'enjeu est important, prendre le temps de rouvrir le journal et de refaire certains calculs tranquillement installé quelque part. Là, par exemple, je suis resté un moment du côté de la salle de billard. C'était le calme plat. Il n'y avait que quelques habitués qui faisaient trois tours de table avant de pousser leur boule. Puis, quand est venue l'heure, j'ai appelé Bruno. Je lui ai dicté les paris pour les courses restantes, sauf l'avant-dernière qui était trop floue, et je lui ai demandé de m'envoyer les résultats des gains par SMS, dès l'arrivée de la dernière course.

Après ça, j'ai pris la direction de la rue des Beaux-Arts.

14

Today is a new day.

C'était un petit hôtel mais, rien qu'à la façade, on voyait que c'était le genre distingué. En face de l'entrée, un corridor aux lumières tamisées menait au salon-bar et, comme je suis aussi curieux qu'un chat, je n'ai pas pu m'empêcher d'aller voir par là. Au mur, des photos représentaient des célébrités souriantes, surprises dans les lieux mêmes mais, étant donné que je ne suis pas très calé en célébrités, à part Johnny Depp, je n'ai pas reconnu grand monde. Dans le salon en question, il n'y avait que quelques couples de quinquagénaires élégants au milieu de colonnades, de tentures et de velours rouge. Rien d'intéressant. C'est en retournant sur mes pas et en levant les yeux que j'ai pu observer la perspective légèrement vertigineuse d'un empilage de galeries circulaires qui desservaient les étages. C'était un morceau d'architecture et je suis resté quelques instants en arrêt au milieu de ce petit hall, la tête levée vers le plafond, à peu près comme un paysan auvergnat débarquant dans les années 30 sous la grande verrière de la gare d'Austerlitz. Revenu dans l'entrée, je me suis assis dans un fauteuil, j'ai jeté un coup d'œil à ma montre, puis j'ai observé, autour de moi, le spectacle des riches décors et des riches clients. Mais comme cela ne pouvait occuper qu'un temps, j'ai tout de même fini par me retrouver à feuilleter un dépliant touristique qui traînait sur l'un des guéridons. Un peu après, j'ai vu une jeune femme s'avancer vers moi. Elle s'apprêtait visiblement à me poser une question, mais elle s'est ravisée et m'a tout simplement dit « bonjour », en français. Sur le moment, je ne l'avais pas reconnue. C'était tellement bête que j'ai eu peur qu'elle le remarque. Je me suis aussitôt levé. Ça l'a fait un peu sourire. Elle me l'a dit, d'ailleurs, en anglais. Je ne me souviens pas très bien des termes qu'elle a employés mais, en gros, l'idée c'était que pour quelqu'un qui l'a vue au moment de mourir et dont l'image ne le quitte plus, j'avais été un peu long à la détente. Moi, je ne savais pas quoi dire. J'avais devant les yeux une jeune femme blonde aux cheveux mi-longs. J'ai cru relever dans la courbe de sa bouche et dans le regard qu'elle posait sur moi une légère ironie mais ce qui occupait le plus mon attention, c'était son visage qui paraissait extrêmement lisse et régulier. À aucun moment je ne me suis dit qu'elle portait du maquillage, mais c'est probablement un domaine qui me dépasse. Elle avait un pull à larges côtes, un jean et des bottes qui lui arrivaient sous le genou.

Elle me paraissait beaucoup plus jeune que ce à quoi je m'attendais et incroyablement plus vivante et réelle que l'image que j'en conservais. C'était ça le plus étonnant, et j'étais tout simplement en train de me rendre compte que j'avais du mal à faire le lien entre la jeune femme qui se tenait là, devant moi, qui ressemblait à une étudiante du quartier, et l'icône irréelle, fantomatique, dont je croyais me souvenir et dont le regard dégageait, dans les replis de ma mémoire, une si mystérieuse lueur.

Je cherchais une phrase appropriée à la circonstance, ou bien n'importe quoi d'autre plutôt que ce silence idiot, mais c'est elle qui a pris les devants, c'est-à-dire qu'elle s'est dirigée vers le couloir après m'avoir dit, dans sa langue : « Suivez-moi, ma chambre est au premier. » Elle s'éloignait. J'étais tellement surpris que je l'ai suivie sans rien trouver à répondre.

Il y avait, tout au plus, une vingtaine de marches, mais on peut dire que, dans le même temps, mon esprit montait et descendait des quantités folles d'escaliers. J'envisageai rapidement toutes les hypothèses. J'en étais même arrivé à me dire qu'elle logeait peut-être dans une grande suite et qu'elle ne m'amenait pas dans sa *chambre* mais dans une sorte de salon privé… En tout cas, je n'avais pas imaginé que les choses seraient aussi précipitées.

Nous venions de nous arrêter devant sa chambre. La porte était légèrement incurvée afin d'épouser la rotondité des murs. Je ne sais pas pourquoi j'ai retenu ce détail. Comme s'il avait rétrospectivement plus d'importance que tout le reste, je revois aujourd'hui cette porte avec une netteté incomparable. Elle l'a ouverte et m'a fait signe de la précéder. Je suis entré. Des vêtements traînaient sur les chaises et sur le lit mais le luxe volontairement suranné du mobilier ne m'en a pas moins frappé. Je sentais mes pas s'enfoncer dans la moquette épaisse. La chaleur et les boiseries donnaient à cette chambre un gentil air de lupanar bourgeois très IIIe République. À peine avais-je commencé à prendre connaissance de tout cela que j'ai entendu la porte se refermer. La phrase a été lancée aussitôt, sans autre forme d'entrée en matière :

« Show me your scars. »

Je me suis retourné vers elle. C'était dit sur un ton très sérieux. Je l'ai regardée attentivement et je me suis rendu compte, alors, que je n'y découvrais aucune trace de sympathie. Je ne sais pas s'il s'agissait d'un réflexe hérité de mes rapports récents avec le secteur hospitalier et l'administration policière mais je me suis aperçu à ce moment-là que j'avais commencé à retirer ma veste. Je me suis aussitôt ravisé. Je n'avais pas à faire ça. Et je le lui ai dit.

« C'est vous qui avez voulu me voir, m'a-t-elle répondu, toujours en anglais, avec cet accent étrange. Soit vous me prouvez que votre histoire est vraie, et alors on parlera, soit vous refusez, et alors on n'a plus rien à se dire… Je suis désolée, mais ce métier m'a appris à ne rien croire sur parole. »

J'ai regardé la porte. D'une certaine manière, je savais au fond de moi que j'avais déjà obtenu la réponse que j'étais venu chercher, mais j'ai finalement décidé de voir où tout cela pouvait mener. Je l'ai quand même prévenue qu'elle allait se trouver ridicule quand elle s'apercevrait que je n'avais pas menti et elle m'a répondu que j'allais de mon côté me trouver ridicule quand elle dirait partout que j'avais hésité cinq bonnes minutes à me déshabiller à sa demande. C'était la première fois que je l'entendais faire preuve d'esprit.

J'ai relevé mon pull et ma chemise pour qu'on en finisse. Elle a vu les plaies.

« C'est bon. Je voulais être sûre... »

Je ne savais pas ce que serait la suite, mais je savais qu'il y avait déjà, de mon côté, une petite rancune.

Tandis que je renfilais ma chemise dans mon pantalon, elle m'a dit qu'ils servaient d'excellentes glaces en bas.

Nous avons alors refait le chemin inverse et, après qu'un serveur nous eut installés, je n'ai pas pu m'empêcher de lui faire remarquer que, pour quelqu'un qui n'aimait pas les risques, elle avait tout de même une façon un peu expéditive de faire venir des inconnus dans sa chambre.

« Ne le prenez pas mal... En vous voyant, je me suis dit qu'il n'y avait pas de danger. »

Sans savoir pourquoi, il m'a semblé qu'il y avait quelque chose de vexant dans cette réponse. J'ai néanmoins commencé par la remercier d'avoir accepté cette rencontre. Et, tout en lui disant ça, je me rendais compte que je n'étais plus très sûr de savoir ce que j'attendais d'elle, au-delà du simple fait de rencontrer une jolie fille, bien sûr... Du coup, je lui ai fait remarquer qu'elle devait en recevoir beaucoup, des demandes de ce genre. Mais en fait, non. C'était la première fois que quelqu'un lui écrivait pour lui dire qu'il voulait la rencontrer. Cela ne faisait pas très longtemps qu'elle était dans le métier et on ne parlait pas encore beaucoup d'elle.

« D'ailleurs, a-t-elle ajouté, en général les gens savent dissocier l'image et la personne. Au fond, je crois qu'il y a peu de gens assez naïfs pour chercher à rencontrer une fille simplement parce qu'ils ont vu sa photo dans un magazine… »

Elle a levé vers moi un œil au fond duquel brillait un petit éclat malicieux. Elle a poursuivi en me disant que c'était pour ça que la lettre lui avait paru un peu ridicule et qu'elle avait d'abord décidé de la jeter. Mais elle ne l'avait pas fait.

« Je ne sais pas très bien comment le dire, mais j'ai senti que quelqu'un me demandait quelque chose. Quand j'ai su, quelques jours après, que je devais me rendre à Paris, je l'ai glissée dans ma valise. Je l'ai relue seulement hier. Je venais d'écourter une séance photo qui s'était mal passée. Je passe les détails… Dans ce genre de moment, je me dis toujours : "Qu'est-ce que je fais là ? Je gagne plus d'argent que si j'étais restée dans mon village. Et après ?…" J'ai interrompu mes études pour pouvoir faire ça. Oui, je ne les ai pas arrêtées. Je les ai interrompues… C'est ce que je répète tout le temps aux autres et à moi-même. Mais je sais bien que plus j'attends et plus tout cela s'éloigne. Alors j'ai tout de même besoin de quelque chose qui me fasse tenir… Je me souviens de mon premier travail. J'avais dix-sept ans et je voulais gagner de l'argent pour payer ma première année d'étude à Stockholm. C'était ça ou me retrouver à Trondheim ou Bergen, et en sortir trois ans plus tard avec un CV qui ne valait rien. J'étais très jeune (elle disait ça comme s'il y avait de cela des décennies) mais il me fallait un vrai salaire…

Alors je suis allée voir mon oncle, à Ålesund. Il avait un gros chalutier, une grosse Audi et de grosses colères à propos de tout un tas de choses et en particulier de cette jeunesse qui pensait que la pêche en mer ça consistait à être payé à regarder la ligne d'horizon cigarette au bec et accoudé au bastingage… Il m'a répondu qu'il n'en avait rien à faire que je sois une fille, et même la fille de son frère, qu'il était prêt à me prendre mais que c'était pour deux mois pleins, pas moins, et qu'il en avait plus que marre de tous ces traîne-savates qui arrêtaient au bout de cinq jours à cause du mal de mer (alors que, lui, ça faisait vingt-cinq ans qu'il faisait avec) ou qui disparaissaient après trois semaines parce qu'ils venaient d'atteindre juste de quoi se payer leur Mobylette. Vu qu'il fallait bien une semaine pour devenir un peu performant, et qu'en attendant on était bon pour faire une ou deux âneries par jour avec le matériel ou la cargaison, c'étaient trois semaines qui lui revenaient un peu cher… Je l'ai laissé vider son sac et puis j'ai bien insisté sur le fait que j'avais besoin de travailler deux mois et que, si je signais, il me verrait les deux mois sur le pont. Alors il a voulu que j'aille d'abord parler cinq minutes avec ses gars pour avoir une idée du boulot et moi je lui ai répondu que je me doutais bien de ce qu'était le boulot et que je n'avais pas besoin de discuter cinq minutes avec ses gars pour le savoir… Bref, je les ai faits mes deux mois et je crois que je ne les referais plus, même pour dix fois le salaire. Je me levais à trois heures et demie du matin. Quand on enfilait nos bottes et nos vareuses glacées et encore mouillées de la veille, je sentais tous mes membres se contracter : je n'ai jamais été aussi frigorifiée que ces matins-là, et pourtant j'ai grandi en Norvège. Après, il fallait encore sortir sur le pont en pleine nuit et le vent, mouillé d'embruns, était si froid qu'il en était coupant. En moins d'une heure, nos pulls devenaient poisseux et collants à cause du sel mais, comme on n'en avait pas un pour chaque jour, il fallait souvent le renfiler le lendemain. Et ça, je peux t'assurer que quand il est trois heures et demie du matin et qu'il fait aussi froid, c'est le genre de chose qui demande de réunir une sacrée dose de volonté… »

Elle avait dit tout ça d'une traite. Elle a fini par sourire, d'un sourire un peu triste. Vu la façon dont elle me parlait maintenant, je prends la liberté de traduire ses *you* par du tutoiement, mais c'est peut-être un peu excessif, je ne sais pas. Elle a eu un mouvement de la main, comme pour balayer quelque chose :

« J'ai vraiment l'impression d'être ma grand-mère en train d'évoquer sa jeunesse. J'arrête là et je t'épargne ces milliers de poissons gluants qu'il faut ouvrir au fond de la chambre froide, d'autant plus que ce n'est pas le genre de chose qu'on peut faire avec des gants… Ce que je voulais juste te dire c'est que, dans cette situation-là, au bout de vingt jours, ce n'est plus le salaire qui te fait tenir. Et je me suis dit, assez rapidement, qu'après tout je préférais aller à l'université de Bergen et que c'était vraiment con de faire tout ça juste pour frimer en disant qu'on allait à Stockholm. Au bout de vingt jours, je me suis rendu compte que je n'en pouvais décidément plus. Je n'en étais pourtant même pas à la moitié… Ces deux mois-là m'ont vraiment paru aussi longs que toute une vie, aussi interminables qu'elle. Et quand tu croises, littéralement morte de fatigue, ta petite bande d'amis en vacances parce qu'ils se sont de toute façon résignés à aller à Bergen ou parce que leurs parents peuvent leur payer une chambre à Stockholm, et qu'ils te proposent d'aller t'amuser avec eux, tu ne peux tout simplement pas dire oui, tu as juste la force de rentrer chez toi, de t'effondrer sur le lit, et de pleurer. Ta mère sait que tu ne pourras pas descendre ; elle te monte ton assiette, elle te dit que tu es courageuse, et tu t'endors à sept heures et quart. Tout au long de ces deux mois, pendant les heures interminables passées sur le bateau, tu n'arrêtes pas de te parler, de t'encourager, de te trouver des raisons de tenir encore quelques jours. Parmi elles, il y a l'orgueil, bien sûr. Tu ne vas pas laisser tomber alors que c'est ton premier job, tu vas tenir, tu n'en as plus rien à foutre de l'argent, parce qu'aucune somme ne vaut ça. Voilà ce que tu te dis pour commencer. Et puis cette raison-là aussi, elle finit par ne plus tenir. Ton oncle est un con, d'ailleurs tous les autres marins le disent, ils ne se gênent même plus pour le dire devant toi parce qu'ils se rendent bien compte que tu es logée à la même enseigne. Qu'est-ce que tu en as à faire de ce qu'il pense ? Il dira qu'Anja n'est bonne qu'à s'allonger sur le dos et qu'il lui faudra trouver un métier payé à rien faire parce que tout le reste lui paraîtra trop difficile. Très bien. Elle aura même certains amis qui le penseront, et peut-être aussi son propre père. Eh bien, elle se passera de leur opinion. Elle n'a pas besoin d'eux pour savoir ce qu'elle vaut. Elle n'a rien à prouver sur ce chalutier de merde… Bref, voilà ce que tu te dis. C'est seulement aux alentours du trentième jour qu'on commence à avoir une pensée un peu adulte. Chaque soir, on sortait de grosses quantités, une partie avait été surgelée en mer, l'autre serait écoulée en vrac. Je me rendais compte qu'avec une seule cargaison, ça permettait d'assurer la consommation de quantité de foyers. Dès lors, que je le veuille ou non, je comprenais que je participais à quelque chose d'utile, de vital même. C'est une chose que je me suis dite plusieurs fois. Ce que je faisais, ça devait être fait. C'était complètement indépendant de mon oncle et ça n'a évidemment rien changé à la difficulté du travail, mais, en quelque sorte, ça l'a justifiée. Je continuais à râler, comme les autres. À haute voix, je disais : "Vivement la quille !" et des trucs de ce genre mais, au fond, je ne me plaignais plus. Je savais que ce boulot, il fallait que quelqu'un le fasse. Et puisqu'il fallait que quelqu'un le fasse, ça pouvait tout aussi bien être moi. Il fallait que j'arrête de pleurnicher, que je prenne conscience du fonctionnement du monde et, si je voulais une autre place, simplement faire en sorte, la prochaine fois, de me trouver un meilleur travail… Mais surtout, je venais de comprendre que, pour que je puisse être satisfaite de moi, il fallait que mon action soit utile, d'une manière ou d'une autre ; ou du moins qu'elle m'apparaisse comme telle. Dans le cas contraire, je m'apercevais que ça ne pouvait pas durer longtemps. »

Elle venait de s'arrêter. Elle but d'un même élan plusieurs gorgées du grand verre d'eau jusque-là resté intact devant elle. Il m'a semblé qu'elle cherchait à éviter mon regard. Je crois qu'elle commençait à se rendre compte qu'elle avait parlé sans interruption et elle devait être elle-même étonnée d'en avoir dit autant à un inconnu.

« Pourquoi je te raconte ça ? Ah oui, ajouta-t-elle, tout ça pour te dire que je fais partie de ces gens qui ont besoin de se sentir utiles… C'est comme ça, et je me rends compte que s'il n'y a pas ça, l'argent ne sert à rien. Le colin, ça permet à ceux qui n'ont pas trop de moyens de pouvoir se payer du poisson pas trop cher pour eux et pour leurs gosses. J'ai pris conscience que ça m'aidait de me dire ça. Tu sais, j'ai plusieurs fois repensé à ta lettre depuis, parce que tu y écris qu'au moment où tu allais perdre connaissance, tu as croisé le regard de cette affiche, ce regard-là donc (et en disant cela elle le dirigeait droit sur moi), et tu dis que c'est ça qui t'a aidé à tenir. Il me semblait qu'en m'envoyant cette lettre, tu ne pensais pas vraiment que j'accepterais de te revoir mais que tu l'as envoyée juste parce que c'était une façon de te dire que tu avais remercié ce regard, le regard de l'affiche, même si je n'avais pas grand-chose à voir avec tout ça… D'ailleurs, ça n'a pas d'importance. Ce qui compte, c'est que j'ai pu me dire, en lisant ta lettre, qu'une fois au moins, ce métier-là m'aura permis de venir en aide à quelqu'un. Peut-être de façon très indirecte, mais le résultat est le même : je peux enfin me dire et croire que ce que je fais sert à autre chose qu'à donner un joli visage à une multinationale… Et tu ne peux pas savoir à quel point c'est important, pour moi, de pouvoir penser ça. »

C'était le monde à l'envers. C'était elle qui remerciait… Elle a compris ce que j'étais en train de me dire.

« Je ne sais pas ce qui m'arrive, aujourd'hui. J'ai besoin de parler… Et je crois bien que n'importe qui aurait fait l'affaire… »

Elle a marqué une pause, comme absorbée soudain par une pensée parasite. Puis elle a eu un geste bref de la main, et elle a poursuivi :

« D'ailleurs, c'est un peu normal après ce que je t'ai demandé là-haut. On peut dire que c'était à mon tour de te montrer mes blessures, histoire d'être à égalité… »

Il y a eu un silence. Il ne restait plus qu'un peu de glace fondue dans mon assiette. J'y faisais des S avec ma cuillère. C'est ça que j'ai regardé tout en essayant de trouver les mots :

« Je vais te dire pourquoi je tenais à te revoir. Je ne suis pas sûr d'avoir quelque chose à te demander en particulier. C'est juste qu'il y a une image qui me reste et j'espérais pouvoir mieux comprendre… Tu m'as dit que tu voulais te sentir utile, que ça te permettait de donner un sens à tes actions. Je comprends ça, je le respecte. Seulement, ce n'est pas mon cas. En fait, je peux même t'avouer que, jusqu'ici, j'ai vécu sans trop me poser de questions. Mais, le jour où on m'a tiré dessus, devant ton affiche… comment dire… Ce jour-là j'ai croisé un regard qui a aussitôt représenté pour moi quelque chose de plus important que tout le reste, comme s'il me révélait une partie du monde qui était meilleure et dont je n'avais jamais soupçonné l'existence… Et c'était comme l'annonce d'un bonheur, je ne vois pas d'autre mot, un bonheur qui semblait m'attendre quelque part, au moment même où j'allais mourir… Et tout cela ne tenait qu'à un regard… Alors, quand tout a commencé à s'éteindre, peu à peu, aux alentours, j'ai compris que la lueur de ce regard que je venais de croiser était désormais logée en moi aussi profondément qu'un souvenir d'enfance. Elle venait juste d'apparaître mais je savais déjà que ce serait elle qui disparaîtrait en dernier, tout simplement parce que c'était la dernière chose que je me résoudrais à voir s'éteindre. Et je me suis accroché à cette lueur. Je n'ai pas fermé les yeux parce que je savais que si je la quittais, je quittais la vie. Et, pour la première fois, je savais avec clarté qu'il fallait vivre, vivre pour avoir l'espoir de la retrouver un jour. C'est vrai que je ressens une dette immense envers ce regard, mais je ne voulais pas seulement lui dire merci, je voulais le revoir. »

Il y a eu un silence. C'est elle qui a conclu.

« Et je suppose que, maintenant que tu m'as vue, tu es déçu… »

Je l'ai regardée quelques secondes et j'ai fini par lui avouer qu'elle avait sans doute raison. Alors elle m'a fait remarquer en souriant que j'étais bien le premier garçon à lui dire ça.

Je n'avais pas de mal à le croire. Et elle a ajouté, toujours le sourire aux lèvres, que finalement, ce que je cherchais, c'était ni plus ni moins le type qui l'avait photoshopée… Selon elle, soixante-dix pour cent de ce qu'il y avait dans son regard venait de lui…

Puis elle m'a demandé plus sérieusement ce que je comptais faire maintenant.

Qu'est-ce qu'il me restait de mieux à faire que de me rendre à l'évidence ? J'avais trouvé bien trop de choses dans ce regard pour que tout cela puisse avoir une existence autre part que dans mon imagination. Sans doute une sorte de réflexe de survie. En un instant, il m'avait fallu inventer un monde plus beau pour me donner envie d'y rester. Je m'étais raccroché à son affiche et j'avais fabriqué cette image… Et elle avait beau être ce qui en était le plus proche, il fallait bien admettre que cette image n'avait probablement aucun rapport avec quoi que ce soit de ce monde…

Le soir descendait. Les tables avaient été préparées pour le dîner et les premiers couples arrivaient. Elle m'a dit qu'elle aimait bien ici… Ce côté maison de poupées… Elle n'aimait pas les établissements trop modernes avec leurs vastes halls, leurs longs couloirs, leurs baies vitrées qui donnent sur la ville… Trop grands, trop impersonnels.

« Tu sais qu'en dessous il y a même un hammam ? »

Et elle m'a confessé qu'elle n'avait pas encore trouvé le temps d'y aller une seule fois. Elle en a tiré l'axiome selon lequel il ne sert à rien de descendre dans ce genre d'hôtel quand on travaille et qu'on ne fait qu'y passer. Cette considération a eu pour effet de nous plonger dans un silence expectatif.

Il m'a semblé que le moment était venu de nous séparer. En tout cas, je ne voulais pas qu'elle se retrouve obligée de me le faire sentir. Alors je me suis levé. On s'est promis de se revoir à l'occasion mais, de son côté, c'était dit sur un ton qui ne portait pas vraiment à conséquence.

Je l'ai laissée au pied de l'escalier, avec tout de même une pointe de regret, puis j'ai quitté la beauté, le luxe et le calme, accompagné, jusqu'au tambour vitré et scintillant, par la lumière dorée qui couvait sous l'enfilade des abat-jour.

Dehors, la nuit qui a succédé m'en a paru un peu plus noire encore et, quelques minutes plus tard, j'étais dans la lumière blanche du métro. Le signal de fermeture des portes a résonné sous la voûte, comme une longue plainte humaine. J'ai regardé mon portable. *Mises : 900. Gains : 974.* Bruno ne s'embarrassait jamais de détails mais ces chiffres étaient presque chaleureux, et je me souviens de m'être fait la réflexion que, pour un retour, c'était plutôt honorable.

Il était peut-être temps d'augmenter les mises.

15

A telephone bell, a lottery ticket.

Je n'ai eu de ses nouvelles que deux semaines plus tard, quand elle est revenue à Paris. Elle m'avait appelé, un soir, pour me dire qu'il lui arrivait de repenser à ce que nous nous étions dit. « Et toi ? » Moi, j'ai confirmé, bien sûr. De son côté, elle avait à me parler d'un tas de choses, elle avait l'air impatiente. Et puis elle a ajouté qu'elle voulait aussi qu'on fasse un test.

« Un test ?

— Je t'expliquerai. On pourrait se voir.

— Ce soir ? » ai-je proposé.

Elle n'a pas pu s'empêcher de rire.

« Je sors de six heures de vol, je ne sais même pas pourquoi je t'appelle maintenant… Enfin si, c'est parce que j'ai pensé à tout ça dans l'avion. On n'a qu'à se voir demain.

— Parfait. On déjeune ensemble. »

J'avais pris les devants parce que je ne voulais pas repousser ça jusqu'au lendemain soir. Mais sa journée était entièrement prise. Finalement, elle a décidé que je passerais à l'hôtel vers huit heures, et qu'on prendrait le petit déjeuner ensemble. L'idée l'amusait. Elle m'a donné l'adresse et le numéro de la chambre.

« Sois à l'heure. Le service est ponctuel… »

Ma longue expérience du monde m'avait appris que, lorsqu'on a rendez-vous avec quelqu'un chez lui, il convient d'arriver en retard. Dix minutes est un minimum. À huit heures quinze, je frappai à la porte 316.

Elle m'a ouvert et elle est revenue s'asseoir en tailleur sur le lit. Elle portait un de ces pyjamas en soie que l'on voit dans les films des années 40. Le petit déjeuner consistait en deux grands plateaux remplis de corbeilles en argent et de tout un ensemble de petites choses en porcelaine. Tout ça, déployé, occupait une bonne partie du lit. Elle tenait un croissant dans la main gauche et, de l'autre main, tournait les pages d'un journal. J'avais l'impression d'assister au lever de la reine.

« Tu es en retard… J'espère que le café n'aura pas trop refroidi. »

J'ai avancé un fauteuil. Une tasse est arrivée dans mes mains et elle a poussé vers moi les croissants.

Elle m'a demandé si j'avais bien dormi. J'ai répondu oui, mais son petit caprice m'avait fait lever à six heures et demie. Autant dire que ce oui n'avait rien de franc et convaincu.

« Tu as de la chance. Pour moi, avec le décalage, c'est comme s'il était deux heures du matin… »

Je la regardais en prêtant de moins en moins attention à ce qu'elle disait. Ses cheveux ressemblaient plus à une sorte de doux brouillard scintillant aux premiers rayons du soleil qu'à quoi que ce soit de matériel. C'était légèrement bouclé et plus précieux encore que la soie de son pyjama. Et puis ce visage, surtout. Je ne sais pas à quoi ça tenait, peut-être à la finesse de la courbe du menton, ou au nez, fin comme celui d'une statuette du Second Empire.

Elle enchaîna quelques remarques sur la différence entre l'Amérique et l'Europe, sur le fait que je lui paraissais plus fatigué que la dernière fois, sur le jus d'orange qui n'était jamais aussi bon que quand on le faisait soi-même…

« Au fait, ajouta-t-elle après tout ça, je ne t'ai pas dit… j'ai décidé de rester à Paris. Je cherche un petit meublé.

— Pour combien de temps ?

— Je ne sais pas encore. J'avais besoin de rentrer en Europe. Quand on a discuté, la dernière fois, j'étais en train de remettre pas mal de choses à plat dans ma vie. Je me suis rendu compte que ça devenait urgent de revoir des gens sains… »

J'étais en train de mordre dans un croissant quand elle a dit ça et j'ai compris qu'elle m'englobait dans ce qu'elle appelait « les gens sains ». Je me suis abstenu de tout commentaire.

« C'était la dernière chose qui me faisait hésiter, poursuivit-elle, le fait que je ne connaisse pas grand monde ici. Alors, si je peux trouver quelques personnes avec lesquelles recommencer sur de nouvelles bases, ce serait quand même plus facile. Voilà. C'est de ça que je voulais te parler, et aussi de cette histoire de test… J'aimerais qu'on commence par se voir, de temps en temps, pour mieux se connaître. Pour s'observer, si tu veux. Après ça, on fera un bilan, et on verra si on veut aller plus loin. Qu'est-ce que tu en penses ?

— J'en pense qu'on pourrait tout simplement s'accorder le bénéfice du doute…

— Désolée, j'ai trop connu ça. Et je sais qu'une fois que ça a commencé, ça fait toujours des dégâts de revenir en arrière. L'idée, pour l'instant, ce serait que nous nous voyions sans rien se devoir l'un à l'autre. Je verrai comment ça se passe, comment tu réagis dans certaines situations. Je te mettrai même parfois à l'épreuve, je préfère que tu sois prévenu. Mais si tu réussis le test, alors je te promets que, de mon côté, ce sera du solide. En tout cas, si tu veux qu'on continue à se voir, voilà les conditions. »

Je trouvais que c'était bien compliquer les choses, mais j'ai mis ça sur le compte d'une certaine prudence féminine et j'ai répondu que ça m'allait. Je dois d'ailleurs avouer que j'ai assez vite oublié ces histoires de test et de bilan jusqu'à ce que ça me revienne en pleine figure, quelques mois plus tard. Mais nous n'en sommes pas encore là. Nous n'en étions même qu'au début et, comme à chaque fois, au début, nous avions beaucoup à nous dire et bien des choses à découvrir. C'est d'ailleurs ça qui a alimenté la conversation au cours de l'heure qui a suivi.

Tout en se préparant dans la salle de bains, Anja me posa quelques questions sur ce que je faisais dans la vie. Il faut bien reconnaître que c'était la partie embarrassante de la conversation. Je m'en suis finalement pas trop mal tiré en expliquant que je prenais des paris dans les courses de chevaux. Les Anglo-Saxons vous fichent la paix quand vous leur dites ça. Ils savent ce que c'est avec leurs bookmakers. En y repensant, c'était vraiment pas mal comme réponse. Ça laissait entendre que j'avais de l'argent. De son côté, elle m'a avoué qu'elle ne savait pas encore ce qu'elle ferait après. Ce qui ne l'a pas empêchée d'évoquer toute une série de projets : ça allait de l'histoire du ranch dans la nature à la mission humanitaire, en passant par la ligne de produits de beauté estampillés commerce équitable.

Tandis qu'elle était sous la douche, je n'ai pas pu m'empêcher d'aller m'allonger sur le lit, histoire de tester le matelas et de vérifier si la différence de prix avec les hôtels dans lesquels je descendais habituellement se justifiait. Mais c'est à ce moment-là qu'elle est sortie de la salle de bains et, en la voyant finir de s'habiller, je dois bien reconnaître que j'ai assez vite laissé filer la question du matelas.

Cinq minutes plus tard, nous quittions l'hôtel. Son rendez-vous n'était pas très loin de là. Je lui ai proposé de l'accompagner.

C'était une des premières journées vraiment fraîches de l'année, et il m'a semblé que les autres passants avaient le visage un peu rouge, à cause du vent. Le sien était resté d'une blancheur suave et impeccable. Elle m'a dit qu'elle était vraiment contente de la matinée qu'on venait de passer. Ça m'a fait plaisir, bien sûr, et, du coup, j'ai profité de l'occasion pour lui parler du prix de l'Arc de Triomphe, à Longchamp, le week-end suivant. C'était une chose à laquelle j'avais pensé la veille. Je lui ai dit que ça lui plairait, que ça avait un côté garden party qui n'était pas si courant à Paris.

Elle venait de s'arrêter devant une porte cochère. On devinait les bureaux modernes derrière la façade ancienne. C'était là.

Alors elle m'a répondu « Pourquoi pas, on verra ». Elle a ramené une mèche de cheveux derrière son oreille. Je lui ai dit que c'était tout vu, qu'elle ne devait pas rater ça et que je passais la prendre dimanche, à onze heures.

16

Nothing ventured, nothing gained.

« Je t'écoute. Mais fais vite.

— Je vais aller faire un tour au prix de l'Arc de Triomphe…

— Parfait. Tu as combien ?

— J'ai assez. J'en profiterai pour amener une amie. C'est pour ça que je t'appelle, j'aurais besoin de la voiture dimanche.

— Je te la laisse tout le week-end mais ramène-la-moi pour lundi, sept heures. Une fille que tu veux épater ?

— C'est pas le genre à se laisser épater, Victor. C'est juste que je la récupère chez elle et j'ai pas envie qu'on se retrouve à enchaîner les métros et la navette. Et avec les taxis, tu sais ce que c'est, à la sortie des courses, ce sera la foire d'empoigne pour en dégoter un…

— T'as raison, Daniel. Il faut que je te laisse. Tu pourras passer la prendre dès samedi… »

Je suis allé chercher la voiture le dimanche matin. Elle attendait gentiment sur sa place de parking. Je ne me souviens pas du modèle mais, ce qui est sûr, c'est que c'était du genre sérieux et assez chic.

Victor et l'inspecteur n'en revenaient pas que je n'aie pas reconnu la marque de la voiture du tueur. C'est comme ça. Autant on ne me ferait pas prendre un pur-sang anglais pour un anglo-arabe, même à vingt mètres, autant j'ai tendance à croire que les constructeurs allemands sortent tous exactement le même modèle. Mais bon. Victor n'accorde pas d'importance aux mêmes choses. Ce qui fait que, quand il a déposé les clés de la « béhème » dans ma main, il n'a pas pu retenir un petit sourire de satisfaction, et il m'a souhaité une bonne après-midi.

Il faut bien reconnaître que ça faisait son petit effet de s'installer au volant, de fermer la portière et de démarrer le moteur.

Ensuite, je suis passé prendre Anja à son hôtel. Je l'ai d'abord vue de dos, attendant dans le hall. Elle portait une de ces robes inachevées comme en font les nouveaux créateurs. Ça lui donnait un côté désinvolte vrai comme nature. Quand elle m'a aperçu, il m'a semblé que son regard s'éclairait. Ce n'était peut-être que de la civilité mais c'est une chose qui m'a réconforté.

En démarrant, je me suis tout de même senti obligé, par respect pour la vérité historique, de lui dire que la voiture n'était pas à moi. J'ai cependant précisé que j'avais l'habitude de la conduire, qu'elle se rassure…

Les rues et les trottoirs étaient d'ailleurs encore à peu près déserts. Ça la surprenait. Elle n'avait jamais vu Paris avec le visage du dimanche matin. Rien à voir avec ce qui nous attendait devant l'hippodrome. Là, c'était la vraie foire, des embouteillages, du beau monde qui courait partout, des gamins, des chapeaux, des voix haut perchées…

« C'est là qu'ils étaient tous…, a fait remarquer Anja.

— The place to be… »

Autant sur un champ de courses en semaine, surtout s'il ne fait pas beau, on est entre habitués, autant pour ce genre d'occasions, les jolies robes et les messieurs élégants, c'est pas ce qui manque. Il faut dire aussi qu'en général les mises y sont un peu plus mal placées que d'ordinaire. Parce que la plupart des gens qui viennent un jour comme celui-là ne sont pas complètement de la partie. Longchamp, à cette occasion, se transforme en une sorte de parc d'attractions. On y va en famille, entre amis, et il se trouve qu'au milieu de tout ça il y a de temps en temps une bande de chevaux qui passe à toute allure. J'exagère peut-être un peu, disons que les chevaux, c'est ce qui pimente le lieu, ce qui fait qu'on est à Longchamp et pas au parc de Bagatelle. Mais on est venu pour s'amuser et les vieux turfistes – qui n'aiment pas trop l'agitation – ne sont pas forcément là. Il y a bien des amoureux des chevaux, des gens qui viennent pour le plaisir des yeux parce qu'il faut bien reconnaître une chose : ils ne pourront voir nulle par ailleurs en un même lieu et en un même jour une telle réunion de pur-sang, mais ceux-là sont loin d'être capables de vous pronostiquer un ordre d'arrivée.

Ça ne fait pas baisser les enjeux pour autant, car tout ce beau monde vient vraiment là pour jouer. C'est fou comme le spectacle devient plus drôle dès qu'on a acheté des tickets avec des numéros dessus… La différence, c'est que, ce jour-là, on joue un peu comme au loto, au hasard, à l'intuition, et si on s'inquiète de savoir qui sont les favoris, c'est bien le maximum. Pour le reste, tout peut faire l'affaire : un tuyau éventé qui court poussivement d'un bout à l'autre de la tribune aussi bien que la datc dc naissance de madame. Alors ça joue, beaucoup et assez mal. Inutile de préciser que, dans ce contexte, des chevaux sans espoir trouvent preneur et, du coup, le rapport des chevaux vraiment sérieux devient parfois beaucoup plus intéressant que ce qu'il devrait être dans n'importe quelle autre course. C'est bien la raison pour laquelle je m'étais quand même informé, juste au cas où de bons chevaux se seraient retrouvés avec des cotes sous-estimées.

Dans le hall aussi c'était la foule des grands jours et, avec tous ces chapeaux à fioritures, la vue ne portait pas très loin. Malgré ça, il a quand même fallu que je tombe sur Bruno, qui revenait justement des guichets et qui se démenait pas mal pour se frayer un chemin.

« Je ne m'attendais pas à te voir ici… »

Il paraissait surpris de me voir, et un peu embarrassé.

« Tu as joué ? me demanda-t-il.

— Je suis de repos. On vient pour le spectacle. Et toi ? »

Il a adressé un salut à Anja.

« Il y a du monde… », m'a-t-il répondu. C'était sa façon de me dire : « Un jour comme aujourd'hui, il y a plusieurs donneurs d'ordres qui ont fait le déplacement… » Son portable s'est en effet mis à sonner. Il m'a alors souhaité une bonne journée et s'est éloigné vite fait.

Un peu plus loin, je suis allé jeter un coup d'œil à la « ventilation », sur les écrans, et j'en ai profité pour expliquer à Anja ce que c'était. Puis, après ça, je l'ai emmenée faire un tour au rond de présentation. Ça fait partie du folklore de regarder les jockeys qui mènent gentiment leurs montures devant la foule. Et puis, elle avait voulu tenter sa chance et c'est quand même bien de voir celui sur lequel on va miser de l'argent dans le blanc des yeux. Sur le plan humain, je veux dire. Parce que, techniquement, ce n'est pas indispensable. J'aurais tendance à considérer qu'on dispose déjà d'assez de chiffres pour évaluer l'essentiel et que, le reste, c'est du domaine du sentimental… Mais bon, c'est mon avis. Et je sais bien qu'il y a tout un tas de vieux habitués qui vous diront le contraire.

Nous étions donc là, comme tout le monde, à regarder tourner les chevaux. « Celui-là, fit Anja en me désignant un alezan, je l'aime bien, il a un regard intelligent. Et puis sa crinière a été tressée. On voit qu'il a été bichonné. Tu as un stylo ? » Elle se mit à cocher des numéros sur le programme.

« Il y a des chevaux en Norvège ? lui ai-je demandé.

— Oui, on en trouve encore dans les vieilles fermes. Mais ils sont plus grands et plus trapus que ceux-là.

— Ça, je veux bien le croire…

— Tu comptes miser sur lequel ? »

Le choix était fait depuis un petit moment et je n'ai pas trop eu à réfléchir. Je lui ai donné mes numéros : l'as, le trois, le cinq et le huit. Elle les souligna sur son programme.

« Et lequel va gagner ? me demanda-t-elle.

— Probablement l'un de ceux-là… Le mieux c'est de tous les jouer. »

Ça paraissait l'embêter.

« Je vais t'avouer quelque chose : je trouve ça un peu mesquin et j'espère que tu ne fais pas comme ça avec les femmes. Moi, je préfère faire confiance à un seul cheval et m'en remettre entièrement à lui. Ça implique de faire un choix mais c'est ça qui est beau, je trouve. S'il sait que je crois en lui, il le sentira, et il sera meilleur. Tu crois pas ? Alors, quel est celui qui a le plus de chances ? Tu as bien une idée…

— S'il faut choisir… Peut-être celui-là, là-bas, le 5… Mais je t'aurai prévenue, je ne te garantis rien. »

Il était en train de se rapprocher de nous à petites enjambées. Il passa à notre hauteur et Anja le suivit du regard.

« Il a l'air sûr de lui…

— C'est vrai qu'il n'a pas trop l'habitude de perdre… »

Anja le regardait maintenant s'éloigner. Puis elle se retourna vers moi :

« On peut y aller, j'ai fait mon choix. »

Toute la rangée de guichets était ouverte ce jour-là, et il fallait bien ça. On se serait cru devant les caisses d'un centre Leclerc un samedi après-midi ou, plutôt, dans un aéroport un jour de grand départ où tout le monde aurait voulu prendre le même vol à destination du doux pays du rêve. D'ailleurs, au moment où nous sommes arrivés devant le guichet, les haut-parleurs ont annoncé que les chevaux allaient se mettre en place. Du coup, ça s'est pas mal agité autour de nous, un peu comme si chacun avait subitement peur de louper son avion.

On a fait comme les autres. On a joué nos numéros et on a aussitôt rejoint les tribunes.

La première était déjà pleine, alors on a grimpé jusqu'à la deuxième où il restait quelques sièges. Pendant ce temps, sur la piste, il y avait un défilé de bonshommes à cheval et en costume. Les petites parades pour les grandes occasions. En l'occurrence, personne n'y prêtait vraiment attention à cause de l'effervescence qui précédait la première course. Anja me parlait de sa semaine. J'ai regardé ses doigts, à demi repliés autour du ticket, puis son visage. Je lui ai demandé si elle savait que ça portait chance de s'embrasser avant le départ…

Elle s'est tournée vers moi.

« Et il y a encore des filles avec qui ça marche, ce coup-là ? m'a-t-elle dit.

— Sans doute avec celles qui le veulent bien… Écoute, c'est promis, la prochaine fois je… je trouverai quelque chose de plus… »

Je me suis alors rendu compte que nos visages étaient à quelques centimètres l'un de l'autre… Et aussi que le sien continuait à se rapprocher.

À ce moment-là, le coup de départ a été donné et toute la tribune s'est levée. Je crois que nous étions les deux seuls à être restés assis et les chevaux ont bien eu le temps de parcourir les mille premiers mètres pendant qu'on s'embrassait. Je peux simplement dire que, la dernière fois que c'était aussi bien, ça doit remonter à l'époque du lycée. Et je ne sais pas ce qu'elle est devenue.

Anja a posé sa main sur mon épaule. Je me suis reculé.

« J'ai joué de l'argent, m'a-t-elle dit en souriant. Il faut quand même qu'on voie l'arrivée… »

Elle s'est levée.

Les chevaux étaient en train d'atteindre les premières tribunes et on se rendait alors clairement compte de toute l'énergie qu'ils jetaient dans la course, étirant l'encolure, comme pour attraper une sorte d'aimant invisible qui les précédait de quelques mètres et qui les attirait impérieusement dans sa fuite. On n'avait pas vu le départ, mais maintenant, ils étaient bien là, sous nos yeux, et la violence de cette course, de cette bagarre était frappante. Et tout cela glissa devant nous dans le grondement des sabots.

Alors, les cris, partis des bords de la piste, se propagèrent jusqu'en haut des tribunes. « Mais bon sang ! Qu'est-ce que t'attends ? C'est pas le quatre mille mètres ! On réfléchit plus, mon poulain, faut y aller, reste pas coincé là, faut tout donner et c'est maintenant ! Fais pas le con, y a un paquet d'argent à la clé !… Allez ! Allez !… » Autour de nous, il y avait des dizaines de monologues dans ce goût-là. Et ça allait se propager jusqu'au cri final, celui de la ligne d'arrivée, quand tout est scellé et qu'il est définitivement trop tard. Et la ligne, justement, on était en train de s'en approcher, à grandes enjambées.

« Tu n'encourages pas ton cheval ?

— Je suis là en touriste. »

Elle avait les jumelles pointées sur l'arrivée, attentive :

« Ça ne t'a pas empêché de jouer.

— C'était histoire de t'accompagner. »

Elle n'a rien répondu, les jumelles tendues vers la tête du peloton. Quelques longues secondes en suspens. Puis la ligne fut franchie. Un tiers des bras se levèrent au milieu d'une poignée de cris de dépit.

« Au moins, je ne suis pas la seule à perdre.

— Qui te dit que j'ai perdu ? »

Elle baissa les jumelles et me lança un regard où perçait presque de la colère.

« Ne me dis quand même pas que tu as joué un cheval différent de celui que tu m'as conseillé !

— J'ai joué quatre chevaux. J'en ai eu trois placés. C'est un bon coup. Je dirais qu'à vue de nez, ce sera au minimum un rapport de deux pour un. »

Elle ne répondait rien. Elle avait l'air de quelqu'un qui a l'obscur sentiment de s'être fait flouer.

« Je t'avais dit de le jouer placé. Le cinq est arrivé troisième et sa cote n'était pas élevée. Ça restait intéressant. Ça t'aurait rapporté plus que de jouer le favori gagnant. »

Elle a réfléchi un instant, comme quand on s'apprête à parler à quelqu'un qui a du mal à comprendre. On voyait aussi qu'elle essayait de conserver un ton calme :

« Écoute, Daniel, je ne suis pas là pour faire des mathématiques. C'est la première fois que je viens voir des courses et tout ce qui m'intéresse c'est de miser sur le cheval qui va gagner, et pour moi, gagner, c'est franchir la ligne en premier. Je suis vraiment désolée mais le reste ne m'intéresse pas. Alors s'il te plaît, pour la prochaine course, j'aimerais que tu essaies de me trouver le gagnant. Juste ça.

— Mais je ne peux pas le deviner, je t'assure. Il y a douze partants. Et un jour comme aujourd'hui ils sont tous excellents. Alors, tu comprends, il faut vraiment regarder les choses de très près, pour arriver à en distinguer quatre ou cinq qui sont un poil au-dessus du lot. C'est tout ce qu'on peut avancer. Avec ça, au mieux, on peut faire des paris croisés sur différents chevaux, ça rapportera toujours un peu d'argent, mais, franchement, pour ce qui est du vainqueur, je vois pas comment je pourrais le savoir à l'avance…

— Et c'est comme ça que tu gagnes de l'argent ? Tu veux dire que tu n'es même pas fichu de trouver le cheval le plus rapide et tu vas quand même t'arranger pour en tirer de l'argent ?... Tu veux savoir ? Je crois que ça m'écœure. Je préfère encore ma façon de le gagner, l'argent. Je trouve qu'il y a plus de mérite.

— On parle de deux choses différentes, Anja. Trouver le cheval le plus rapide, c'est de la loterie. Moi, je fais du placement. »

Mais elle ne m'écoutait pas, poursuivant sur sa lancée :

« Et en plus, je me rends compte que t'es même pas capable de me refiler un bon tuyau... Tu vois, je croyais qu'on allait pouvoir passer toute la journée à gagner en criant et en agitant nos tickets au-dessus de la tête au moment où les chevaux franchissent la ligne. C'est surtout ça qui m'amusait. Alors tu peux dire ce que tu veux, mais moi je trouve que ça perd beaucoup de son intérêt... »

Les tribunes commençaient à se vider. Je me suis levé et j'ai tenté une diversion :

« Bon. Tout n'est peut-être pas perdu. Il reste une dernière chose à voir et certains considèrent que c'est même le meilleur moment du spectacle... Mais il faut se dépêcher. »

Sauf que ça ne s'est pas fait d'un claquement de doigts. Les escaliers étaient encombrés par des petits attroupements de types qui n'avaient visiblement jamais appris à parler et à marcher en même temps. Quand on a finalement réussi à s'en dépêtrer et qu'on est arrivés sur place, on s'est bien rendu compte qu'on était loin d'être les seuls à avoir eu l'idée. Mais bon, ça valait quand même le coup de voir ça, alors on a joué des coudes.

Les premiers chevaux faisaient déjà leur petit tour quand nous avons débouché devant les barrières et, en s'approchant, on voyait, au-dessus de la ligne des têtes impeccablement coiffées, passer des croupes trempées d'écume. L'un d'eux est passé juste devant nous, à quelques centimètres à peine. Toute sa robe brillait comme la chevelure d'un chanteur de bal populaire et, tandis qu'il rejoignait les écuries d'un pas lourd, les formes de ses muscles apparaissaient sous le poil luisant, ainsi que le dessin de ses veines, encore gonflées par l'effort et sinueuses comme les rivières d'une carte géographique.

Derrière lui s'avançait le seul de mes chevaux à ne pas avoir été placé. Et ça me chagrinait d'autant plus que si j'avais dû n'en garder qu'un, ç'aurait été celui-ci. Ça se jouait à pas grand-chose mais, sur le papier, il aurait dû finir en très bonne place.

« En fin de compte, je crois que c'est pas tellement ton jour de chance… », ajouta-t-elle tandis qu'il passait devant nous. Elle l'avait reconnu, elle aussi, parce que le bas de ses pattes était blanc.

— Allons au restaurant panoramique, ai-je simplement répondu. La prochaine course est dans trois quarts d'heure. On la regardera par la baie vitrée, entre le dessert et le café. »

Mais inutile de dire qu'un jour pareil, il ne fallait quand même pas trop y compter, à la place près de la baie. Et je n'étais tout de même pas suffisamment un habitué pour espérer obtenir quoi que ce soit. Il ne restait d'ailleurs quasiment plus de places. L'ambiance était bruyante et joyeuse comme au restaurant du Grand Hôtel, le jour de la foire annuelle, dans une ville de province. Une fois installés, elle m'a parlé de ses défilés. Tout cela était pour moi très pittoresque.

« Bref, conclut-elle, je n'ai fait que courir. Il y a des défilés toute la journée, il faut sauter de l'un à l'autre et parfois aller jusqu'au pavillon Gabriel et revenir au Louvre en moins de dix minutes. C'est la panique, on se faire crier dessus, on se fait piquer par des couturières qui ne tiennent plus debout, on défile avec des robes à moitié terminées… Les séances photo, c'est quand même plus reposant…

— Et il y avait Catherine Deneuve ou des stars comme ça parmi les clientes ?

— Non, c'était du prêt-à-porter. Dans la salle, il n'y a que des patronnes de boutiques qui portent des lunettes au bout du nez et qui tendraient la main pour tâter les ourlets si elles le pouvaient. »

Je voyais le genre.

À la sortie du restaurant, je lui ai proposé d'aller de l'autre côté des pistes. Comme les chevaux faisaient une boucle quasi complète à la course suivante, ça permettait de voir à la fois le départ et l'arrivée. Et vu que ça galope assez vite, les voir passer deux fois au lieu d'une, c'est pas plus mal. Mais elle n'avait pas l'air particulièrement emballé.

« Je crois que j'ai compris le principe », m'a-t-elle répondu.

Je l'ai regardée. Et, pour une fois, je n'ai pas été trop long à la détente.

« D'accord, rentrons. »

Dans la voiture, elle m'a avoué que d'avoir vu tous ces chevaux suants et tous ces muscles bandés par l'effort lui avait donné envie d'aller prendre un bain bien chaud…

« Un bain chaud ? Maintenant ?

— Oui. »

Je me suis arrêté devant son hôtel. Nous nous sommes embrassés avant qu'elle ne quitte la voiture. Ensuite, elle est directement montée dans sa chambre et, comme elle l'avait dit, elle s'est fait couler un bain. Puis elle a retiré ses chaussures, ses bas et son collier. Au moment où elle s'apprêtait à dégrafer sa robe, on a frappé à la porte.

C'était le temps qu'il m'avait fallu pour trouver une place et revenir à l'hôtel. Je ne savais pas s'il avait été convenu que je la rejoigne mais cela n'avait plus la moindre importance. J'ai surtout vu ses pieds nus. Elle m'a fait entrer.

17

You can lead a horse to water, but you can't make him drink.

Quand il m'a ouvert, Victor était en pantoufles et en robe de chambre.

J'avais été réveillé par l'alarme de mon portable à six heures. Anja et moi, on s'était endormis deux heures plus tôt. Je me suis habillé en essayant de faire le moins de bruit possible et, quand j'ai quitté la chambre, elle était toujours dans un sommeil profond. J'ai alors eu la satisfaction de constater que la porte était une vraie porte d'hôtel, c'est-à-dire qu'il y a juste eu un claquement sourd et discret quand je l'ai refermée.

Il faisait nuit encore mais il y avait déjà pas mal de monde en route pour une journée de travail, des gens pressés. La voiture a commencé par rouler de façon relativement autonome jusqu'à ce qu'un certain nombre de coups de Klaxon finissent par me réveiller complètement.

En me garant dans le parking, je me suis même senti suffisamment d'attaque pour prendre l'escalier plutôt que l'ascenseur, sans vraie raison. Le fait est que je croyais me sentir en pleine forme, comme si j'avais derrière moi une bonne nuit de sommeil. Une illusion qui a duré dix bonnes minutes.

Victor était en train de boire son café en écoutant Europe 1. J'ai déposé les clés sur la table.

« Tu as déjeuné ?

— Pas encore. »

Il désigna d'un geste circulaire ce qui se trouvait devant lui :

« Tu es chez toi… »

Tout en me servant, j'ai repensé à Anja. Malgré la fatigue, ça faisait longtemps que je ne m'étais pas réveillé d'aussi bonne humeur. Les jours qui suivirent furent d'une légèreté édénique.

Pendant un bon mois, elle et moi on a pris l'habitude de se voir chaque fois qu'on le pouvait. Elle m'appelait dès qu'elle avait un trou d'une heure entre deux rendez-vous, et je laissais tout en plan pour la rejoindre au plus vite. Je ne pourrais pas mieux décrire cette époque qu'en disant qu'il s'agissait de cette phase un peu bête, temporaire et presque immanquablement nécessaire, de toute relation amoureuse : celle de la dépendance. Et le fait est que, si on l'avait pu, on aurait passé nos journées collés l'un à l'autre.

Anja avait rapidement trouvé ce qu'elle appelait « une chambre », c'est-à-dire un beau deux-pièces moderne avec baies vitrées donnant sur les toits, et elle s'était aussi mise à apprendre le français. Il m'arrivait souvent, alors, d'aller la retrouver à la sortie de ses cours à l'Alliance Française. Le boulevard Raspail avait, à cet endroit-là, un air provincial et bucolique. J'attendais devant la grille, au milieu des petits groupes de Japonais, et je crois que j'étais aussi dépaysé en traversant la Seine que si je m'étais retrouvé du jour au lendemain à Saint-Pétersbourg sur la Perspective Nevski. Dans mon impatience, je regardais une dernière fois ma montre et c'était là, en général, au moment où je relevais la tête, que je la voyais remonter la cour dans ma direction.

Après ça, nous allions prendre un café et je devais alors lui parler lentement en utilisant des mots simples, histoire de mettre en pratique la leçon du jour. Je ne sais pas pourquoi mais il ne me venait que des choses idiotes à l'esprit. Enfin, si, je sais pourquoi. Le problème, c'est que j'essayais de faire des phrases exclusivement construites avec « voiture », « chien », « maison », « rouge », « grand » et quelques dizaines d'autres mots du même genre. Mais dès que j'avais une question ou une remarque un peu moins anodine à faire, il n'y avait évidemment pas moyen de s'en sortir avec ces mots-là. Alors, ça ne loupait pas, je ne pouvais pas m'empêcher de me remettre à lui parler en anglais.

Pour le reste, on vivait au rythme de son emploi du temps et de ses périodes d'activité, qui étaient très aléatoires. Elle pouvait n'avoir absolument rien à faire pendant deux ou trois semaines, et, le mois suivant, rentrer très tard à peu près tous les soirs ou bien devoir se rendre plusieurs fois à l'étranger. Ça nous permettait au moins d'éviter l'écueil de la monotonie : après avoir passé plusieurs jours chez elle, il m'arrivait parfois de ne pas la revoir pendant une semaine, mais, à la fin, nous nous retrouvions toujours. Du coup, ça finissait par ressembler à une forme de vie commune et c'est ainsi que l'histoire s'est installée, contre toute attente. De mon côté, je n'ai jamais vraiment su quand s'est finie ce qu'elle avait appelé la période de test ni quand a commencé le jeu réel. Le fait est qu'aux yeux des autres nous formions désormais un couple et nous nous rendions d'ailleurs systématiquement ensemble aux soirées auxquelles Anja était invitée. J'ai même pu constater à ces occasions que je me retrouvais la cible d'une profusion de démonstrations amicales de la part de tout un tas de gens que je ne connaissais pas. C'était assez nouveau comme situation.

À propos de ces soirées, je me souviens de l'une d'entre elles en particulier, parce que ça a été le point de départ de notre première vraie dispute. Anja avait été invitée par le directeur de la communication d'une marque de prêt-à-porter. Moi, au début, je n'ai pas très bien compris de quoi il s'agissait parce qu'Anja partait toujours du principe que je savais comment ça fonctionnait et moi, de mon côté, je partais du principe qu'en me taisant et en observant je comprendrais suffisamment bien les choses sans avoir à passer pour un béotien. Toujours est-il que l'ambiance s'y voulait jeune et un peu rock'n'roll mais qu'il y avait en fait surtout du beau linge. Anja ne connaissait visiblement à peu près personne à part un petit groupe qu'elle a tout de suite rejoint. Moi je l'ai suivie, nécessairement. Il y avait dans le lot deux filles particulièrement mignonnes que j'essayais de ne pas trop regarder, vis-à-vis d'Anja. Il y avait aussi Franck. Anja ne m'en a rien dit de précis mais vu qu'il était assez mal habillé et qu'un gros reflex à flash déporté pendait à son cou, on pouvait aisément en déduire qu'il était photographe. Enfin, à côté de lui se tenait une femme d'une quarantaine d'années, qui s'appelait Dominique et dont le moindre geste semblait trahir une nervosité impatiente. Elle avait des cheveux plaqués et un nez pointu sur lequel reposaient des lunettes sophistiquées. Un peu plus tard, Anja m'a dit que c'était la styliste et, comme je n'y comprenais pas grand-chose, j'ai d'abord cru que ça signifiait qu'elle travaillait dans la couture. En tout cas, tout ce monde-là n'avait pas l'air d'être ici pour rigoler et Dominique a très vite expliqué qu'il ne fallait pas perdre de temps et qu'on n'avait qu'à commencer par le hall d'entrée. Anja m'a glissé à l'oreille qu'elle viendrait me rejoindre un peu plus tard et qu'en attendant je pouvais profiter de la fête.

Faute de mieux, je me suis donc mis à errer d'un salon à l'autre. J'observais tout ce qui m'entourait et, à un moment, je me suis fait la réflexion que le type que je venais de croiser, c'était Beiguedier en personne. D'habitude, je ne m'y connais pas trop en écrivains mais il faut dire que lui, avec sa barbe, c'est facile de le reconnaître. Cela dit, ça ne devait pas être le seul de son calibre dans les parages vu les bouts de phrases que je parvenais à intercepter ici et là : ça parlait d'émissions, de tournages, de grands couturiers, tout cela sur un ton détaché de la part de gens qui savaient visiblement très bien de quoi il retournait. Au final, j'avais le sentiment que j'étais à peu près autant à ma place ici qu'un bûcheron canadien au milieu d'un groupe de ballerines en tutu. Du coup, j'ai fini par m'ennuyer ferme et, comme les choses avaient été très bien faites du côté du buffet, c'est vers là que j'ai insensiblement fini par dériver.

Tandis que je m'apprêtais à délaisser le champagne pour attaquer les alcools un peu plus forts, j'ai vu Anja réapparaître : « Tout se passe bien ? » Je lui ai montré mon verre pour lui confirmer que tout se passait à merveille en effet.

« Cela dit, je vais peut-être en rester là, ai-je ajouté en reposant mon verre, parce que je ne me souviens déjà plus que tu étais venue avec cette robe. »

Ça l'a fait rire. Elle m'a dit qu'elle en changeait toutes les cinq minutes pour les photos, et elle trouvait que c'était plutôt bon signe que j'aie remarqué la différence. C'était en effet une preuve formelle que j'avais encore les yeux en face des trous et j'en conclus que je pouvais reprendre mon verre. Puis Anja m'a demandé mon impression en désignant la belle assemblée mais elle n'a pas pu entendre ma réponse parce que, à ce moment-là, Franck lui a fait signe. Ça paraissait l'embêter mais elle n'avait apparemment pas son mot à dire. « Bon ben, amuse-toi... », m'a-t-elle dit. Elle a vidé son verre d'un coup et elle a filé.

Ce qui s'est passé ensuite était assez prévisible. Comme je continuais à m'ennuyer, je continuais à boire et, comme je buvais, j'en suis venu à échanger quelques paroles avec quelqu'un qui se trouvait dans le même cas que moi. C'est humain. Je ne me souviens plus du nom de la fille. Appelons-la Rebecca. Rebecca, donc, avait un peu plus bu que moi (notez que je ne dis pas ça pour lui en faire le reproche mais je le dis parce qu'il faut reconnaître que c'était le cas) et ça n'a peut-être pas été étranger au fait que nous nous sommes rapidement sentis sur la même longueur d'onde. Je dois avouer que je ne me souviens plus dans le détail sur quoi roulait la conversation mais ce qui est sûr c'est que ça nous intéressait beaucoup tous les deux. Et autant, comme je viens de le dire, je serais bien incapable de me souvenir de quoi on parlait, autant je n'ai pas de mal à me rappeler qu'on a sacrément ri. Je crois que ça a duré un petit bout de temps, et le fait est qu'à un moment, je me suis retourné et que j'ai croisé le regard d'Anja, qui m'observait de l'autre bout de la salle. Juste ça. J'ai ressenti une certaine gêne et je crois me souvenir que mon rire s'est un peu arrêté dans son élan. Mais, sur le moment, rien de plus.

Une demi-heure après, j'ai vu revenir Anja qui portait la robe initiale. Elle m'a dit que c'était fini et qu'on pouvait y aller. Dans le taxi, elle n'était pas très bavarde et j'ai dû lui poser toute une série de questions pour comprendre que cette soirée avait été organisée uniquement dans le but de photographier en situation les robes d'une grande marque : les magazines reproduiraient les photos, sous prétexte de couvrir les actualités mondaines, étant donné qu'il y avait Beiguedier et consorts. Dans le même temps, on verrait Anja et ses copines parce que c'est toujours agréable de voir de jolies filles. Il allait sans dire qu'on préciserait la marque et le nom des vêtements qu'elles portaient. Bref, il s'agissait ni plus ni moins que d'une petite campagne publicitaire et il n'avait pas fallu plus que la perspective du champagne, des jolies filles et des petits-fours à volonté pour faire venir du beau monde. Voilà.

Mais, pour en arriver au point qui m'intéresse, je me souviens que la question est venue le lendemain matin, au cours du petit-déjeuner, au moment où je m'y attendais le moins. Anja m'a demandé, tout en parcourant une revue, si je l'aimais. Et elle avait beau ne pas me regarder, je la sentais attentive à la réponse. Je n'ai pas pu m'empêcher de sourire, ce qui était sans doute le meilleur moyen de gagner du temps. Je me souviens que j'étais en train d'étaler du beurre sur ma tranche de pain.

« C'est ridicule, Anja. C'est ridicule que, toi, tu me demandes ça à moi. Je vais te répondre une chose (et là, je l'ai regardée dans les yeux :) tu es tout simplement la plus belle femme que je connaisse… »

Et c'est là qu'elle m'a reparlé de la fille avec laquelle j'avais eu l'air de m'entendre à merveille au cours de la soirée. Elle m'a fait remarquer qu'elle n'avait pas le souvenir que nous ayons jamais autant ri ensemble elle et moi. C'est tout.

Que pouvais-je répondre à ça ? J'avais tellement bu que je ne me rappelais même plus ce qu'on s'était dit. Et s'il y avait quelque chose qui était caractéristique de cet état, c'était bien de rire sans raison, elle devait quand même le savoir... Voilà ce que je lui ai répondu. Après ça, Anja est restée silencieuse un moment. Mais comme on ne s'est jamais disputés pendant plus de dix minutes, elle a fini par parler d'autre chose. Et ça n'est pas allé plus loin.

Il faut reconnaître qu'à bien des égards, j'aurais pu être extrêmement satisfait de ce que ma vie était en train de devenir. Anja avait indéniablement contribué à me faire sortir du rôle dans lequel les affaires de Victor étaient en train de m'enfermer. Pourtant, de là où je suis aujourd'hui, me revient tout de même le souvenir de ces fins d'après-midi au cours desquelles il m'arrivait de repenser au soir où j'avais failli mourir. Je savais bien que, sans cet événement, je n'aurais jamais rencontré Anja. Et je ne pouvais pas m'empêcher de sourire parce que les chemins que prend la vie sont tout de même étranges, comme il était étrange aussi que mes rêveries me ramènent toujours à cet arrêt de bus et à ce soir-là... Toujours et encore. Le tireur était mort et bien mort, pourtant. J'avais même réussi à retrouver la femme sur laquelle mes yeux et mon dernier espoir s'étaient refermés – ce qui n'était pas rien. Alors, bon sang, pourquoi est-ce que je n'étais pas fichu de tirer un trait sur tout ça ? D'où venait donc cette impression que quelque chose ne collait pas ? Qu'une pièce du puzzle n'était toujours pas à sa place ? Je ne savais pas quoi répondre… Mais Anja arrivait alors dans la chambre, et toutes ces interrogations s'envolaient aussitôt comme des papillons effrayés…

Voilà en tout cas la vie que j'ai vécue pendant deux mois. Et je dois reconnaître que, la plupart du temps, il n'y avait pas vraiment d'ombre au tableau. Les courses fonctionnaient parfaitement et puis Anja était suffisamment inventive pour qu'on ne s'ennuie jamais avec elle ; c'est une chose qui m'épatait et qui m'épate encore. Il fallait lui reconnaître ça parce que, même si la période d'enthousiasme était sans doute désormais derrière nous, le fait est que je ne me lassais jamais de la retrouver. Et je pensais bien que c'était le genre de chose qui ne changerait pas beaucoup avec le temps.

Du coup, j'en venais à me raisonner : « Si ce que tu as, là, maintenant, ne te suffit pas, alors c'est toi qui cloche, mon ami… Crois-moi : pose-toi moins de questions et regarde un peu plus ce que tu as sous les yeux… »

Si ça n'avait été que moi, je me serais sans doute rangé à la raison…

Mais tout cela n'a plus beaucoup d'importance maintenant, et ce qui devait arriver arriva.

18

Rent a flat above the shop, cut your hair and get a job.

Ce matin-là, il m'a fallu quelques instants, à mon réveil, avant de comprendre que j'étais attaché. Je dois dire que c'était une situation un peu surréaliste. J'ai essayé de tirer sur les cordelettes qui m'entouraient les poignets et les chevilles mais je me suis rendu compte que j'étais bel et bien ligoté. Anja allait et venait dans la chambre, rangeant ses affaires.

« Je peux savoir à quoi tu joues ? »

Elle s'est tournée vers moi et m'a demandé de sa voix douce si j'avais bien dormi. Le ton sur lequel elle m'a dit ça m'a rassuré.

« Oui, j'ai fait un joli rêve, tu étais dedans. En revanche le réveil est, comment dire, un peu serré… »

Pour toute réponse, elle est venue déposer un baiser sur mes lèvres puis elle est retournée ranger ses affaires. Moi, j'ai essayé de tirer un peu plus fort pour voir jusqu'à quel point j'étais maintenu. Mais c'était pas mal goupillé. Je ne voyais pas en quoi ils étaient faits, les liens, mais il n'y avait quasiment pas de jeu et je sentais que ça résisterait un bon moment.

« Tu veux jouer, c'est ça ? Note que j'ai rien contre. Il faudrait juste que tu m'expliques un peu comment tu vois les choses… »

Elle ne répondait rien, elle avait vraiment l'air occupé et, pour le moment, elle ne semblait pas le moins du monde faire attention à moi. Il s'est passé quelques minutes encore comme ça et je dois avouer que je commençais quand même à trouver le temps long.

« Bon, je peux savoir quel est le principe ? C'est une punition, c'est ça ? Non ? C'est un pari ?… »

Elle a fini par refermer son sac et, en penchant alors la tête, je me suis aperçu qu'il y avait une grosse valise à côté.

« Voilà, je suis à toi », m'a-t-elle dit.

J'ai considéré un instant les bagages. Elle partait encore. À Londres, à Milan, ou je ne sais où. Elle s'est approchée. Elle tenait à la main des photos et elle me les a placées sous les yeux. Je ne m'attendais pas à ça, c'était répugnant… On voyait des femmes au visage déformé. La peau ressemblait à de la cire et cette cire semblait avoir fondu par endroits. Ça donnait la désagréable impression que les traits avaient été en partie brouillés.

« Ce sont des femmes indiennes, m'a-t-elle expliqué, vitriolées par leur mari ou leur fiancé, parce que ceux-ci les soupçonnaient d'en aimer un autre. »

J'avais vaguement entendu parler d'histoires de ce genre.

« Tout cela est évidemment très triste, ai-je reconnu. Et c'est d'ailleurs peut-être une bonne raison pour éviter de me mettre ça sous le nez dès le réveil. D'autant plus que la position n'est pas très confortable, si tu veux mon avis... Je parle sérieusement, je commence à avoir des crampes... »

Elle a repris les photos mais elle continuait à les regarder, comme si elle était fascinée par ce spectacle.

« C'est étrange. C'est comme si on avait effacé toute trace de leur beauté. Tu crois qu'elles trouveront un mari ? Toi, par exemple, tu penses que tu pourrais épouser une de ces filles, si tu lui trouvais des qualités ?

— Écoute, il me semble que ça a assez duré, Anja. Détache-moi maintenant. Je suis sérieux.

— Tu t'énerves ?

— Je ne m'énerve pas, mais je comprends de moins en moins à quoi tu joues. J'ai fait une gaffe, c'est ça ? Sois gentille et viens-en au fait... »

Elle alla s'asseoir près de la table basse. Une petite boîte en carton y était posée. Elle en retira un flacon. Je pouvais distinguer sur l'étiquette une croix, dans le genre de celles qu'il y a sur les bidons de white spirit. Elle en vida une petite quantité dans une assiette creuse et plongea une lingette dans le liquide.

« Est-ce que tu veux bien m'expliquer ce qui se passe ? Anja ? Anja, je te parle... »

Sans prêter attention à ce que je disais, elle enfila avec beaucoup de précautions un gant en latex puis, munie de celui-ci, elle retira la lingette qui se mit à dégouliner au-dessus de l'assiette.

« C'est du vitriol, m'expliqua-t-elle enfin. L'odeur est assez âcre. Tu veux sentir ? »

Elle l'égoutta un peu et se leva. Par réflexe, j'essayai de m'écarter mais ne réussis qu'à m'entamer un peu plus le poignet.

« Bon, arrête maintenant ! Jette tout ça dans l'évier ! Je t'assure que je vais finir par m'énerver... »

Elle s'approcha de moi tandis que je tirais maintenant très sérieusement sur mes liens mais sans parvenir à me dégager. Elle n'avait pas fait les nœuds à la légère.

« Anja, où est-ce que tu veux en venir ? Écoute, je sais... C'est cette fille, à la soirée. J'ai tout de suite compris que tu m'en voulais mais... Non ! Anja... »

Cette fois-ci j'ai crié : elle venait d'approcher la chose de mon visage. Elle s'est arrêtée.

« Je voulais juste te faire sentir. Tu n'as pas envie ? C'est intéressant pourtant. C'est une odeur assez particulière... »

Elle paraissait presque déçue. L'espace d'un instant, l'idée m'est venu qu'elle se moquait de moi, que tout cela n'était qu'une plaisanterie, qu'elle allait éclater de rire et me dire que le café était prêt...

« Repose ça, je t'en prie. Ça me met mal à l'aise si tu veux tout savoir. Et pour l'amour de Dieu, détache-moi, maintenant. S'il te plaît… »

Elle finit tout de même par reposer la lingette dans l'assiette.

« Daniel, est-ce que tu m'aimes ?

— Oui, Anja, et tu le sais. Mais je ne t'ai jamais vue comme ça. Qu'est-ce qui se passe ?

— Rien… Enfin si. Il se trouve que j'ai décidé d'arrêter.

— D'arrêter quoi ?

— D'arrêter d'être mannequin. Ça fait un moment que j'y pense et… j'ai pris ma décision hier soir. »

Bon. D'une certaine manière ça expliquait un peu les choses. J'étais même soulagé de comprendre enfin d'où venait le problème. Et de constater que ce n'était que du psychologique.

« Je suis assez mal installé pour une discussion, mais procédons par ordre : d'abord, qu'est-ce qui t'a fait prendre cette décision ? »

Mais elle n'a pas répondu à ma question :

« Je peux trouver bien mieux que toi, tu sais. Je peux en trouver de plus beaux, de plus riches, de plus intelligents…

— Je sais, Anja.

— … parce qu'après tout, ça, ça se trouve. Pas aussi souvent qu'on voudrait, mais ça se trouve. En revanche, il y a une chose qui est plus rare et beaucoup plus importante : c'est d'être avec quelqu'un qui m'aime pour ce que je suis plutôt que pour mon apparence. Tu vas me répondre que c'est tout simple mais j'ai des raisons de penser que, jusqu'à présent, c'est quelque chose que je n'ai jamais rencontré... »

En temps normal, Anja était une fille qui avait la tête sur les épaules, j'avais pu m'en rendre compte. Mais il fallait bien reconnaître que le rythme de travail s'était sérieusement accéléré, ces dernières semaines. Ça avait dû l'épuiser. Et puis, on a tous des hauts et des bas. Moi, je ne m'étais aperçu de rien mais peut-être qu'elle avait besoin de prendre du recul, d'être rassurée et de se sentir soutenue... C'est ce que je me suis dit. Elle a poursuivi :

« Voila ce que j'ai décidé. J'ai essayé de voir le problème sous différents angles mais la conclusion c'est qu'il n'y a pas beaucoup de solutions. Alors ce vitriol, tu comprends, c'est pour moi. Je crois que ça résoudra pas mal de choses. »

Je lui ai fait savoir un peu brutalement ce que je pensais d'une ânerie pareille, mais elle m'a interrompu :

« Je vais t'expliquer...

— Il n'y a absolument rien à expliquer, Anja. C'est complètement insensé, c'est tout. J'ai même du mal à croire que tu puisses dire ça ! C'est une blague, hein ?

— Daniel...

— Non, laisse-moi parler. Je vois que tu as de gros problèmes en ce moment et ce qu'il te faut avant tout, c'est discuter avec quelqu'un, avoir un avis extérieur... Alors il faut qu'on parle. Et si pour ça tu pouvais me détacher, ce serait pas mal. Je commence à en avoir ma dose d'être ficelé comme ça et je vais finir par casser quelque chose... Je ne sais pas si ce sera le lit ou mon épaule mais je te garantis qu'il y en a au moins un des deux qui va sauter si tu ne me détaches pas tout de suite... »

Mais mon petit discours n'a pas produit un grand effet. Elle me regardait d'un air impatient.

« S'il te plaît, Daniel, arrête de te plaindre cinq minutes et écoute-moi... Voila ce que j'ai décidé, et je t'en prie ne m'interromps pas... D'abord, ces derniers temps, j'ai réussi à mettre un peu d'argent de côté. De quoi être à l'abri un moment à condition de ne pas être trop gourmande. Ensuite, je t'ai déjà parlé de la Norvège... Alors ça ne t'étonnera sans doute pas d'apprendre que j'aimerais vraiment y retourner et que j'ai même une idée assez précise de la façon dont ça pourrait se faire. Tu sais, je connais une île, je ne sais pas si je te l'ai dit, c'est dans l'archipel de Vega. La famille de ma mère y avait une petite ferme. Elle est abandonnée aujourd'hui. Le climat est difficile, ça va sans dire, mais je me souviens d'y être allée une ou deux fois quand j'étais petite, et l'image que j'en garde est restée intacte... Il y a trois bâtiments en bois. Rien d'autre. Les murs sont peints d'un beau rouge et les cadres des portes et des fenêtres sont tout blancs. Je ne pense pas qu'on fasse beaucoup attention à ce genre de détails quand on est enfant. Pourtant, je trouvais déjà ça très beau à l'époque. Alors tu imagines aujourd'hui, quand je repense aux souvenirs qui m'en restent... Je me disais que c'était là que je voulais vivre quand je serais grande. Je me suis longtemps dit ça... Et le fait est que, ça y est, je suis grande... Alors puisque je sais ce que je veux, pourquoi j'attendrais plus longtemps ? Et puis il n'y a pas que la ferme. Les alentours, c'est une des plus belles choses que je connaisse. On est à quelques centaines de mètres de la côte et on peut voir se dérouler la ligne des fjords à perte de vue. Je t'assure que s'il y a un paysage dont je ne me lasserai jamais, c'est bien celui-là. Les soirs où je ne crois plus à rien, où je ne sais plus ce que je veux faire et où j'ai pourtant besoin de me raccrocher à quelque chose de solide, c'est toujours à cette petite ferme que je pense. Dans ces moments-là, je me laisse aller à imaginer la vie que je pourrais y mener. Une vie simple et sans mensonge avec celui que j'aime. Reconnais que c'est loin d'être extraordinaire. Mais je ne suis pas naïve, Daniel. Je sais que ce petit rêve ne se réalisera peut-être jamais, parce que je sais que, pour une bonne part, ça dépend de celui avec qui je le partagerai. Alors tu comprends, j'ai besoin de savoir si c'est toi ou s'il faut que j'en cherche un autre. Et j'ai besoin de le savoir maintenant. Voilà. C'est ça que je te propose : aller vivre ensemble dans cette ferme. Si tu m'aimes vraiment, je pense que c'est une existence qui ne t'ennuiera pas… Je sais ce que tu vas me répondre. Je crois que tu m'aimes, sinon je ne te l'aurais pas proposé. Je suppose que tu vas dire *oui* parce qu'après tout tu te dis qu'il y a pire, comme existence, que de passer du bon temps avec une jolie fille. Seulement, tu sais aussi bien que moi que tout change. Et les sentiments aussi bien que les choses. Au bout de combien de temps est-ce que tu vas finir par te lasser de tout ça ? Au bout de combien de temps ne me trouveras-tu plus la plus belle, comme tu dis ? Je sais que ce que je vais te proposer pourra te paraître radical, mais j'ai besoin de la réponse aujourd'hui, et pas dans vingt ans. Et j'ai beau retourner le problème dans tous les sens, je me dis que si aujourd'hui tu continues à m'aimer, même sans ma beauté, j'aurai de bonnes raisons de penser que tes sentiments ne changeront pas avec le temps. »

J'étais vraiment secoué par ce qu'elle venait de dire. Contrairement à ce qu'elle-même pouvait penser, Anja n'était pas une originale, le genre de fille à pouvoir faire n'importe quoi sur un coup de tête. Il m'avait toujours semblé qu'elle était plutôt du genre à savoir très bien ce qu'elle voulait. C'est pour ça que, sur le moment, j'ai tout simplement pensé qu'elle avait perdu la tête. Ce n'est que plus tard que je me suis souvenu. Tout cela avait sans doute été mûrement réfléchi : elle m'avait d'ailleurs prévenu… Mais à aucun moment avant ça je ne m'étais dit que son histoire de test pouvait être autre chose qu'une affaire de mots.

La seule chose de sûre, c'était qu'elle avait dû finir par être obsédée par l'idée de perdre sa beauté. Elle avait pourtant semblé jusque-là y attacher moins d'importance qu'une autre. Mais combien de temps ça pouvait durer quand tout ce qui vous entoure vous dit quotidiennement le contraire ? Et puis, d'ailleurs, si on regardait les choses en face, les questions qu'elle se posait, c'était plutôt normal et peut-être même plutôt bon signe.

« J'attends ta réponse, Daniel. L'avion décolle dans trois heures. J'ai préparé mes affaires. J'ai les billets. (J'ai suivi son geste du regard. Ils étaient là, sur la table.) Il y en a un pour toi si tu acceptes de m'accompagner. »

Objectivement, c'est vrai, rien ne me retenait. Si je considérais ma situation actuelle, c'était même ce qu'il y avait de mieux à faire ; et c'est ce qu'elle avait dû se dire.

Je lui ai répondu que ce n'était peut-être pas une mauvaise idée, mais que je trouvais que ça faisait un peu court. Il fallait qu'elle me laisse une semaine pour que je puisse au moins préparer mon départ. On ne part pas comme ça…

« Tu m'aimes, n'est-ce pas ?

— Anja…

— Alors pourquoi est-ce que tu hésites ? La femme que tu aimes te demande de l'accompagner dans l'un des plus beaux endroits du monde, à deux mille kilomètres de tous tes soucis et la question de votre subsistance est réglée : tu n'auras même pas à gagner ta vie. La seule condition à ça, c'est de partir tout de suite… Si tu veux mon avis, il n'y a pas à hésiter. Dans un cas comme celui-là, on dit oui. »

Je ne l'avais jamais vue aussi sérieuse et, plus surprenant encore, aussi sereine. Belle aussi. Belle, évidemment. La plus belle femme que je connaisse. Indéniablement.

« Tu ne réponds rien…

— Reconnais que c'est quand même étrange de me demander un engagement, de me parler de se faire confiance alors que, toi, tu m'as attaché…

— Ce sont mes conditions. J'ai besoin que ce soit comme ça jusqu'au bout de cette conversation, et je te demande de l'accepter. (Elle m'a regardé en face.) Je te fais peur ? »

J'aurais dû cent fois avoir peur, en effet. Mais, est-ce que c'est l'illusion de l'amour, je n'arrivais pas à me dire qu'elle pouvait me vouloir du mal.

« J'ai juste peur pour toi, de l'état dans lequel tu es…

— Ça fait un moment déjà que j'ai décidé d'avoir cette conversation avec toi, et sache que je n'ai peut-être jamais fait quelque chose de plus réfléchi. Ça, tu peux en être sûr. Et je veux simplement que tu me dises sincèrement si, oui ou non, tu acceptes ma proposition.

— C'est d'accord… Si c'est important pour toi, Anja, que nous partions comme ça, maintenant, je ne discute pas. Je te suis.

— Je n'en attendais pas moins de toi, Daniel, mais ça fait quand même plaisir de te l'entendre dire. Alors c'est bien vrai ? On quitte tout ? On part là-bas ? C'est un endroit très beau, tu sais. »

Elle est venue à côté de moi, elle m'a embrassé. Puis elle s'est relevée et elle a dit : « Il me reste une dernière chose à faire. » Elle s'est approchée de la table et elle a pris avec le gant la lingette qui baignait dans le vitriol. Elle a repoussé ses cheveux en arrière pour se dégager le visage. Cette fois-ci, j'ai hurlé, je lui ai dit d'arrêter. Elle m'a regardé une dernière fois. Puis elle a porté la lingette à son visage.

« Arrête Anja ! Je refuse, je reviens sur ce que j'ai dit, je ne pars pas avec toi ! »

Elle s'est immobilisée. Le vitriol était à quelques centimètres de son visage.

« Qu'est-ce que tu dis ?

— Pas à ce prix, Anja, je ne marche pas. S'il te plaît, maintenant, libère-moi.

— Pas à ce prix pour qui ?

— Pour toi. Je ne peux pas te laisser détruire ce que tu as de plus précieux.

— Ce que j'ai de plus précieux, c'est donc ça ? Et moi qui croyais que ce que j'avais de plus précieux c'était d'être libre de faire ce dont j'ai envie, pour mon bonheur. Et ce dont j'ai envie, figure-toi que c'est de vivre normalement, et de pouvoir être aimée, je dis "aimée", je parle d'un sentiment qui ne durerait pas que l'espace d'un été. Tu sais, Daniel, ma beauté est en passe de faire de moi un monstre. J'ai appris, peu à peu, que je peux presque tout exiger. Il m'est arrivé de leur demander des choses atroces, juste par curiosité, pour voir jusqu'où ils pouvaient aller. Quelque chose me dit que tu es différent, Daniel, mais jusqu'à quel point ? Alors voilà les deux seules possibilités. Soit tu m'aimes vraiment, et alors je peux bien perdre mon visage sans perdre ton amour, et nous partons immédiatement vivre loin d'ici. Soit tu tiens trop à ce petit visage bien agréable pour accepter de le voir se détruire sous tes yeux. Et alors, ce n'est pas bien grave, Daniel, mais nous nous séparerons, parce que, désolée de te décevoir, mais je ne suis pas un visage. Je veux juste ajouter une dernière chose. Sache que j'attends de tout mon cœur celui qui accepterait ce marché. Et quand je l'aurai trouvé, l'instant où j'appliquerai du vitriol sur mon visage sera pour moi un moment de joie et de délivrance. Alors, pour la dernière fois, qu'est-ce que tu réponds ?

— Anja, pourquoi tu me fais ça ? Tu sais bien que je t'aime vraiment.

— Eh bien si c'est vrai, tu sais ce que j'attends.

— Je t'aime trop, Anja, je t'aime trop pour accepter. Et puis si tu tiens absolument à perdre ta beauté, rassure-toi, ce sont des choses qui arrivent assez vite en général, et tout ce qu'il y a de plus naturellement, il suffit juste d'attendre quelques années… »

Pour la première fois elle s'est mise en colère :

« Tu n'as rien écouté, tu n'as rien voulu comprendre !

— Je comprends tout ce qui se passe, Anja.

— Alors c'est pire. Donne-moi ta réponse, qu'on en finisse…

— Interprète-le comme tu veux, mais c'est non ! Je ne marche pas !

— C'est bien ce que je pensais, Daniel, tu es un lâche…

— Tu peux le dire comme ça. »

Mais avant même que j'aie fini de prononcer ces mots, elle avait saisi le linge, tout ruisselant, et se l'était pressé contre le visage. Elle s'est aussitôt mise à crier et je l'ai vue se plier en deux sous l'effet de la douleur. Je n'arrivais pas me dégager et je ne pouvais rien faire d'autre que de regarder ça et d'appeler à l'aide, de toutes mes forces. J'espérais être entendu par des voisins, mais Anja habitait dans une de ces fichues résidences modernes impeccablement insonorisées, et il y avait peu de chances qu'on m'entende crier. Elle continuait à gémir et je la suppliais de retirer ça. Ce qu'elle a fini par faire, à bout de forces, avant de s'effondrer.

Je voyais son corps, sans connaissance, sur le sol. Le linge imbibé de vitriol, juste à côté, avait fait une tache humide. Tout cela s'était passé si vite. Je l'ai appelée, doucement.

« Anja, est-ce que ça va ? Je t'en supplie, réponds-moi. »

J'ai fini par l'entendre sangloter. Elle s'est redressée. Elle détournait son visage.

« Ça fait si mal…

— Anja, lève-toi jusqu'à l'évier et rince-toi le visage ! »

Elle n'a rien répondu, n'a pas bougé. Je ne sais pas combien de temps nous sommes restés comme ça, immobiles. Puis, longtemps après, elle s'est relevée. Elle se tenait de dos. Je ne voyais rien et je n'osais rien imaginer non plus. Elle s'est avancée jusqu'à son sac à main. Elle en a extrait son petit poudrier Chanel. Je l'ai entendue l'ouvrir. Et puis il y a eu un silence.

Je savais qu'elle voyait maintenant son reflet dans le petit miroir du boîtier. Elle restait figée, comme stupéfaite. « Quelle monstruosité, a-t-elle lâché dans un souffle. Et ce n'est que le début… » C'était dit d'une voix presque éteinte où perçait la fascination. « Je vais me retourner, Daniel, promets-moi de ne pas détourner le regard. Prouve-moi que ça n'a pas touché l'essentiel à tes yeux… » Alors j'ai vu sa tête entamer une lente rotation, tandis que les cheveux dégageaient peu à peu une partie du visage.

« Mais regarde-moi donc ! »

Je n'avais pas eu la force. J'avais détourné les yeux.

« Je ne peux pas, Anja. (Je repensais aux faces difformes des photos qu'elle m'avait montrées.) Je ne veux pas voir ce que tu as fait. Je veux emporter de toi un souvenir intact. Je veux garder de toi ce visage que j'aurais aimé voir vieillir, ça, je peux te l'assurer.

— Tu mens ! Aie le courage de me regarder en face. Je t'ai aidé, j'ai fait en quelques instants ce que le temps aurait mis cinquante années à faire. Aime-moi comme ça, et alors je serai sûre que tu m'aimeras toujours.

— Ne sois pas naïve : tu sais bien que ça n'aurait pas aussi bien fonctionné s'il n'y avait eu que ta beauté. C'était ta façon d'être, Anja, ta façon de voir les choses. Et ça, ça ne s'effrite pas avec le temps.

— Daniel, tu sais que j'aurai bien plus de mal encore à trouver quelqu'un qui m'aime, maintenant.

— Tu regrettes déjà…

— Je ne regrette rien. Je te demandais juste, une dernière fois, pour m'en assurer. En tout cas, maintenant, je connais la réponse. C'est tout ce que je voulais. »

Je l'entendais se déplacer dans la pièce. Elle a mis son sac sur l'épaule et elle a empoigné sa valise. J'ai ouvert les yeux. Elle était dans l'entrée, elle s'avançait vers la porte. Elle était de dos, tout au bout du couloir. Et je n'ai pas pu m'empêcher de penser qu'elle était toujours belle ainsi.

« Où vas-tu aller, Anja ? Que vas-tu devenir ? »

Elle venait de s'arrêter, la main sur la poignée, mais elle n'a rien dit. L'instant d'après, la porte s'est refermée.

Je ne l'ai plus jamais revue.

19

Bad news travel fast.

La journée qui a suivi a été la plus longue de ma vie. En tout, je suis resté attaché treize heures sur le lit d'Anja. J'ai d'abord passé un bon moment à crier et à m'époumoner en appelant à l'aide. Sans résultat. Au bout d'une heure à ce régime-là, j'étais simplement épuisé et incroyablement abattu.

Puis j'ai commencé à ressentir les tiraillements de la faim et, un peu après, les premières crampes. Au fil des heures, tout cela n'a fait qu'empirer. J'ai commencé à avoir soif aussi. Et je voyais, sur la table basse, dans l'assiette creuse, le vitriol, clair comme de l'eau. Mais le pire, c'étaient bien les crampes. J'essayais tant bien que mal de changer légèrement l'inclinaison de mes membres, mais ces diversions n'y faisaient pas grand-chose.

Vers le milieu de l'après-midi, les messages ont commencé à s'accumuler sur le répondeur d'Anja. Les gens avec qui elle avait rendez-vous la rappelaient. Et puis il y a eu son agent. Le ton était sec. Elle était agacée de ne pas pouvoir la joindre et elle a même fini par menacer de débarquer. « Eh bien, débarque donc ! » ai-je crié à l'adresse du téléphone. Une heure plus tard, j'ai été presque ému d'entendre Manuel qui me cherchait et dont la voix trahissait tout l'embarras qu'il avait d'avoir à laisser un message sur le répondeur d'Anja. Et c'était avec une certaine dose de fatalisme que j'écoutais cette voix connue qui se souciait de moi. Les appels cessèrent peu à peu.

Le soir approchait. Je finis par me faire à l'idée que j'allais probablement devoir attendre plusieurs jours avant que quelqu'un ne s'avise de venir. Je trouvais ça assez saugrenu d'avoir survécu aux balles pour finalement mourir de faim et de soif, allongé sur un bon lit en plein milieu de Paris…

Pour m'occuper, j'en étais même arrivé à évaluer ma cote. Cinq contre un ? Dix contre un ? Et c'est précisément au moment où je me résignais à faire les prévisions les plus pessimistes qu'on a sonné à la porte. C'était inespéré. J'ai aussitôt crié de toutes mes forces pour expliquer à cet inconnu que j'étais coincé, qu'il y avait urgence et qu'il ne fallait pas hésiter à enfoncer la porte. Bref, je ne sais pas pendant combien de temps je me suis égosillé de cette façon-là mais ce dont je me souviens c'est que quand je me suis arrêté, le silence qui a suivi m'a fait très peur. J'ai à nouveau appelé, en écoutant la réponse cette fois-ci. Rien. J'essayais de me convaincre que j'avais bien été entendu et qu'on allait intervenir mais un bon quart d'heure s'est encore écoulé avant que le visiteur inespéré ne revienne. J'ai entendu la clé tourner dans la serrure et c'est alors Valérie, l'agent d'Anja, qui est apparue.

J'avais beau être resté attaché plus de dix heures, c'était elle néanmoins qui trouvait le moyen d'être la plus furieuse des deux. Avant même de commencer à me détacher, elle s'est mise en tête de m'énumérer en détail les répercussions de notre inconséquence. Elle a aussi tenu à ce que je sache que cela faisait une heure qu'elle courait d'un côté et de l'autre pour récupérer la clé afin de venir voir ce qui se passait. Pour sa part, elle avait simplement reçu un message laconique d'Anja lui demandant de venir à son appartement. Rien d'autre. Elle avait apparemment encore l'espoir de la trouver ici. De sorte que quand je lui ai appris que cela faisait maintenant un bon bout de temps qu'Anja était partie, elle m'a regardé et a répondu que ça avait été bien la peine de s'être donnée tout ce mal pour venir ici. Et ça a été à moi de lui faire remarquer que, puisque de toute façon elle était là, elle pouvait peut-être en profiter pour me détacher…

C'est ce qu'elle a tout de même fini par faire et je me suis aussitôt mis à plier les bras dans tous les sens et à me frotter les mollets pour faire partir la douleur. Mais elle, elle considérait tout ça d'un œil froid. Elle avait déjà perdu assez de temps comme ça… La seule chose qui l'intéressait maintenant était de savoir où se trouvait Anja. Je lui ai donc expliqué précisément ce qui venait de se passer et j'ai vu alors apparaître progressivement dans son regard une lueur de haine intense.

« Écoute bien ce que je vais te dire… Anja peut traîner avec n'importe quel minable si elle le veut mais à condition qu'il ne l'empêche pas de gagner sa vie, parce que dans ce cas-là, c'est à moi qu'il aura affaire… Alors maintenant tu vas oublier ce que vous avez fumé et tu vas me dire *où* elle est ! »

J'ai répété que je ne savais rien, puis je lui ai indiqué le flacon : « Si vous ne croyez pas ce que je viens de vous dire vous n'avez qu'à jeter un œil à ça… »

Là, sa colère en a pris un coup, ça l'a pour ainsi dire dégrisée et, pour la première fois, j'ai vu apparaître dans ses yeux une véritable inquiétude.

« Comment est-ce qu'elle s'est procuré un truc pareil ? »

Cette fois, elle m'a lancé un regard plein de soupçons et, l'instant d'après, elle empoignait son portable.

« J'appelle la police. Et toi, tu restes ici, avec moi. »

Ce fut toute une affaire. On boucla l'appartement, je répétai quatre fois mon histoire devant des policiers que le mot *vitriol* associé au substantif *mannequin* rendait particulièrement suspicieux. Une équipe spécialisée dans le maniement des matières dangereuses emporta le flacon de vitriol et l'assiette creuse. L'appartement fut passé au peigne fin et je fus emmené au poste pour une déposition. À la sortie de l'immeuble, il y avait même quelques journalistes.

Le fait est qu'il y a eu quelques brèves dans *Le Parisien* et dans un ou deux magazines de mode. Et je crois que si ce n'est pas allé au-delà, c'est parce que l'affaire s'est rapidement dégonflée d'elle-même.

En effet, trois jours plus tard, j'ai été convoqué au commissariat du XVIIe. Le policier chargé de l'affaire a déposé devant moi un rapport : « Les analyses sont formelles, m'a-t-il dit, le flacon qui se trouvait dans l'appartement d'Anja Nilssen au moment de l'intervention contenait un mélange d'eau à quatre-vingt-seize pour cent et d'acide acétique à quatre pour cent. En d'autres termes, il s'agissait de vinaigre coupé d'eau. Une seconde analyse en a apporté la confirmation. » Après avoir annoncé tout ça d'une voix blanche, il a délicatement replié le document officiel et l'a rangé dans un dossier. Puis il s'est levé et est allé m'ouvrir la porte :

« Maintenant, dégagez. On a assez de travail comme ça. »

Les jours ont passé sans que j'apprenne rien de nouveau au sujet d'Anja. À cette époque, il m'a aussi semblé parfois que j'étais suivi. Ça pouvait venir de Valérie qui était bien du genre à engager un détective pour vérifier qu'on n'était pas en train de lui faire un coup tordu. Ça pouvait aussi être la police parce que, comme je l'ai appris un peu plus tard, cette petite histoire avait ravivé quelques souvenirs dans certains services. Ce qui est sûr, c'est que dès lors qu'il n'y avait pas de vitriol, l'affaire devenait moins intéressante pour à peu près tout le monde, à commencer par les journalistes. Et chacun a fini par s'en désintéresser. Valérie elle-même tira un trait sur Anja, qui avait définitivement basculé dans la catégorie des gens auxquels on ne peut plus se fier. Autant dire qu'à ses yeux, elle n'existait tout simplement plus.

20

Let the sleeping dogs lie.

À moi, il m'a encore fallu quelques semaines avant de pouvoir en faire autant. Ça s'est produit un soir, en rentrant de chez Victor. C'était un dîner auquel il avait invité trois de ses connaissances. Mais ça n'avait rien de la petite causerie entre amis. Le repas avait d'ailleurs très vite viré à la réunion d'affaires et on y avait notamment évoqué cette vieille histoire de friche industrielle du côté de la Porte de Clichy. Je me suis donc retrouvé à faire la conversation avec Sandrine. C'était souvent comme ça. Et comme, au fond, elle et moi, nous n'avions pas grand-chose à nous dire, j'ai commencé à me verser quelques verres histoire de noyer le problème. De son côté, Victor déployait visiblement pas mal d'énergie à tenter de convaincre les trois types sur des questions qui touchaient aux aspects financiers de la chose. Ce qui fait que nous – ma sœur et moi – à court de sujets, on se remettait peu à peu à l'écouter. Inévitablement.

En les regardant, je me disais qu'il y avait quelque chose de réconfortant à constater que certaines choses ne changent pas. En tout cas, à voir l'obstination qu'il y mettait, lui, à défendre des points de détail sur ce coup-ci, ça sentait l'affaire importante. Je me suis souvenu alors de l'histoire du petit voilier qui attendait dans un port de la Méditerranée… Le rêve de Victor. Je ne pouvais pas m'empêcher de sourire. Il me semblait le voir, en short blanc, sur le pont arrière, protégé par un parasol. L'image du bonheur sur terre, en somme…

Après le départ de ses associés, comme il avait l'air un peu soucieux, je lui ai demandé si tout se passait comme prévu.

« Bien sûr que tout se passe comme prévu. Tout le monde veut une plus grosse part, et ça, c'était sacrément prévisible. Dans ce genre de montages, on se retrouve toujours avec dix types qui vous demandent vingt pour cent chacun… »

La prévisibilité du phénomène en question n'avait visiblement pas l'air de le satisfaire pour autant. Il s'est tu un moment mais la chose continuait apparemment à tourner dans sa tête. Le problème, m'a-t-il confié, c'était qu'il craignait d'y laisser peu à peu toute sa marge, ce qui l'obligerait à augmenter le prix et, au final, il courait le risque de se faire enlever le marché.

« Tu as des chances de l'emporter ?

— Oui, à condition d'arriver à convaincre un des membres du conseil d'évaluation pour l'attribution des marchés.

— En lui graissant la patte ?

— C'est un peu plus compliqué… »

J'ai fait remarquer que ça devait tout de même marcher plus ou moins comme ça.

« C'est ce qu'on pense mais ces gens-là ont déjà trop d'argent et leur grande crainte c'est qu'un jour quelqu'un vienne leur demander d'où sort tout cet argent… Ce jour-là, ils savent qu'ils vont trinquer… »

Mais il n'avait visiblement pas envie de s'étendre davantage sur le sujet et il a préféré me demander ce qui s'était passé avec Anja. Là, c'est moi qui ai estimé qu'il n'y avait pas grand-chose à en dire. J'ai résumé en lui expliquant que, de mon point de vue, c'était une fille qui n'avait pas d'idée précise de ce qu'elle voulait faire de sa vie. C'était comme ça, on n'y pouvait rien.

« Alors vous étiez faits pour vous entendre… »

Il a ri franchement. Puis il s'est levé en me disant qu'il avait suffisamment entendu d'idioties pour aujourd'hui et que, présentement, il allait se coucher. Il a juste ajouté, avant de quitter la pièce :

« Tu aurais quand même pu l'amener ici. Au moins une fois. Ça aurait fait plaisir à ta sœur. »

Dehors, avec la nuit et les rues désertes, ça n'a pas manqué : je me suis mis à y repenser. Le ciel nocturne faisait, au-dessus des immeubles, une longue bande d'un rouge sombre et terne tandis que, sous la lumière des vitrines, les mannequins regardaient la rue, en silence… Et je m'imaginais, à l'heure qu'il était, en train de me promener avec elle le long d'une falaise de la mer du Nord...

C'était à se demander si une seule fois, dans ma vie, il m'était arrivé de savoir ce que je voulais. En tout cas, je pouvais désormais être certain d'une chose, c'est qu'il n'y a pas d'instant de grâce et qu'on meurt comme on a vécu : en se trompant... Parce que je m'étais bel et bien trompé en cherchant à revoir la fille de l'affiche. C'était évident... *What a shame*, comme aurait dit Anja. Et c'est ce que je me suis répété un long moment – *what a shame*...

En me réveillant, le lendemain, tout ça avait fait son chemin et, ce qui était sûr, c'est qu'il y avait quelque chose qui continuait à me tracasser dans toute cette histoire. Comme si ce qui s'était passé, là-bas, n'était pas terminé et comme si quelque chose ou quelqu'un m'y attendait toujours...

Alors j'ai finalement décidé d'y retourner.

C'était l'une des premières journées qui faisaient penser à l'hiver. En avançant, je n'ai rien remarqué d'autre, d'abord, que l'air clair et le ciel pur qui accompagnent souvent les matins froids. Et puis j'ai peu à peu reconnu l'endroit, les immeubles, les arbres qui ne tendaient plus désormais vers le ciel que des rameaux noirs dénudés... Il était là-bas, un peu plus loin, toujours le même. À ceci près qu'il était cette fois-ci encore plus petit et plus inoffensif que dans mon souvenir. Un Abribus comme tant d'autres, en somme... Je me suis approché en observant les alentours – mais il n'y avait évidemment rien à observer. Aucune trace, aucun signe. Après des mois, qu'est-ce qu'il aurait bien pu rester ? Je n'ai pas cherché à jouer les Sherlock Holmes. Je me suis simplement assis sur la banquette puis j'ai humé l'air, quelques minutes. Ça ne m'a rien appris mais ça m'a fait du bien. Je n'avais plus peur des voitures qui passaient. Je me sentais au contraire incroyablement calme et serein. Ça m'avait au moins aidé à ça. J'ai jeté un dernier coup d'œil autour de moi avant de me lever et de repartir. C'était comme de revenir sur des lieux où on a aimé. Et, même s'il n'y avait, comme j'avais pu m'y attendre, plus rien à en tirer, je ne regrettais pas. J'aurais pu alors commencer à m'éloigner mais, sans trop savoir pourquoi, je ne l'ai pas fait tout de suite et, soudain, il y a eu cette impression, d'abord sourde, puis de plus en plus présente… Exactement comme la fois précédente. Cette étrange impression de déjà-vu, à la fois vague et frappante… Elle était à nouveau là, toute proche. C'était comme si quelque chose se tenait sous mes yeux, à deux doigts… Et je n'arrivais toujours pas à savoir quoi. Mais pas de précipitation, cette fois… J'ai passé en revue mes plus infimes actions depuis une dizaine de minutes, tout ce que j'avais pu voir, tout ce que j'avais pu entendre, le moindre détail… Je regardais face à moi. L'impression ne s'éloignait pas, elle restait, très sage, très calme, et ce qu'elle me disait était bien sous mes yeux… Il suffisait de le prendre… Ça s'est même approché, et il m'a semblé que ça venait de l'immeuble d'en face. Oui, c'était là que ça se passait, quelque part au milieu de cette façade, il y avait une fenêtre, je ne sais pas pourquoi, celle du quatrième étage, la courbure du rideau… je ne sais pas comment dire mais il y avait quelque chose dans la courbure du rideau… Il n'était pas retenu par un crochet, non, plutôt tiré par le bas… Impossible d'en savoir plus, c'était un de ces doubles vitrages qui ne laissent rien passer. Tout ce qu'il y avait derrière restait dans l'ombre. Mais, soudain, le rideau s'est remis en place. J'avais fixé trop longtemps la fenêtre. Il… il y avait quelqu'un derrière… Il y avait toujours eu quelqu'un derrière, depuis le début… Quelqu'un qui avait peut-être… La courbe du rideau… Pourquoi je n'avais pas compris plus tôt ? Le jour où l'on m'avait abattu, le jour où j'étais revenu, déjà. C'étaient le même rideau écarté et la même fenêtre. Et j'étais seulement en train de comprendre…

Je me suis mis à courir.

21

Truth will out.

J'ai appuyé tour à tour sur chaque Interphone en marmonnant un « C'est moi » à l'intonation assez vague pour avoir une chance de passer et j'ai fini par tomber sur quelqu'un qui a ouvert.

L'ascenseur attendait au fond du hall. Il m'a déposé l'instant d'après au quatrième étage. Sur le palier, j'avais le choix entre trois portes identiques. La logique voulait que ce soit la plus à droite. J'ai sonné. Rien. Alors j'ai tendu l'oreille, puis j'ai sonné à nouveau.

Au bout d'un moment, j'ai entendu la clé tourner dans la serrure. La porte s'est entrebâillée et j'ai pu alors apercevoir l'œil d'une vieille dame, apparemment un peu inquiète, qui me demandait ce que je lui voulais. J'ai décidé de ne pas y aller par quatre chemins et j'ai expliqué les choses à peu près comme elles étaient : ça remontait maintenant à quelques mois. Elle devait se rappeler les coups de feu qui avaient été tirés, un soir, devant l'arrêt de bus… Tandis que je parlais de tout ça, sa tête esquissait des petits signes négatifs, puis elle a levé la main et elle s'apprêtait visiblement à dire quelque chose mais je ne me suis pas interrompu, et je lui ai dit que l'homme sur lequel on avait tiré, c'était moi…

Sans s'en rendre compte, elle venait de poser sa main sur sa bouche. Le plus dur était fait. Il a fallu insister encore un peu. Je l'ai assurée qu'elle pouvait peut-être m'aider… Même si elle pensait ne pas se souvenir…

« Vous savez, lui ai-je expliqué, j'ai juste besoin d'en parler un peu avec quelqu'un qui a vu ce qui s'est passé. Pour pouvoir enfin passer à autre chose. Vous comprenez ?… » Il y a eu un silence. Puis elle m'a demandé d'attendre un petit instant et elle a refermé la porte.

Le petit instant s'est transformé en un long moment. J'entendais simplement quelques bruits d'objets et je ne comprenais pas très bien ce qu'elle fabriquait. Ça s'éternisait. À tel point que j'en suis arrivé à croire qu'elle m'avait purement et simplement oublié. Mais elle a tout de même fini par entrouvrir à nouveau la porte, au maximum de ce que permettait la chaîne de sécurité cette fois. Elle s'est excusée :

« Je ne retrouvais pas mes lunettes… Approchez un peu, que je vous voie… »

Je me suis placé dans l'axe. Son œil s'est fait plus attentif derrière ses gros verres. Elle m'a d'abord observé d'un air soucieux. Puis il m'a semblé qu'un petit éclair était passé dans son regard.

« Alors, c'est vous... Je suis quand même bien contente de voir que vous êtes encore en vie... (À nouveau, son regard s'est assombri.) Dites-moi, c'est bien vous qu'étiez en bas à l'instant... »

Je lui ai répondu que c'était moi, en effet. J'étais justement revenu pour essayer de comprendre un peu mieux. C'est là que je l'avais aperçue.

« Je comprends, je comprends... Mais je suis désolée, monsieur. Je vous assure, j'ai dit tout ce que je savais à la police. Ils ont fait leur enquête, ils savent tout ce qu'il y a à savoir. Et puis, ça fait un moment que c'est arrivé, alors... »

Il y a eu un silence. La main qu'elle avait posée sur le montant de la porte s'est légèrement raidie. Elle a ajouté, d'une voix un peu plus basse : « Je ne veux pas d'ennuis, monsieur. Je vous assure que je n'ai pratiquement rien vu, je n'ai même pas vu le bonhomme qu'était dans la voiture...

— Rassurez-vous, ce n'est pas ça qui m'intéresse, madame. La police a retrouvé le tireur et, tout ça, c'est réglé... »

Ça a eu l'air de la rassurer que le tireur soit hors d'état de nuire, comme si elle-même avait couru un risque jusque-là. Alors j'ai essayé de profiter de l'occasion :

« Écoutez... J'aimerais comprendre certaines choses. J'aimerais savoir, par exemple, ce qui s'est passé après les coups de feu, jusqu'à ce que l'ambulance m'emmène. Je sais que ça vous l'avez vu... »

Je l'ai bien regardée en lui disant tout ça. Et j'ai cru percevoir dans ses yeux une pointe d'affolement, mais elle n'a pas osé mentir :

« Oui, c'est vrai...

— Vous êtes la seule personne à qui je peux demander ça... Écoutez, dites-moi juste ce dont vous vous souvenez. C'est tout... »

Elle a hoché la tête et elle a refermé la porte. Je l'ai entendue décrocher la chaîne et la porte s'est rouverte. Je suis entré, puis elle a refermé derrière nous avec précaution et elle s'est engagée d'un pas lent dans le couloir.

« Suivez-moi, on va s'installer dans la cuisine. Ça manque un peu de cérémonie mais il y fait plus chaud. »

Nous sommes donc entrés dans la cuisine. La décoration et le mobilier n'avaient pas bougé depuis plusieurs décennies et il en résultait une indéniable unité de ton, mis à part un fauteuil en velours, plus récent, qui avait été placé à côté de la fenêtre. C'était la partie de l'appartement qui donnait sur la rue. Pour ce qui était du fauteuil, l'assise en était assez nettement affaissée pour qu'on puisse aisément conclure qu'il s'agissait là du point d'observation favori. Sur la table, il y avait un *Télé Star* ouvert à la page des mots croisés.

« Vous voulez du café ? »

J'ai accepté. Tandis qu'elle attrapait la cafetière d'une main tremblante, elle m'a répété qu'elle était tout de même bien heureuse d'apprendre que j'étais encore en vie.

« Vous savez, a-t-elle ajouté, ça m'a beaucoup marquée, cette affaire... La nuit d'après, je n'ai pas réussi à trouver le sommeil. Et même encore, il m'arrive d'y repenser... D'après ce que disait la police, vous aviez peu de chances de vous en sortir... Alors c'est sûr que ça fait un moment maintenant, mais je suis tout de même bien contente de voir que vous vous portez pas trop mal. »

Je lui ai répondu que j'étais bien content qu'elle soit contente et, après ça, je lui ai demandé si elle pouvait me raconter précisément ce qu'elle avait vu ce jour-là.

« Mais je vous l'ai dit, je n'ai pratiquement rien vu. Je me souviens que j'ai entendu la détonation. Ça oui, ça m'a fait quelque chose. Je me suis aussitôt approchée de la fenêtre et il y avait cet homme, enfin, vous... comme s'il perdait l'équilibre. Et je vous ai vu tomber. Il y a eu d'autres détonations et j'ai compris que ça venait de la voiture. Mais elle est tout de suite repartie... Voilà comment ça s'est passé... »

Je revoyais la scène comme si j'y étais.

« Et après le départ de la voiture ? »

Elle m'a raconté que ce spectacle l'avait pas mal affolée. Elle était d'abord restée là, pétrifiée, puis elle avait prévenu les secours, plus précisément les pompiers, le seul numéro dont elle s'était souvenue dans de pareilles circonstances. D'ailleurs, elle en tremblait encore, et ça s'entendait rien qu'à sa voix.

« Ensuite ? lui ai-je demandé.

— Ensuite, je suis retournée voir par la fenêtre. »

Après avoir dit ça, elle s'est arrêtée, les yeux perdus dans le vague, et elle hochait la tête tout en se remémorant la scène.

« Et... alors ?

— Rien de plus. Mis à part qu'il y avait quelqu'un qui se penchait sur le bonhomme... enfin, sur vous. »

J'ai failli m'étouffer avec mon café.

« Vous avez vu quelqu'un ?

— Oui, oui... Mais de loin vous savez. Et elle n'est pas restée longtemps : quand l'ambulance est arrivée, je crois bien qu'elle n'y était plus... (Elle a réfléchi un petit moment, avant de confirmer :) Oui, je crois bien qu'elle n'était plus là. »

J'ai essayé de garder un ton calme :

« Bon, et cette... cette personne, elle ressemblait à quoi ?

— Oh, je ne saurais pas vous dire... C'était une jeune dame, normale, qu'est-ce que vous voulez que...

— Mais vous pourriez la reconnaître ? Par exemple, vous pensez que c'était quelqu'un du quartier ? »

Elle a fait un petit moulinet de la main :

« C'est difficile à dire, vous savez... Il en passe tellement du monde... Mais maintenant que vous me le demandez, ce serait pas impossible que je l'aie déjà vue. On peut jamais vraiment être sûre, vous savez, mais...

— Et depuis ce jour-là ?... Vous pensez l'avoir revue ? »

Elle se souvint alors qu'il y avait cette femme qu'elle voyait parfois. Elle n'était pas bien sûre que ce soit la même mais elles se ressemblaient : assez grandes, cheveux foncés…

« Longs ?

— Non, pas très. Enfin, tout de même un peu.

— Vous pensez l'avoir vue récemment ? »

Elle ne se souvenait pas. Elle ne la voyait tout de même pas très souvent.

Ça ne m'avançait pas beaucoup. J'ai au moins cherché à savoir si elle passait en bas de l'immeuble à une heure particulière. Mais la vieille dame commençait à s'impatienter. Elle m'a répété, un peu agacée, qu'elle n'en savait rien et m'a fait remarquer que même la police ne lui en avait pas demandé autant.

On sentait surtout qu'elle n'avait pas très envie de repenser à tout ça. J'ai fini mon café en silence et j'ai essayé de réfléchir à ce qu'il convenait de faire maintenant. Je ne me voyais pas lui faire faire un portrait-robot ou continuer à lui poser des questions qui allaient la braquer complètement… Si c'était une piste, je ne voyais absolument pas comment l'utiliser. À moins que… J'ai reposé ma tasse.

Je me suis éclairci la voix et lui ai demandé de ne pas trop m'en vouloir si je m'étais montré insistant. Puis je lui ai raconté comment, après avoir perdu connaissance, j'avais senti quelqu'un qui me prenait la main et qui m'avait parlé jusqu'à l'arrivée des secours. Rien de plus, mais je lui ai fait remarquer que, dans certaines circonstances, il suffisait de pas grand-chose. Les médecins avaient dit que j'avais eu beaucoup de chance. Voilà, elle savait tout. Alors maintenant que je m'en étais sorti, il fallait que je retrouve cette personne pour lui dire ce que je lui devais. Et elle, elle était probablement la seule à pouvoir m'aider.

Elle n'a rien répondu. Pendant que je parlais, elle ne pouvait pas s'empêcher de jeter, de temps en temps, de brefs coups d'œil par la fenêtre. Je ne sais pas si c'était par nervosité ou par habitude.

Alors j'ai fini par lui demander si elle accepterait que je vienne ici, une ou deux heures, de temps en temps. Avec un peu de chance, elle reverrait peut-être passer l'inconnue à un moment où je serais là. J'avais beau y réfléchir, je ne voyais pas d'autre solution…

Mon histoire ne devait pas la laisser complètement indifférente parce qu'elle a quand même fini par accepter. Mais attention, a-t-elle bien insisté, elle ne garantissait rien : il y a des jours où elle était trop fatiguée pour recevoir de la visite. Il faudrait repasser. Et puis elle a ajouté que ce ne serait jamais après dix-huit heures à cause de *Questions pour un champion*. Je lui ai dit que je comprenais tout à fait, et le marché a été conclu.

22

Birds of a feather flock together.

Ce n'était pas rien de pouvoir enfin se dire, avec certitude, qu'il y avait bien eu quelqu'un… Que le regard que j'avais vu, ce soir-là, était bien de ce monde et qu'il était sans doute encore quelque part, peut-être même tout proche. J'aurais aimé pouvoir me le représenter précisément mais, la vérité, c'est qu'il n'en restait plus grand-chose. Au fil des mois, c'était devenu une image vague et lointaine, et je n'étais même pas sûr de pouvoir le reconnaître si je devais le revoir un jour. C'est ce qui me faisait le plus peur. J'avais beau essayer d'y repenser, l'image restait obstinément floue. Rien de solide, rien de net. Il me restait seulement le souvenir de quelque chose de *doux*. C'était exactement ça. Quand je repensais à ce visage, j'avais comme une sensation d'infinie douceur et la conviction que ce visage continuait à m'attendre quelque part. Au fond de moi, je n'avais même jamais cessé de le savoir. J'ai ainsi passé la soirée allongé dans la pénombre, les yeux grands ouverts, occupé à convoquer une nouvelle fois ces rares souvenirs et, en rêvant à tout ça, je me suis endormi avec un beau sourire sur les lèvres.

Le lendemain, comme prévu, je me suis rendu rue Pouchet en fin d'après-midi. J'étais visiblement attendu et on peut dire que ma venue semblait constituer un petit événement. Le thé fumant était accompagné de boudoirs. Elle a posé un sucrier et deux ou trois autres choses sur la table puis elle m'a fait signe de m'installer tandis qu'elle prenait place dans son fauteuil d'observation. J'ai commencé par lui demander si elle avait revu l'inconnue depuis la veille. Elle ne l'avait pas revue. Mais elle s'est crue obligée de préciser qu'il ne fallait pas non plus s'imaginer qu'elle passait toutes ses journées derrière sa fenêtre. J'ai répondu que je ne pensais évidemment pas une telle chose. Après ça, c'est elle qui s'est mise à poser les questions, et j'ai ainsi eu droit à un véritable petit examen de moralité. Par exemple, elle a d'abord cherché à savoir ce que je faisais dans la vie. Et quand je lui ai laissé entendre que les courses constituaient une bonne part de mes revenus, ça n'a pas eu l'air de beaucoup lui plaire. Elle me l'a fait comprendre et elle m'a rappelé tout l'intérêt qu'il pouvait y avoir pour un garçon comme moi à trouver un emploi stable. Elle m'a d'ailleurs parlé du concours de la Poste. Elle prenait cet exemple parce que son neveu venait justement d'y être reçu. Ce qui fait qu'il pouvait maintenant songer à fonder une famille. Ça comptait… J'étais forcé de reconnaître qu'il y avait beaucoup de bon sens dans tout ce qu'elle me disait et je l'ai assurée que j'allais y réfléchir. Du coup, elle a été contente de me voir dans de bonnes dispositions relativement à ses conseils et elle m'a avoué que, dès le début, elle s'était doutée que j'avais un bon fond. Dès lors, elle n'a pas pu résister plus longtemps à l'envie de savoir comment je m'étais retrouvé la cible d'un tueur, parce que, visiblement, il était établi dans son esprit qu'une chose pareille, fondamentalement, ne peut pas vous arriver tout à fait sans raison. J'ai essayé de la détromper en invoquant un hasard malheureux et en précisant bien que la police elle-même était arrivée à la conclusion que le tueur s'était trompé de cible.

Tout en étant rassurée de savoir que je n'avais rien à me reprocher, l'idée que n'importe qui pouvait se faire tirer dessus comme ça en pleine rue, ça avait quand même l'air de l'inquiéter un peu, et j'ai senti qu'il était temps de passer à un autre sujet. C'est comme ça que, de fil en aiguille, elle s'est finalement retrouvée à me parler un peu d'elle. J'ai appris qu'elle avait perdu son mari quinze ans auparavant. Ça avait changé un certain nombre de choses, ça n'avait plus été la même vie… Elle me l'a répété plusieurs fois, mais je n'ai pas très bien compris si ça voulait dire que cette vie d'après avait été meilleure ou moins bonne. Tout cela remontait visiblement à trop loin pour qu'elle en parle autrement que sur le mode du simple constat.

Dès ma première visite, elle ne manqua pas d'observer la rue tout en me parlant. Je crois qu'elle aurait hésité à se comporter comme ça avec quelqu'un d'autre. Elle aurait sans doute eu le souci de ne pas afficher si ouvertement sa curiosité. Mais l'avantage, avec moi, c'est que nous pouvions discuter sans qu'elle se sente obligée d'interrompre ses petites habitudes relativement à la surveillance des allées et venues du quartier. Une ou deux fois, au début, elle a d'ailleurs bien précisé que, depuis que je lui avais raconté mon histoire, elle s'obligeait à observer consciencieusement tout ce qui se passait, mais qu'en dehors de ça, elle n'était pas particulièrement curieuse de nature et que, s'il y avait une chose qu'elle n'aimait pas, c'étaient bien les commérages. Je lui répondis que je n'en doutais pas.

Au cours de ma première visite, une ou deux fois quelque chose avait semblé attirer son attention, peut-être un chien errant, un accrochage entre un livreur de pizzas et un taxi ou je ne sais quoi d'autre. Elle observait. J'attendais alors, en silence, et je ne pouvais pas m'empêcher de penser qu'elle était peut-être en train de voir passer la silhouette que nous recherchions et qu'elle hésitait encore un peu, surprise, mais qu'elle allait d'un instant à l'autre se retourner vers moi et me lancer : « Ça y est, c'est elle, je la reconnais, venez voir, elle porte une veste bleu marine... » Je retenais mon souffle. J'attendais que tombe le signal et je sentais déjà mon cœur battre un peu plus vite... Mais non, elle finissait par se retourner, tout simplement, et nous reprenions alors le cours de la conversation.

Petit à petit, j'ai quand même fini par m'y faire et j'ai peu à peu accepté l'idée que ce serait un jeu de patience et de hasard.

Les visites à la vieille dame sont ainsi devenues une habitude quasi quotidienne : je venais le matin ou en fin d'après-midi et j'y restais en général un peu plus d'une heure.

Il faut pourtant bien reconnaître qu'au bout de deux semaines, j'avais fini par désespérer que ça puisse mener à quelque chose. La vieille dame était certainement sympathique, je ne dis pas le contraire. J'avais d'ailleurs eu le temps de connaître toute sa vie et elle avait fini par apprendre une bonne partie de la mienne, sans parler de la quantité de café, de thé et de boudoirs que j'avais pu avaler par la même occasion… Tout cela était bien joli mais j'étais tout de même là pour une raison bien précise et je doutais de plus en plus qu'elle soit capable de m'aider. Le fait est que tout cela s'était passé depuis un bon moment déjà. Même pour quelqu'un qui dispose d'une bonne mémoire ça aurait paru difficile, après tout ce temps… Alors pour une vieille dame comme elle qui était la première à se plaindre de la sienne de mémoire, qui cherchait ses lunettes toutes les cinq minutes et qui me répétait trois fois la même anecdote en moins d'une heure, c'était pas gagné… Et pour ce qui était de reconnaître une silhouette à vingt mètres de distance et à quatre mois d'écart, on pouvait raisonnablement avoir des doutes. Sans parler de sa vue. Parce qu'elle avait des verres de lunettes d'une sacrée épaisseur, à tel point qu'au bout d'un moment j'ai fini par vouloir savoir ce qu'il en était réellement. J'ai prétendu que j'avais moi-même la vue un peu faible et, pour qu'elle puisse se faire une idée, je lui ai dit que, par exemple, j'avais du mal à lire l'affiche d'en face. Du coup, elle a aussitôt avancé le nez vers la vitre. Elle a considéré l'affiche en plissant les yeux quelques instants et puis elle a lu, à haute voix : « Noël à prix mini ! » Elle était tellement fière d'elle qu'elle a même lu ce qu'il y avait écrit dessous, en un peu plus petit : « Monoprix, 43 avenue de Clichy. » Et après ça, elle m'a regardé avec un petit sourire satisfait qui voulait dire à peu près : « Vous voyez, à quatre-vingt-huit ans, j'y vois encore comme un aviateur ! » Je lui ai dit que je trouvais ça épatant… Ça m'avait effectivement un peu réconforté et j'ai voulu me convaincre que tout n'était pas perdu.

Alors j'ai continué à y retourner. Nous avions fini par ne plus parler du tout de la fille, parce qu'il faut bien dire qu'au fond, elle et moi, on ne s'attendait plus trop à la revoir. On reprenait la conversation là où on l'avait laissée la veille et l'observation de la rue ressemblait de plus en plus à un prétexte, comme si nous étions deux vieux joueurs de cartes qui font des parties pour la forme et qui passent surtout leur temps à ressasser les vieux souvenirs. Honnêtement, je crois que si je continuais à y retourner, c'était surtout pour le principe. Parce que je savais bien que le jour où je déciderais de ne plus venir, ça signifierait que j'aurais abandonné tout espoir de la retrouver. Et il faut croire que j'essayais encore de repousser ce moment-là.

Mais un jour, pourtant, ce que je n'espérais plus a fini par arriver. Je ne sais pas comment j'en étais venu à ça, mais je me souviens que j'étais parti pour lui brosser un tableau des mérites respectifs des différents hippodromes de la région parisienne. La vieille dame m'a soudain interrompu :

« Elle vient de passer. »

Elle avait dit ça d'une voix lente et, moi, il m'a bien fallu une longue seconde avant de comprendre de quoi elle parlait. Je me suis alors précipité à la fenêtre. La rue était quasiment vide.

« Où ça ? »

Il n'y avait à ce moment-là que deux passants sur le trottoir d'en face.

« Où ça ? ai-je répété. C'est laquelle ?

— Elle n'est plus là », m'a-t-elle répondu.

Je me suis retourné et je l'ai regardée sans bien comprendre. Je commençais à m'affoler à l'idée que nous étions peut-être en train de la laisser s'envoler.

« Vous venez de me dire que vous l'avez vue passer ! lui ai-je lancé. Alors ! Où est-ce qu'elle est ? »

Elle ouvrait la bouche mais elle semblait avoir complètement perdu ses moyens.

« Enfin, dépêchez-vous ! »

Quelques mots ont fini par sortir :

« Je… je m'en veux vraiment, vous savez. Je sais pas ce qui m'a pris. Je crois que je l'ai vue passer… Je l'ai vue passer et… et j'ai rien dit. »

Je pense que je m'attendais à tout sauf à ça. Je n'arrivais même pas à comprendre ce qui lui avait pris. Elle a continué, d'une voix hésitante :

« Y a deux ou trois minutes. Je l'ai vue passer, et j'ai pas voulu le dire. Mais maintenant, je m'en veux beaucoup, vous savez… »

Je ne comprenais toujours pas. Je ne savais même pas ce que je devais faire…

« Mais… mais qu'est-ce qui vous a pris ? Enfin, bon sang ! Pourquoi ? Pourquoi vous n'avez rien dit ? »

La vieille n'a rien répondu à ça. Elle ne faisait qu'agiter la tête d'un air navré. Elle s'était mise à répéter, à mi-voix : « Je ne sais pas… Je ne sais vraiment pas pourquoi j'ai fait ça… »

Moi, je me tenais debout, sans parvenir à prendre une décision… Je la regardai, puis je regardai la rue, puis je la regardai à nouveau.

23

Seeing is believing.

Mais j'ai fini par la saisir par les épaules et je crois bien que je l'ai un peu secouée :

« Par où est-ce qu'elle est partie ? »

Elle n'osait pas me regarder en face et elle continuait à bredouiller :

« Je sais que c'est pas bien. Je le savais mais je me suis dit…

— Répondez-moi : elle allait de quel côté ? Ça, vous vous en souvenez…

— Vers l'avenue de Clichy… Elle a pris la rue Ernest-Roche, sur la droite.

— Comment est-elle ? »

Ses mains tremblaient. Mais on voyait qu'elle faisait un effort pour essayer de se souvenir.

« Je ne sais pas… grande.

— C'est tout ? Qu'est-ce qu'elle portait ? »

Regard dans le vague, comme si elle cherchait à l'intérieur d'elle-même.

« Une… une veste sombre avec un pull rose… plutôt rouge, en fait, et à gros col, vous savez comme…

— Ses cheveux ? »

Cette fois, elle m'a répondu presque sans hésiter :

« Châtains, à peu près jusque-là, et je crois aussi qu'elle… »

J'ai quitté la pièce en courant.

Quand j'ai atteint l'angle de la rue Ernest-Roche, j'étais toujours en train de courir. J'avais déjà parcouru plusieurs centaines de mètres mais aucun des passants que j'avais croisés ne correspondait à la description, et je sentais que j'allais bientôt être à bout de souffle. Assez vite, en effet, j'ai commencé à sentir un point de côté et j'ai continué à courir en boitant à demi.

J'ai fini par aboutir à un carrefour où venaient se croiser trois rues. Je ne savais pas par où continuer. Je me suis arrêté pour reprendre mon souffle et mes esprits les mains sur les hanches, la bouche grande ouverte. Je pouvais sentir mon sang battre contre mes tempes et je sentais aussi le froid les pincer. Je n'avais même pas pris le temps d'enfiler mon blouson et le vent glacé semblait passer à travers mon pull comme à travers du grillage. J'ai regardé la rue qui était face à moi. C'était la plus étroite et la plus triste des trois. Je m'y suis élancé.

Cinquante mètres plus loin, je me suis arrêté de nouveau pour faire quelques pas et souffler avant de repartir. Je sentais que je ne pourrais pas tenir encore longtemps comme ça et j'avais presque fini par ne plus y croire lorsque, un peu plus loin, j'ai enfin aperçu la silhouette d'une femme aux cheveux châtains et à la veste noire. Ça m'a aidé à faire un dernier effort. Heureusement, elle ne marchait pas trop vite et j'ai fini par arriver à sa hauteur. Elle s'est alors retournée et c'est à ce moment-là qu'il y a eu ce regard… À tel point que, sur le coup, j'ai voulu croire que je l'avais enfin retrouvée.

Ça ne m'a pourtant pas empêché de me tenir presque plié en deux, tellement essoufflé que je n'arrivais pas à dire la moindre chose.

« Ça va aller ? »

C'est elle qui s'était sentie obligée de dire ça, et on voyait qu'elle se retenait pour ne pas rire. Je lui ai fait signe que tout allait bien et je me suis redressé, mais je ne savais pas par où commencer. Alors, sans autre entrée en matière, j'ai fini par lui dire qu'au mois d'août dernier, on m'avait tiré dessus devant un arrêt de bus. Ça s'était passé un peu plus loin, dans la rue Pouchet. J'ai montré la direction, et j'en ai profité pour reprendre mon souffle. J'ai continué : « Ce que je voudrais savoir, c'est si vous étiez là, si c'est bien vous qui m'avez parlé avant que les secours n'arrivent… »

Elle me regardait, stupéfaite. Elle devait se demander d'où je sortais, comme ça, complètement essoufflé, sans manteau et en train de lui parler d'histoires de coups de feu… Je me rendais bien compte que j'aurais pu y mettre un peu plus les formes. Parce que là, je devais simplement ressembler à un type égaré, dans tous les sens du terme. Rien que les grands yeux étonnés qu'elle était en train de poser sur moi, ça voulait déjà tout dire. Elle a d'ailleurs assez vite répondu qu'elle était sincèrement désolée, mais que j'avais dû confondre... Elle m'a vraiment dit ça avec un air navré, comme si elle avait senti que ça avait de l'importance pour moi. Qu'est-ce que je pouvais dire de plus ? Je me suis excusé et elle a continué son chemin...

Je l'ai regardée s'éloigner. La description correspondait parfaitement. C'était probablement bien elle qui venait de passer, quelques minutes plus tôt, rue Pouchet. Et ça voulait simplement dire que la vieille avait confondu, dès le départ. J'aurais dû m'y attendre. En tout cas, ça voulait dire que la dernière piste possible venait de se refermer. Il fallait se rendre à l'évidence.

Je ne savais plus très bien ce qu'il me restait à faire. Après le petit espoir que je venais d'avoir, je ne me sentais vraiment plus le courage de continuer à guetter l'hypothétique passage d'une hypothétique inconnue comme je venais de le faire sans résultat depuis plusieurs semaines... C'est à ça que je pensais, là, au milieu de cette rue glaciale, et je me suis dit qu'il était peut-être temps de tout abandonner. D'ailleurs, je commençais à grelotter. Il était urgent de rentrer se mettre au chaud. J'ai regardé une dernière fois la silhouette qui s'éloignait. Justement, à ce moment-là, comme elle s'apprêtait à traverser, elle s'est retournée. À nouveau, ses yeux m'ont frappé. Elle avait vraiment un beau regard.

Après ça, j'ai fait quelques pas en direction de la rue Pouchet, puis je me suis arrêté. Un bus s'est mis à klaxonner au loin, et j'ai aussitôt fait demi-tour.

Cette fois-ci, je me suis planté devant elle :

« Écoutez, c'est vrai, je m'y suis très mal pris. Oubliez tout ce que j'ai dit. J'ai cherché à me rendre un peu intéressant et je vous accorde que ça n'était pas très malin. La vérité c'est simplement que je trouve que vous avez un très beau regard... Ce n'est sans doute pas très original de vous dire ça mais je vous le dis comme je l'ai ressenti, et je n'ai pas pu m'empêcher de vouloir vous parler... Je sais bien que c'est ridicule ce que je suis en train de faire, je le savais quand j'ai fait demi-tour et pourtant je n'ai pas pu me résoudre à ne pas le faire... Écoutez, il faut absolument qu'on se revoie. Promettez-moi au moins ça... »

Au début, elle s'était arrêtée mais, sans doute en voyant où je voulais en venir, elle m'a contourné et elle s'est remise à marcher en m'ignorant. Je l'ai suivie :

« J'imagine très bien ce que vous êtes en train de vous dire. On voit bien que vous n'êtes pas du genre à vous laisser aborder comme ça, et je vous comprends tout à fait. Mais là, c'est différent : j'ai un pressentiment... Non, ne souriez pas, j'ai vraiment un pressentiment. Le pressentiment qu'on risque de passer à côté de quelque chose d'important si on ne se revoit pas. C'est tout ce que je vous demande : vous revoir une seule fois, où vous voudrez, dans un café... Rien de plus. »

Elle continuait à marcher sans rien répondre. Je dois avouer que j'aurais été plus à l'aise si elle m'avait purement et simplement envoyé promener. En même temps, ce que je lui disais n'avait pas vraiment l'air de l'agacer. Ça semblait même plutôt l'amuser, un peu comme si c'était elle qui était en train de me faire une bonne farce.

« Vous ne répondez rien ?

— Je vous écoute, c'est très drôle...

— Qu'est-ce qui est si drôle ?

— Le coup du pressentiment. Je dois dire qu'on me l'avait encore jamais fait. Cela dit, si vous pensez que ce genre de chose peut marcher avec moi, ce n'est pas très flatteur. Vous devez me prendre pour une idiote...

— Je vous ai simplement dit les choses comme elles sont. Vous allez peut-être dire que c'est moi l'idiot mais je le pense sincèrement... Alors vous ne voulez pas qu'on se revoie ?

— Je ne préfère pas, non.

— Écoutez, vous allez dire que j'insiste mais je ne peux vraiment pas me contenter de ce genre de réponse...

— Vous êtes décidément très drôle.

— Non, je ne plaisante pas, je trouve qu'on s'entend bien...

— Justement, vous seriez très déçu.

— Si ce n'est que ça, je veux bien courir le risque... »

Elle s'est arrêtée et elle m'a regardé pour la première fois sérieusement. Sans s'en cacher le moins du monde, elle était en train de me jauger. Finalement, un petit sourire malicieux est venu marquer la fin de l'examen :

« Après tout, vous vous souviendrez que je vous avais prévenu. Vous n'avez qu'à venir demain, à partir de onze heures, à l'angle du boulevard de Reims et de l'avenue de la Porte d'Asnières. »

J'ai répété ses indications pour être sûr de ne pas la manquer puis elle est partie. Quelques instants après, elle disparaissait à l'angle de la rue. J'ai évalué à dix contre un les chances qu'elle ne vienne pas au rendez-vous, puis je me suis rendu compte que je claquais littéralement des dents. Je ne me sentais pas le courage de retourner à pied jusqu'à la rue Pouchet. Alors j'ai rejoint le boulevard, j'ai sauté dans un bus qui arrivait à point nommé et je suis rentré chez moi. Il m'a fallu une bonne heure pour me réchauffer. Ce qui était étrange, c'est qu'en repensant à elle, je me souvenais plus particulièrement de sa voix. Peut-être parce qu'elle avait un très léger accent, qui n'était pas anglais et que je ne parvenais pas à identifier.

Cette nuit-là, j'ai rêvé comme cela m'arrivait parfois de la scène de l'arrêt de bus. Mais cette fois-ci, c'était elle qui avait pris la place de la fille de l'affiche. En y repensant, le matin, ça m'a fait sourire. Je me suis dit que si mon inconscient était déjà en train de faire la substitution avec Anja, c'était plutôt bon signe.

Après le petit déjeuner, j'ai expédié les paris et je me suis rendu au boulevard Bessières. Je l'ai remonté à pied, jusqu'au croisement avec l'avenue de la Porte d'Asnières. Là, j'ai presque été surpris de la voir au rendez-vous.

« Vous attendiez quelqu'un ? »

C'était une vraie question de ma part, parce que, un instant, il m'a semblé qu'elle était là pour d'autres raisons. Ça l'a fait sourire.

« Vous », a-t-elle répondu.

Mais il y avait comme de l'ironie dans son regard et dans sa voix. C'est ça qui m'a fait douter. J'ai regardé autour de moi. Nous étions devant un stade. Il n'y avait aucune raison de donner un rendez-vous à cet endroit. Et c'est seulement alors que j'ai su ce qu'elle faisait là. Ça m'est tombé dessus sans que je m'y attende, et je m'en suis voulu de ne pas avoir compris plus tôt. Je ne savais plus trop ce que je devais faire. J'ai quand même essayé de trouver une question de circonstance.

« Vous êtes souvent ici ? lui ai-je demandé.

— Assez souvent. »

Il y a eu un nouveau silence. Elle me regardait. Elle voyait que je venais seulement de comprendre et elle ne disait rien. Elle me laissait le temps d'accuser le coup.

« Eh bien, je vous suis, ai-je fini par dire.

— Vous voulez connaître le tarif ?

— Je ne préfère pas.

— Ça peut être risqué. »

Elle souriait en disant ça. Pour la première fois il me semblait retrouver la jeune femme de la veille. Ça m'a quand même fait du bien.

Nous avons marché côte à côte, sans échanger une seule parole. Il nous a peut-être fallu dix minutes pour rejoindre l'immeuble. J'étais surpris que ce soit si loin. On était finalement revenus dans le quartier de la Porte de Clichy.

La cage d'escalier n'était pas très reluisante mais pas complètement miteuse pour autant. C'était au cinquième. Il y avait trois portes sur le palier. Elle a ouvert celle de gauche. Nous nous sommes alors retrouvés dans un couloir étroit qui desservait à son tour trois autres portes. Elle a ouvert celle d'en face. C'était une chambre. Un lit y occupait à peu près la moitié de l'espace.

Elle m'a demandé ce que je préférais. Je lui ai répondu que je voulais simplement passer une heure avec elle. Je crois que ce n'était pas le genre de réponse qu'elle attendait. Elle m'a tout de même dit son prix et je lui ai tendu l'argent.

« Comme tu voudras. » Elle s'est adossée au mur et elle m'a regardé. C'étaient des yeux de chat, un peu fatigués. S'ils avaient eu une lueur de tendresse, ça aurait pu être le même regard que quelques mois plus tôt. Il y avait parfois en eux une légère malice qui n'était pas très loin de donner une impression de froide ironie. Et quand il n'y avait pas cette malice, alors son regard devenait distant, avec une pointe de lassitude, un peu comme s'il avait vu le monde et que son éclat initial s'y était déjà usé. Mais tout le reste, chez elle, contrastait avec cette impression. Le nez était fait d'une courbe assez douce, à peine sortie de l'enfance tandis que les lèvres étaient fines et fragiles. Elle avait le visage long, légèrement anguleux avec, tout de même, une douce régularité dans le contour, et le menton aurait sans doute agréablement tenu dans le creux de la main. C'est ce que je me suis dit. Et puis je me suis aussi dit qu'après tout je pouvais aller vers elle et le faire. Et puis il m'a semblé que non. Je finissais par me trouver bête. Je cherchais quelque chose à dire. Et pendant que je cherchais, je me suis mis à regarder ses cheveux. Ils ne lui arrivaient pas tout à fait aux épaules. Une coiffeuse vous aurait dit que ça manquait de volume et aussi d'une coupe récente et puis encore beaucoup d'autres choses je suppose. Mais pour moi, c'était parfait. J'étais en train de me rendre compte qu'elle me plaisait vraiment. Et c'est bien ce qui m'embêtait le plus, parce que je ne suis quand même pas si naïf que ça. Je savais bien que, dans la situation dans laquelle nous nous retrouvions, la question n'était évidemment plus de savoir si elle me plaisait, et encore moins si c'était réciproque.

En la regardant, je me suis demandé quel âge elle pouvait avoir. Mais je dois reconnaître que je n'ai jamais été très fort pour deviner ce genre de choses. J'aurais pu le lui demander mais quelque chose me disait que c'était une des premières questions qu'on devait lui poser et qu'elle devait avoir une réponse toute prête. Elle venait de poser sa veste. Elle attendait en faisant tourner sa clé dans un sens puis dans l'autre, sur le dessus d'un petit meuble qui servait de desserte.

« Alors ? Qu'est-ce que tu veux qu'on fasse ? »

Je ne savais pas quoi répondre. Je le lui ai dit franchement. Elle n'a pas eu de réaction visible. Elle m'a simplement expliqué que nous n'étions pas obligés de faire ça dès la première fois. Il arrivait parfois que les choses se fassent progressivement…

J'y ai réfléchi. Mais je me suis finalement dit qu'il valait mieux régler ça tout de suite. Et, après tout, si je me retrouvais ici avec elle, c'était bien que j'avais accepté la chose. Pourquoi se raconter des histoires ? Je l'ai regardée et je lui ai dit que je préférais qu'on le fasse dès maintenant.

Elle s'est écartée du mur, sans rien répondre. Elle a ôté son pull et l'a posé sur le dossier d'une chaise. Elle s'est approchée puis j'ai senti sa main se poser sur mon bras. Je l'ai suivie. Nous nous sommes retrouvés contre le lit. J'ai commencé à lui caresser les hanches. Puis mes mains sont remontées jusqu'à sa poitrine. Ça a encore duré quelques instants comme ça mais j'ai fini par m'arrêter. Elle s'est aussitôt écartée, sans rien dire. Je me sentais assez coupable.

« Quand je t'ai dit que je voulais te revoir, hier, je ne savais pas que tu…

— Je sais », m'a-t-elle dit.

J'ai croisé son regard. Je n'y ai rien vu de précis. En tout cas, pas l'agacement que je craignais d'y trouver. Je cherchais quelque chose à ajouter.

« C'est stupide, je sais, mais…

— Je t'ai dit que ça ne pose pas de problème. On peut se voir une autre fois, si tu veux. »

C'était sans doute ce qu'il y avait de mieux à faire. Mais je n'ai pas bougé.

« Écoute, m'a-t-elle dit, j'ai accepté de te revoir parce que tu as insisté. Mais je ne peux pas te proposer autre chose que ce type de relation, et je suis désolée si j'ai pu te laisser penser le contraire… »

Il faut bien reconnaître qu'elle ne pouvait pas être plus claire. À partir de là, je n'avais plus qu'à attraper ma veste et à sortir. C'est ce que je n'arrêtais pas de me dire pendant qu'elle me parlait, mais j'étais incapable de me décider.

Finalement, c'est elle qui a montré l'exemple. Elle s'est relevée et elle s'est avancée vers la chaise. Tandis qu'elle se rhabillait, on entendait simplement le frottement de ses vêtements qui remontaient le long de son corps. Je restai là, comme un imbécile, sans savoir quoi faire. Elle a fini par s'avancer vers moi. Plus exactement vers la porte. Elle était prête à ressortir. Elle a hésité, un instant, puis elle m'a dit :

« Je n'ai rien contre toi. Tu es sans doute quelqu'un de bien. Voilà ce que je te propose. Je n'ai pas l'habitude de faire ça mais, si tu veux, je te rends ton argent et on en reste là. »

Elle avait dit ça sans amertume. C'était une vraie proposition. Je lui ai répondu que j'avais pris de son temps et que, par conséquent cet argent était à elle. D'ailleurs, ce n'était pas le problème. Ce que je lui avais dit la veille était toujours valable : ce que je voulais, c'était simplement passer un moment avec elle.

Elle a regardé sa montre, et il m'a semblé que son torse s'était soulevé très légèrement, comme si elle soupirait. Puis elle m'a demandé si je voulais un café. J'ai accepté.

« Allons dans la cuisine. »

C'était la pièce d'à côté et c'était à peu près aussi petit que la chambre, sauf qu'il avait fallu y faire tenir un évier, un vieux frigo et une table. Le tout était éclairé par la lumière trop violente d'une ampoule nue. Sans rien dire, elle a mis de l'eau à chauffer et elle a préparé le filtre. Le paquet de café était presque vide. On entendait l'eau frémir. Elle a cherché sur l'égouttoir deux tasses qui pourraient faire l'affaire et elle les a posées sur la table. Nous ne nous disions rien. Elle, elle est restée là, contre l'évier. Elle attendait que l'eau soit prête.

« Tu peux fumer, m'a-t-elle dit. Ça ne me dérange pas. »

Mais je ne fumais pas. Elle non plus, apparemment. Il planait pourtant dans la pièce une odeur de tabac froid. J'ai hésité à le lui faire remarquer. J'ai aussi hésité à lui demander de quel pays elle venait parce que je me suis dit que, ça aussi, ça devait être une question classique et que j'aurais probablement droit à la réponse classique. Je pouvais toujours essayer de deviner par moi-même mais ce léger accent ne permettait décidément pas d'en déduire grand-chose.

J'ai fini par simplement lui demander si ça faisait longtemps qu'elle était en France. Elle a paru hésiter à me répondre. Alors je n'ai pas insisté mais je lui ai dit que j'avais du mal à m'imaginer d'où elle venait et ce qu'elle avait été, avant. Par exemple, je n'arrivais pas à me la représenter, elle, comme la plus jeune d'une famille de huit enfants au fin fond d'une campagne de l'Europe de l'Est. Bref, j'avais beau essayer de plaquer sur elle l'imagerie habituelle, ça ne marchait pas vraiment. Ça l'a fait un peu sourire. Elle m'a regardé.

« Tu voudrais que je sois qui ? »

Je n'ai pas pu m'empêcher de me dire que c'était typiquement une question de prostituée, et ça m'a fait sourire à mon tour. Mais elle avait dit ça d'une voix plutôt douce et je crois que ça me plaisait assez d'entrer dans ce jeu-là.

« Je ne sais pas... C'est assez flou, lui ai-je répondu. Enfin, peut-être que je te vois comme une sorte de princesse qui se retrouverait loin de chez elle... Oui, c'est à peu près ça. Je te vois dans un de ces pays un peu flous, quelque part vers la Russie. Et, pour je ne sais trop quelle raison, tu as été obligée de t'exiler et de te cacher. C'est comme ça que j'imagine les choses... Sans doute que là-bas, il y a eu un drame ou bien alors tu as été chassée à cause des manœuvres d'un oncle. Une sorte de vieil oncle, obsédé par le pouvoir... Et depuis ce jour, ton château est à l'abandon, là-haut, sur un rocher, au milieu d'une forêt sombre. Mais ça reste toujours aussi joli quand tu y repenses... »

Puis j'ai regardé par-dessus sa tête, comme si je cherchais dans la peinture écaillée des murs les images de ce pays lointain :

« Il y a une fontaine, au pied de la muraille et on voit parfois, à l'aube, des daims qui viennent y boire. Devant la grande porte, il y a une petite avenue ombragée qui mène jusqu'au vieux portail. Cette longue allée est abandonnée, elle aussi. Les feuilles mortes ont recouvert les ornières... Tout le parc est dans le même état, laissé à lui-même, comme si les choses attendaient que tu reviennes. Mais ça reste encore assez beau avec la silhouette du grand château qui s'élève au-dessus des cimes... Voilà... Qu'est-ce que tu en dis ? »

Visiblement ça l'amusait : « On peut aussi voir les choses comme ça… »

Je n'ai eu droit à rien de plus précis. Je lui ai dit que j'aimerais tout de même qu'un jour elle m'explique vraiment comment elle en était arrivée là.

Elle a répondu « peut-être » et, pour mieux donner le change, elle a ajouté qu'elle voulait d'abord que je lui parle de moi.

Alors il a fallu expliquer que, l'essentiel du temps, je jouais aux courses, en attendant mieux… « Ça fait toujours un petit revenu…

— Ah bon, vraiment ?

— Oui. Et même, si je voulais, ça pourrait devenir une petite affaire… »

Elle a considéré la chose quelques secondes et puis elle a conclu qu'à son avis ce n'était quand même pas une situation. Ça m'a un peu vexé et je me suis alors permis de lui faire remarquer qu'elle n'était peut-être pas la mieux placée pour donner des leçons en la matière.

Le café était prêt. Elle l'a servi en posant sur la table une boîte de madeleines à moitié vide.

Nous avons commencé à boire en silence, et j'ai alors pensé que je ne connaissais toujours pas son prénom. Je le lui ai demandé.

« Clara. »

Elle a répondu sans hésitation. Je n'ai pas pu m'empêcher de sourire.

« Clara, y a pire comme faux prénom. »

Elle a reconnu qu'il y avait pire en effet.

« Clara comment ?

— Clara tout court.

— Et quand le client insiste vraiment pour savoir, tu lui dis que c'est Clara quoi ?

— Le client insiste rarement autant que toi. Et si c'est le cas, je lui réponds que c'est Clara Wood… Qu'est-ce que tu en dis ? Ça sonne pas trop mal, non ?

— Peut-être, mais ça ne trompe personne, ça fait un peu trop américain…

— Alors je lui réponds qu'il me fatigue et qu'on a peut-être mieux à faire que de passer la soirée là-dessus. Et puis je peux aussi lui dire que je préfère pas trop m'étendre sur ce Wood vu qu'il me rappelle mon père qui n'a trouvé rien de mieux à faire, six mois après ma naissance, que de plaquer ma mère et de rentrer en Amérique… »

Elle était un peu énervée.

« C'est vrai ?

— Peut-être pas, mais ça permet d'en finir avec ce genre de questions… »

Elle a désigné la boîte de madeleines et m'a dit de me servir. Nous nous sommes remis à boire le café en silence. Après un moment, elle a reposé sa tasse.

« Pourquoi est-ce qu'on t'a tiré dessus ? »

Je lui ai demandé ce qui lui faisait dire qu'on m'avait tiré dessus.

« C'est toi qui me l'a dit. »

Elle a repris une gorgée.

« Je t'ai aussi dit que tout ça je l'ai inventé pour me rendre intéressant.

— Sauf qu'il y a un type qui s'est effectivement fait tirer dessus à cet endroit-là. Je le sais parce qu'on a été les premiers vers qui la police s'est tournée, tu te doutes bien… Même que ça a fait toute une histoire avec descente en pleine nuit et convocations au poste... »

Elle avait dit ça d'un ton calme, et même un peu détaché. Ça donnait l'impression qu'elle était vaccinée contre ce genre d'affaires et qu'il en fallait plus pour l'émouvoir. À partir de ce moment-là, j'ai commencé à l'observer attentivement.

« Alors ? m'a-t-elle demandé.

— Alors quoi ?

— Pourquoi est-ce que tu t'es fait tirer dessus ? »

Je lui ai répondu qu'elle avait exactement la même réaction que les autres, c'est-à-dire qu'elle considérait que se faire tirer dessus est une chose qui se mérite. « Et je suppose que c'est plus rassurant... Pourtant, la vérité, c'est que personne ne peut m'en avoir voulu au point de me faire ça vu que je ne touche ni à l'argent sale ni aux femmes mariées...

— Pourquoi est-ce que tu mens ? »

Sa voix avait changé. Beaucoup moins distante et un peu plus basse, comme si elle se parlait à elle-même. Ce n'était pas vraiment un reproche. Elle attendait surtout que je m'explique.

« Si je mens, c'est de bonne guerre. Regarde, toi, avec ton prénom... »

Elle a répondu que c'était beaucoup moins important. J'ai fait remarquer que ce n'était pas la question.

« Si, m'a-t-elle dit, parce que moi je ne te mentirais pas pour une chose qui a de l'importance... »

Je l'ai regardée.

« Ne m'en veux pas, mais je ne te crois pas. Tu viens juste de me faire comprendre tout à l'heure que je ne suis rien d'autre à tes yeux qu'un client. Alors je ne vois vraiment pas ce qui t'empêcherait de me mentir si tu trouvais un intérêt à le faire.

— Tu ne comprends rien… »

J'avais en effet besoin qu'elle m'explique deux ou trois choses. Son regard plongeait dans les remous noirs de sa tasse. Elle y faisait tourner sa cuillère machinalement.

« Je ne fais pas ce que je veux, c'est vrai. Mais je suis comme tout le monde, il y a un moment où ce que j'estime important passera avant le reste. Je ne te connais pas beaucoup, mais je sais déjà que je ne te ferai pas du mal si je peux l'éviter. Je voulais au moins que tu saches ça. »

Je lui ai dit que c'était gentil de sa part.

« Oui, enfin, à ta place, je ne m'emballerais pas non plus… Après tout, c'est peut-être rien d'autre qu'une technique commerciale…

— Pardon ?

— Oui, a-t-elle poursuivi, flatter le client, c'est classique… Mais avant d'en arriver là, j'aimerais juste pouvoir être sûre que tu n'es pas du genre à attirer des ennuis.

— Je t'ai dit la vérité, Clara. Et si tu penses que ce qui m'est arrivé est lié aux courses, je peux t'assurer que je commence à suffisamment bien connaître ce milieu pour savoir qu'on n'en vient pas aux armes comme ça, sans prévenir… »

Tandis que je lui disais ça, on a entendu une porte s'ouvrir dans le couloir. Quelqu'un entrait ou sortait mais Clara ne semblait pas y prêter attention.

« Pourquoi tu veux savoir tout ça ?

— Par curiosité, m'a-t-elle répondu. Si on y réfléchit, c'est tout de même ça qui a fait qu'on s'est rencontrés... » Elle m'a jeté un coup d'œil pour voir comment je réagissais. Je n'ai rien dit. « Enfin, c'est aussi pour savoir si tu es mêlé à des histoires... En même temps, je me doute bien que, de toute façon, tu n'irais pas me raconter ça... Parle-moi plutôt de la fille.

— Quelle fille ?

— Tu m'as dit qu'il y avait une fille ce jour-là. À moins que ça fasse aussi partie des trucs que tu as inventés pour te rendre intéressant... »

Autant que je sache, je ne l'avais pas inventé. Et, puisqu'elle me le demandait, je lui ai raconté en détail l'apparition de la fille, sa silhouette, son regard, le besoin que j'avais ressenti de ne pas la perdre... « Tu comprends, si je suis encore là, aujourd'hui, c'est parce qu'elle m'a parlé. C'est certain. Et j'aurais aimé pouvoir la remercier pour ça...

— Je n'arrive pas à m'y faire ! » Elle avait dit ça la bouche pleine et elle désignait du menton le sachet de madeleines. « C'est la fille qui partage l'appartement avec moi qui les achète. Je sais pas comment elle fait pour manger ce genre de truc... »

Elle a tout de même avalé sa bouchée, mais en se forçant. Je me trouvais un peu bête de lui avoir parlé de tout ça. Elle a poursuivi :

« La seule bonne chose que j'aie mangée depuis que je suis ici, ce sont des croissants. Il y a un café, en bas, où ils en servent des pas mal... » Et puis elle a souri, de l'air de celle qui se souvient de quelque chose, et elle a vidé sa tasse, assez lentement.

Après ça, elle m'a regardé et elle m'a dit, sans changer de ton, qu'il était temps qu'elle y retourne.

J'ai regardé ma montre.

« Je vois que le devoir n'attend pas. »

Elle m'a répondu que c'était bête de dire ça. Au fond, elle avait raison. Je suis retourné dans la chambre pour prendre mon manteau et je n'ai pas pu m'empêcher de jeter un coup d'œil vers le lit.

Au moment de partir, j'ai essayé de lire quelque chose dans son regard, mais je n'y ai rien trouvé.

Je lui ai dit que, probablement, on ne se reverrait plus.

« Il vaut peut-être mieux pas, en effet, m'a-t-elle répondu. Je ne crois pas pouvoir t'apporter ce que tu cherches. »

Et c'est là-dessus qu'on s'est quittés.

Après m'avoir ouvert, la vieille dame de la rue Pouchet m'a regardé quelques secondes en silence.

« Entrez donc. »

Je lui ai dit que je ne resterais pas longtemps. Je tenais simplement à ce qu'elle sache que j'avais finalement réussi à rattraper la fille. En entendant ça, son visage s'est éclairé :

« Ça me rassure d'apprendre ça… Je m'en suis beaucoup voulu, vous savez. C'est tellement bête, ce que j'ai fait… » Et, visiblement, ça lui faisait de la peine d'y repenser, en effet. « C'est que, vous comprenez, je ne vois pas tant de monde que ça, alors… »

Je lui ai dit qu'elle n'avait pas à s'en vouloir. En définitive, c'était plutôt à moi de la remercier.

Nous étions dans l'entrée. Elle m'a dit qu'on n'allait pas rester comme ça, debout, et que je pouvais tout de même venir boire quelque chose. Je l'ai suivie jusqu'à la cuisine.

« Vous devez être bien content... Vous devez être bien content... », répétait-elle, histoire de parler. Elle a déposé deux verres sur la table. J'ai fait faire au mien quelques petits tours dans ma main.

« À ce propos, je voulais vous demander... La fille que vous avez reconnue... c'était bien la même que... que quand on m'a tiré dessus ? »

Elle a cligné deux fois des yeux.

« Je vous l'ai dit... à mon âge, on ne se souvient parfois plus très bien de ce qui s'est passé la veille, alors ça, vous savez, depuis le temps... Mais vous aviez l'air d'y tenir, alors... Alors j'ai essayé de faire de mon mieux...

— Je comprends. »

Il y a eu un silence.

« Ce n'était pas la bonne personne ?

— Non. »

Elle a reconnu qu'elle s'y attendait un peu. Et elle avait vraiment l'air embêté. Mais on ne pouvait pas lui en vouloir.

J'ai essayé d'évoquer l'aspect positif de la chose :

« La jeune femme que vous m'avez indiquée, il se trouve qu'elle a bien voulu écouter mon histoire... et on s'est revus, aujourd'hui...

— C'est peut-être aussi bien comme ça... Parfois, on ne trouve pas ce qu'on cherche et on trouve ce qu'on ne cherchait pas... »

J'ai opiné devant la profondeur du propos mais j'ai fait remarquer que ça avait quand même peu de chances d'avoir une suite.

Elle m'a regardé.

« Vous dites ça à cause de son activité ? » Elle avait marqué un léger temps avant le mot « activité ». J'avoue que ça m'a pris de court. En voyant que je ne trouvais rien à répondre, elle a poursuivi : « C'est bien ce qu'il m'avait semblé. Je suppose que vous savez ce que vous faites… »

J'ai hoché la tête. Elle n'a rien ajouté et a disparu dans le salon. Elle est revenue, un moment après, avec mon blouson dans les mains.

« La dernière fois, vous aviez oublié ça. »

Avant de la quitter, j'ai préféré lui dire franchement que je ne repasserais probablement pas. J'aurais pu laisser entendre le contraire mais je me connais. Elle a dit qu'elle comprenait puis m'a souhaité bonne chance en me pressant la main et en mettant beaucoup de poids dans son regard.

24

Eat, drink, and be merry, for tomorrow we die.

Le lendemain, en fin d'après-midi, je suis retourné jusqu'au boulevard de Reims. Même de loin, je n'ai pas eu de mal à reconnaître sa silhouette. En me voyant, elle n'a rien dit de particulier. Rien ne permettait de savoir si elle était heureuse ou pas de me revoir. Nous avons simplement rejoint l'appartement comme si c'était une chose qui était désormais naturelle. Et j'ai retrouvé le même escalier que la veille, le même couloir étroit. La même chambre vide.

Elle a refermé la porte. Elle s'est retournée et elle m'a regardé. Comme je ne parlais pas, c'est elle qui m'a dit quelque chose comme : « Allons-y… » Par la fenêtre, on voyait la clarté pâle d'une fin de journée. Je l'ai regardée se déshabiller. Peut-être que l'une des raisons pour lesquelles, au départ, je ne m'étais pas douté de ce qu'elle était, c'est que, précisément, elle était belle. Et ça continuait encore à me surprendre. Elle s'est glissée dans le lit. Je l'ai regardée. Elle m'a demandé ce qu'il y avait, et je lui ai avoué ce à quoi je pensais : que je la trouvais belle. Mais ça, elle devait plutôt avoir l'habitude de se l'entendre dire. Elle n'a rien répondu et je suis allé la rejoindre.

Nous avions nos têtes l'une contre l'autre. Je n'avais jamais vu ses yeux d'aussi près, et j'ai ressenti un certain trouble. Je m'en souviens. Je crois qu'à ce moment-là, j'aurais voulu ne jamais la quitter. J'étais là, sous son regard, et j'avais l'impression que je n'attendais plus rien d'autre. Elle a repoussé doucement les draps. J'ai compris que c'était pour voir mes blessures. Elle m'a demandé si ça me faisait toujours mal. J'ai dit que non. Elle s'est alors mise à me parler d'une voix plus basse et lente. Elle m'a dit, en chuchotant, que le mieux, c'était de la laisser faire, de ne penser à rien, d'oublier cette chambre et même d'oublier qui elle était. « Pense seulement à la fille avec laquelle tu voudrais être… », a-t-elle murmuré. J'étais tenté de faire ce qu'elle me disait et, en même temps, je n'ai pas pu m'empêcher de ne voir dans tout ça qu'un truc, un truc assez habile mais un truc quand même. « Qu'est-ce qui te fait dire que j'ai envie de penser à quelqu'un d'autre ? »

Ça l'a fait sourire.

« Ne te fatigue pas à me flatter. L'intérêt de la situation, c'est que tu n'as pas à t'embêter à le faire.

— C'est la vérité. Je t'assure que pour le moment, je ne vois pas à qui d'autre je pourrais penser. »

Elle me regardait, et ce n'était pas facile de déceler ce qu'il y avait dans ce regard. Mais j'ai cru percevoir un léger brin de malice dans sa voix :

« Il m'avait pourtant semblé... À ta façon de parler de cette fille... Je pensais que tu aurais aimé pouvoir imaginer que tu étais avec elle... »

Je lui ai avoué que ce serait difficile :

« Je ne sais pas vraiment à quoi elle ressemble... Et puis, je ne suis pas sûr de vouloir faire ça avec elle... ni même de vouloir en parler. »

Pour couper court, j'ai commencé à lui caresser le menton. Elle s'est laissée faire, mais elle continuait à me regarder, comme quelqu'un qui n'a pas lâché son idée.

« Moi je crois qu'il faut essayer... Si tu ne te souviens plus très bien d'elle, alors ce sera d'autant plus facile. Fais-moi confiance, si tu joues le jeu, je te promets que, l'espace d'un instant, ce sera exactement comme si c'était vrai... » Elle me regardait toujours, droit dans les yeux. « Tu peux me croire, je commence à savoir comment ça fonctionne... »

Je n'étais pas sûr de vouloir me mentir de cette manière-là mais je dois reconnaître qu'elle jouait bien son rôle. Au fond, dans toute cette affaire, je n'avais saisi que du vent, du début à la fin. Alors, maintenant que c'était fini, je pouvais bien me laisser aller dans les bras d'une Clara ou de n'importe quelle autre fille, et goûter à cette petite consolation.

C'est ce que j'ai fait. J'ai fermé les yeux puis je me suis imaginé que j'étais dans les bras de celle que j'avais cherchée depuis si longtemps, et que je l'avais enfin retrouvée.

25

Two wrongs do not make a right.

Les phares des voitures faisaient au plafond un ballet régulier.

Je crois qu'à ce moment-là, j'avais complètement oublié l'existence du temps. C'était comme si les moindres particularités de cette pièce constituaient un monde complet et définitif, comme s'il n'y avait ni au-delà, ni après. Je l'ai regardée. Elle avait les yeux fermés. Elle semblait dormir.

Et puis sa tête a remué. Elle m'a regardé.

« Ça doit faire une bonne heure, lui ai-je dit à voix basse.

— Deux, a-t-elle rectifié.

— Je suppose que je vais devoir y aller… »

Signe affirmatif de sa part.

Le temps venait de refaire surface. Je me suis habillé et je suis rentré chez moi.

26

Life is just a bowl of cherries.

La nuit qui a suivi a été assez peu réparatrice : il était à peine plus de six heures du matin quand on a frappé à ma porte.

L'officier de police ne s'est pas inquiété de savoir s'ils m'avaient réveillé, probablement parce qu'à me voir la réponse ne faisait pas grand doute. En revanche, il m'a averti qu'il s'agissait d'une perquisition et il a ajouté, avec une légère satisfaction en voyant qu'il n'y avait qu'une seule pièce, que ça ne serait pas long. En effet, sans que j'aie eu le temps de dire quoi que ce soit, les trois autres policiers faisaient déjà à peu près comme chez eux, si ce n'est qu'ils auraient probablement eu des scrupules, chez eux, à tout renverser comme ils étaient en train de le faire sous mes yeux. De son côté, l'officier de police, pour ne pas perdre de temps, en a profité pour s'installer à ma table et, tout en sortant quelques papiers, il m'a annoncé que j'allais être placé en garde à vue. Ça n'avait pas l'air de l'émouvoir plus que ça. Je lui ai demandé ce qu'on me reprochait. Il m'a répondu que le capitaine Braudel tenait simplement à clarifier certains points. J'ai alors assisté en silence à la rédaction du procès-verbal. Pendant ce temps, les trois autres policiers posaient sur la table leurs principales trouvailles. Il faut dire que ça paraissait assez maigre. Ils n'avaient d'ailleurs pas l'air particulièrement triomphants. L'officier a regardé tout ça avec attention. Il s'est mis à feuilleter le calepin dans lequel j'avais l'habitude de noter les infos avant les courses, en langage hippique il va sans dire, et ça devait lui paraître assez incompréhensible s'il n'était pas lui-même turfiste à ses heures. En tout cas, il a reposé le carnet sans faire de remarque. Mon téléphone portable était là aussi mais il n'y a pas touché. Il a en revanche regardé mes relevés de comptes d'un peu plus près que le reste.

« Vous avez d'autres comptes ?

— Non. »

Il y a eu un petit silence. Sans doute le temps pour lui de faire un rapide calcul mental.

« C'est ce qui s'appelle mener une existence simple… »

Je l'ai remercié pour le compliment. Il a hésité encore un peu avant de reposer tout ça. Puis il a jeté un coup d'œil sur les factures de téléphone et, pour finir, il s'est arrêté sur le cahier où je listais les pertes et les gains. Là aussi, c'était en langage simplifié.

« Qu'est-ce que c'est que ça ? »

Je lui ai expliqué que c'était le récapitulatif des paris. Je lui ai indiqué les chiffres qui correspondaient aux dates, aux gains et aux pertes. Il a feuilleté quelques pages.

« Et pour les mois précédents ?

— Je les ai arrachées. Ça sert juste à suivre l'évolution des dernières semaines. Et comme je le prends parfois avec moi, c'est pas plus mal si je peux l'alléger un peu. »

Il a fait mine de se contenter de cette explication. Il a dit aux autres d'emballer tout ça puis il m'a fait signer le procès-verbal et les scellés. Après ça, il m'a demandé de finir de m'habiller et de les suivre. J'aurais voulu au moins me raser mais l'un d'entre eux m'a répondu sur un ton faussement poli que c'était pas la peine de s'embêter avec ça vu que tout allait se passer à la bonne franquette. Ça n'a pourtant pas empêché le trajet de se dérouler dans un silence plutôt sinistre.

On n'était pas très loin du commissariat et ça m'a assez vite surpris de nous voir filer sur les grands axes en direction du centre. Mais quand on est arrivés en vue de l'île de la Cité, j'ai commencé à comprendre. La voiture s'est en effet arrêtée devant le 36 quai des Orfèvres. On m'a débarqué et je me suis dit qu'il devait y avoir du nouveau. Mais, à l'intérieur, personne ne s'est soucié de répondre à mes questions. On m'a seulement répété que j'étais en garde à vue, et on m'a m'indiqué que, dans l'éventualité où je pensais que ça pouvait présenter un intérêt, il m'était permis de prévenir un proche, un médecin et un avocat. Ce dont j'aurais vraiment eu besoin, c'était de passer un coup de fil à Victor mais je me rendais compte que ça risquait surtout de confirmer leurs soupçons, et il valait mieux leur donner le moins d'éléments possible. Pour ce qui était d'appeler un médecin, il me sembla que mes ennuis les plus immédiats ne se situaient pas vraiment dans sa sphère de compétences, quant à l'avocat, n'étant ni riche, ni divorcé, je n'avais pas encore l'honneur d'en connaître un. La question du coup de fil s'est donc rapidement trouvée réglée. Ensuite, il y a eu la prise d'empreintes, après quoi on a commencé par m'envoyer en cellule.

Comme il n'y avait rien d'autre à faire, je me suis assis sur le lit et j'ai regardé mes chaussures sans lacets. Je dois dire que ce petit jeu a duré un bon moment mais un policier a fini par ouvrir la porte et m'a annoncé que c'était mon tour.

Il marchait derrière moi. Je lui ai demandé l'heure. On m'avait en effet pris ma montre afin d'éviter que je me pende avec.

« Vous avez un rendez-vous ? s'est-il contenté de me répondre.

— C'est juste que je commence à avoir…

— Vous aurez une barquette repas après votre interrogatoire.

— Qui est-ce qui va m'interroger ?

— Pourquoi ? Vous avez une préférence ? »

J'ai fini par comprendre que ce qu'il devait aimer, avec les questions, c'était plutôt de les poser, pas d'y répondre. Déformation professionnelle sans doute. À partir de là, j'ai arrêté de perdre mon temps.

La porte s'est ouverte sur le regard un peu tombant et l'air un peu borné du capitaine Braudel qui tenait un dossier ouvert entre les mains.

« Des disparitions de mannequins maintenant... Et bien sûr, mis hors de cause une fois plus... »

Je m'apprêtais à protester contre l'emploi du pluriel mais il a ajouté que ce n'était de toute façon pas ça qui l'intéressait pour le moment. Ce qu'il voulait, maintenant, c'était que je lui dise, sans détour, absolument tout ce que je savais au sujet de Victor. J'ai bien cherché à savoir pourquoi je me retrouvais en garde à vue ici, à la brigade criminelle mais, comme l'officier de police tout à l'heure, il a eu l'air de dire qu'il n'y avait là rien de grave, que c'était juste la procédure habituelle afin de leur permettre, à ce stade de l'enquête, de clarifier certaines choses... D'ailleurs, mieux je coopérerais, plus vite je serais libre. Ça avait le mérite d'être clair. J'ai fait mine de jouer le jeu. Je lui ai dit l'essentiel de ce qu'il avait à savoir – et qu'il savait sans doute déjà amplement. Mais comme je multipliais les détails et que je faisais des retours en arrière incessants, il lui a fallu m'interrompre plusieurs fois pour me remettre sur les rails, et ça, visiblement, ça a fini par l'agacer, d'autant plus qu'il prenait en note ce que je disais sur son ordinateur, et il ne devait pas avoir particulièrement envie d'en faire des tartines...

« Bon, ça ira. Parlez-moi maintenant des courses, vous ne m'avez encore rien dit là-dessus. »

Il voulait connaître le lien entre Victor, les courses et moi, ainsi que mon rôle dans tout ça.

« Aucun rôle. Je joue parce que ça marche pas trop mal. Disons que, l'un dans l'autre, j'arrive à en vivre. »

Justement, il voulait en savoir un peu plus à ce sujet :

« Vous nous avez dit que vous n'avez pratiquement pas de revenus réguliers, alors ça correspond à quoi ces dépôts en liquide qu'on voit de temps en temps, comme le huit, ce mois-ci par exemple ?

— Ben, précisément, c'est quand je gagne aux courses.

— Oui, c'est pratique..., marmonna-t-il, mais admettons. En tout cas, j'imagine qu'il vous a fallu une mise de départ importante. Vous l'avez trouvé où cet argent ?

— C'est grâce à Victor. Il m'a fait une avance. Pas grand-chose, juste de quoi me lancer. Après ça, j'ai augmenté progressivement les mises en remettant à chaque fois les gains en jeu et, le jour où j'ai eu suffisamment d'argent de côté, je l'ai remboursé. C'est pas allé plus loin.

— Et il vous a donné combien au départ ?

— Deux ou trois mille. D'ailleurs, s'il a fait ça, c'est vis-à-vis de ma sœur. Il s'est senti obligé. En tout cas, je vois pas où est le mal. »

Il a placé devant moi trois relevés de comptes. Sur chacun d'eux, une ligne avait été surlignée.

« Ces chèques que vous avez encaissés ont été débités du compte de Victor Lemoine. Est-ce que vous pouvez m'expliquer à quoi ils correspondent ? »

J'ai regardé attentivement les relevés. C'étaient des transferts qu'on avait faits à trois ou quatre mois d'écart. C'était au début, et je dois reconnaître que c'était pas très malin.

« Oui... Je me souviens maintenant. En fait, c'est ma sœur, Sandrine. C'est elle qui m'a donné cet argent. Ça vient de leur compte commun, je suppose, mais c'est elle qui a fait ces chèques, pas Victor. Vous comprenez, je venais de m'installer, et elle tenait à m'aider pour le mobilier... Vous pensez que je vais avoir des problèmes à cause de ça ? »

Il n'a rien répondu. Je sentais qu'il ne fallait quand même pas trop en faire. Il a rangé les relevés de compte.

« Est-ce que, à un moment ou à un autre, vous avez été amené à placer de l'argent pour le compte de Victor ?

— Non... Je dis pas que je ne lui ai pas donné des conseils, de temps en temps, mais c'est tout. De son côté, ça lui arrive d'avoir un bon pressentiment sur un cheval et, quand il sait que je suis sur place, il me demande de jouer pour lui si j'estime que le cheval est en bonne forme. Là encore, ce sont des choses qui se font, je vois pas où est le mal. »

Tout en finissant de taper ma réponse, il a fait remarquer que j'avais souvent du mal à voir où était le mal... Puis il m'a demandé si je voyais fréquemment Victor. Je lui ai répondu que je m'entendais bien avec ma sœur et que j'avais l'habitude d'aller régulièrement chez eux. Cette fois-ci, j'ai pas osé ajouter que je voyais pas où était le mal.

Il a voulu savoir de quoi on avait l'habitude de parler.

« De la pluie et du beau temps, du dernier match de foot, c'est selon… Vous parlez de quoi, vous, avec votre beau-frère ? »

Non seulement il n'a pas répondu à ma question mais il a même pris un ton assez menaçant pour m'expliquer que Victor avait été lui aussi interrogé et que ça pourrait être très, très gênant, pour lui comme pour moi, s'ils s'apercevaient que nos réponses ne collaient pas. « Ça donnerait à penser que vous cherchez à nous cacher quelque chose. Je repose donc ma question : de quoi est-ce que vous parliez ? »

J'ai maintenu ma déclaration. On ne parlait que de choses banales. De la famille, de l'actualité… Parfois, je lui rapportais des anecdotes des champs de courses s'il s'était passé un truc amusant. Rien de plus. « Je ne vois vraiment pas où vous voulez en venir… »

Il n'a pas répondu et il a visiblement décidé de passer à autre chose.

Pendant un petit moment, il s'est replongé dans le dossier qu'il avait sous les yeux, et il tournait les pages en silence. À la fin, il a étalé devant lui quelques photos. C'étaient les photos des tickets que j'avais prises avec mon téléphone. Ils les avaient imprimées.

« Vous pouvez m'expliquer ce que c'est ? »

Il voyait bien que c'étaient des tickets de courses. Des tickets gagnants, ai-je précisé.

Comme si, du coup, ça lui paraissait plus intéressant, il les a regardés à nouveau :

« À quoi vous le voyez qu'ils sont gagnants ?

— Ils le sont parce que je vous le dis, il faut me faire confiance… Si vous voulez en avoir la preuve, vous n'avez qu'à aller consulter les résultats des courses. Ou bien vous téléphonez à l'hippodrome. Vous avez la date, le nom de l'hippodrome, le numéro de la course. Ils vous diront tout ça très rapidement, et à vous ils vous donneront aussi les rapports. (Je lui ai désigné l'un des tickets.) Celui-là je m'en souviens… Vous voyez, j'ai joué en simple placé le 7 et le 11. L'unité d'enjeu est de deux euros, le nombre de fois la mise est de vingt, ça nous fait quatre-vingts euros pour les deux chevaux. Ces deux-là n'avaient aucune chance de finir en tête ce jour-là mais ils pouvaient réussir à se placer. Le 11 était le mieux coté et ça n'a pas empêché le 7 d'obtenir la troisième place dans un mouchoir, juste devant le 11. Si je les avais joués en couplé j'aurais tout perdu, si je n'en avais joué qu'un, ç'aurait été le 11. Alors, les deux placés, ça s'est révélé être un bon compromis. En perdant sur le 11 et en gagnant avec le 7, je m'en suis sorti avec un gain de plus d'une centaine d'euros pour quatre-vingts euros d'enjeu. C'était pas énorme mais c'était quasiment du tout cuit…

— Et vous vous souvenez de tous les tickets comme ça ?

— Non, bien sûr. Mais celui-ci, c'était mercredi dernier et je m'en souviens parce que c'était amusant de voir mes deux chevaux joués placés se disputer la troisième place. Et comme ils ont franchi la ligne quasiment en même temps, il a même fallu attendre l'annonce officielle pour les départager… Mais bon, en général, je me reporte à un carnet, celui que vous m'avez pris, quand je veux faire le récapitulatif précis des gains. Si vous me le passez, je vous dirai quel a été précisément le rapport pour cette course.

— On verra ça tout à l'heure. Pour l'instant, expliquez-moi à quoi ça vous sert de prendre en photo les tickets…

— C'est tout bête : pour moi, les courses, c'est une source de revenus, alors je peux être amené à justifier d'où vient l'argent. Ça ne s'est jamais produit mais admettons que le fisc veuille mettre son nez dans tout ça : avec les photos et le carnet, ils pourront voir précisément quelles sont les rentrées. »

Il a hoché la tête deux ou trois fois. Puis il a désigné à nouveau les photos :

« Je suppose qu'il y a aussi des tickets perdants…

— Vous croyez vraiment que je suis du genre à perdre ? »

J'avais dit ça en souriant mais c'est mal passé. Il s'est mis à hausser le ton. Il m'a dit que c'était pas dans mon intérêt de la ramener. Qu'il y en avait suffisamment dans mon dossier pour pouvoir m'emmerder sérieusement s'il le voulait, et que la première chose que je devais savoir c'est que quand il pose une question, il vaut mieux éviter de faire le malin et de répondre par des pirouettes. Pour finir, il m'a gentiment averti que s'il me prenait l'envie de parler comme ça au juge, ça ferait rien d'autre que de m'enfoncer dans les grandes largeurs. J'étais prévenu.

Je dois reconnaître que l'arrivée du juge dans la conversation m'a un peu ému. J'ai essayé d'en rabattre d'un cran :

« Au juge, je lui dirai les choses comme elles sont. Ne le prenez pas mal mais ce que je veux dire c'est que les tickets perdants, une fois que les chevaux ont franchi la ligne, par terre c'est pas ce qui manque. Et pour ma part, je connais personne qui s'embarrasse à les garder. En tout cas, pas moi. Alors je suis désolé, mais vous risquez pas d'en trouver beaucoup dans mes affaires. Et je perds encore moins de temps à les photographier.

— Bon, alors on va prendre les choses sous un autre angle. Parlez-moi de vos revenus réguliers, puisque – je suppose – vous ne vivez pas que des courses... »

Il touchait là un point sensible, ai-je reconnu. Mes autres revenus restaient très modestes.

« D'accord, mais avant de mener grand train grâce aux courses, je suppose que vous vous nourrissiez quand même, sans parler du loyer... Alors il venait d'où l'argent ?

— Eh bien il y avait cette petite activité de traducteur. Je dis pas que ça permette de vivre confortablement, mais ça aide... Tenez, par exemple, en ce moment je réfléchis à un recueil de proverbes et d'aphorismes anglais. C'est plein de sagesse. Et puis pour moi c'est plus gratifiant, vous comprenez... Ça change des traductions de livres d'informatique, c'est quand même un peu plus littéraire... »

Mais le capitaine Braudel n'a pas paru particulièrement sensible à cet aspect de la question. Il voulait du concret.

« Bon, alors regardons ça... » Et c'est ce qu'il a fait. Il est tombé sur un virement de 1 286 euros. Mais ça remontait au mois de juin. « Et depuis, vous faites comment ? m'a-t-il demandé.

— Depuis, je dois bien reconnaître que... s'il n'y avait pas eu les courses... »

Il m'a regardé en levant les sourcils, de l'air de celui sur qui ça ne prend pas.

« Bon, a-t-il conclu. Si on résume, vous avez l'intention de dire au juge que les courses constituent votre principale source de revenu... C'est bien ça ? Écoutez, je vais vous donner un conseil : trouvez autre chose si vous voulez vous en sortir... » Puis il a hoché deux ou trois fois la tête avant de poursuivre : « Allez, soyons sérieux cinq minutes. Expliquez-moi de quoi vous vivez.

— Mais je vous dis la vérité, et au juge, je lui parlerai mathématiques s'il le faut. Ça le convaincra. Écoutez, avec un minimum de méthode et d'analyse, ça rapporte en moyenne, sur une seule course, dix à vingt pour cent des sommes engagées. Avec plusieurs courses par semaine, vous voyez ce que ça peut faire... Avouez que c'est quand même mieux qu'un livret A... »

Je me suis avancé sur ma chaise et j'ai essayé de prendre un ton pédagogique :

« Le truc, c'est de privilégier les petits rapports, pour sécuriser les paris. Je vous prouve tout ça quand vous voulez. Par exemple, sur une course qui se déroule après-demain, je vous donne le nom d'un cheval qui, sauf cas exceptionnel, finira dans les trois premiers. Vous misez sur lui en simple placé et vous êtes à peu près sûr de gagner de l'argent, de dix à vingt pour cent de la somme engagée. Dès que vous avez compris ça, il vous reste plus qu'à enchaîner les courses… »

Il a paru trouver tout ça assez intéressant. Il a voulu entrer dans le détail et savoir combien je misais par mois, et ce que ça me rapportait précisément.

« Pour pouvoir faire des mises entre cinq cents et mille euros et pour pouvoir tenir en cas de pertes successives, je tourne avec huit mille euros. Une sorte de fonds de roulement si vous voulez. Par mois, ça me donne environ mille euros de gain en moyenne. »

Le capitaine a repris mes relevés de compte.

« Et il apparaît où tout cet argent ?

— Il n'apparaît pas là, lui ai-je répondu, puisque je récupère mes gains en espèces. » Et je lui ai expliqué que j'avais actuellement deux mille euros dans une enveloppe qu'il trouverait dans la poche intérieure de ma veste, et que le reste était chez moi, glissé entre deux vieux *Paris Turf*. Le capitaine Braudel m'a demandé de répéter ça. Je lui ai confirmé que l'enveloppe se trouvait dans la veste qui avait été laissée au dépôt, avec mes effets personnels. Alors il s'est levé d'un coup et il est sorti. Après avoir intercepté dans le couloir un policier auquel il m'a désigné du pouce, il a disparu pendant un bon moment. Quand je l'ai vu réapparaître, il tenait l'enveloppe à la main et il était accompagné de l'officier de police qui avait procédé à la perquisition, et dont la figure semblait encore plus allongée qu'elle ne m'avait paru quelques heures auparavant.

Une fois installé à son bureau, le capitaine a décacheté l'enveloppe sous nos yeux attentifs et en a sorti les coupures de cinquante qui s'y trouvaient. À ce moment-là, il n'a pas pu s'empêcher de lancer un regard assez dur à l'adresse de l'autre officier de police. Il a toutefois essayé de prendre un ton neutre, sans doute à cause de ma présence, pour lui demander s'il se souvenait d'avoir vu chez moi de vieux journaux. L'autre était un peu embarrassé, il a expliqué que c'étaient Badin et Perrier qui s'étaient chargés plus particulièrement de la recherche en tant que telle, et qu'il était possible que la chose ait échappé à leur vigilance, ce qui est bien compréhensible étant donné que…

« C'est bon, ça ira », a conclu le capitaine Braudel. Il leur a fait signe de sortir, à lui et à l'agent qu'il avait placé en faction. Puis, à moi, il m'a expliqué que ça devenait un peu plus compliqué et qu'il allait maintenant falloir justifier la provenance de tout cet argent.

« Eh bien, vous l'avez sous les yeux, la justification », lui ai-je répondu. Il a regardé les photos des tickets qui étaient toujours là, étalées sur le bureau. J'ai poursuivi :

« Si on cumule tous les gains que vous avez ici, on doit bien arriver à six mille euros, au bas mot. Et ça, c'est que pour un mois. Tout mon argent vient de là. Je fais mes paris en espèces et je récupère les gains en espèces. C'est aussi simple que ça. Je dois vous avouer que ça me rassure d'avoir toujours un peu de liquide sur moi. Vraiment, je vois pas où est le mal... »

Il m'a regardé et puis il a regardé attentivement tout ce qu'il avait sous les yeux. Ça a duré un moment, mais il a fini par remettre, en silence, les billets dans l'enveloppe et les tickets dans le dossier. Après ça, il a pris encore un petit moment pour réfléchir, visiblement, aux différents aspects de la question.

« Et ça se passe comment, quand vous refilez un mauvais tuyau ? Je suppose que c'est un coup à se faire des ennemis, ça. »

J'ai souri :

« Mes tuyaux, je ne les vends pas. Je les garde. Maintenant, je dois reconnaître que si on me demande mon avis et si la personne me revient, je peux donner quelques informations, je peux vous en donner à vous, si vous voulez... Mais je ne vends rien, et si le coup ne marche pas, ce qui est sûr c'est que personne ne me le reprochera. »

Il n'a rien répondu. Il me regardait comme s'il allait me dire encore quelque chose, mais il a jeté un coup d'œil à sa montre et il s'est finalement ravisé. Il s'est tourné vers son écran et il a fait cliqueter les touches de son clavier pendant quelques instants. Ça a eu pour effet de faire ronronner une grosse imprimante qui se trouvait derrière lui. Sans lui jeter le moindre regard, il a tendu le bras vers elle, saisi les trois feuilles qui venaient juste de sortir et les a ramenées sous son nez. Après avoir survolé l'ensemble, il les a posées devant moi et m'a demandé de les signer.

Dès lors, on aurait pu croire que ça en resterait là. Mais pas du tout. Cette histoire d'argent liquide, je crois que ça les a vraiment remis en selle. Et ce qu'ils ont commencé par faire c'est de me renvoyer en cellule. Comme, sur le chemin du retour, j'étais accompagné par le même policier que le matin, j'en ai profité pour lui reparler de la question des repas. Il m'a juste répondu que j'étais bon maintenant pour attendre le soir vu qu'il était déjà quinze heures et qu'ils n'auraient pas le temps de s'occuper de ça d'ici là.

« Vous voulez dire que je serai encore là ce soir ? »

Pour toute réponse il a refermé la porte sur moi. J'ai commencé à regarder d'un autre œil le sommier métallique en comprenant qu'il ne s'agissait plus simplement d'un élément décoratif mais que c'était probablement là-dessus que j'allais devoir passer la nuit. Il n'y a en effet pas eu de suite à l'interrogatoire en fin de journée. Soit ils avaient d'autres chats à fouetter, soit ce que je leur avais dit nécessitait quelques vérifications.

En guise de consolation, j'ai tout de même fini par avoir ma barquette repas. C'était tout ce qu'il y avait de plus frugal et c'était accompagné d'un peu d'eau dans un gobelet en carton. C'était froid au dernier degré mais, vu que je n'avais rien avalé depuis la veille au soir, j'en aurais encore redemandé sans broncher. Après ça je me suis allongé sur le lit.

L'avantage, avec le Quai des Orfèvres, c'est que j'y ai au moins passé une nuit plus tranquille que si je m'étais retrouvé au commissariat. Pendant la nuit, il n'y a eu qu'un seul arrivage. Ça s'est passé dans la cellule d'à côté et ça s'est fait quasiment en silence. Il m'a seulement semblé entendre, un peu plus tard, ce qui ressemblait à des sanglots étouffés. Drame passionnel, ai-je diagnostiqué, puis je me suis rendormi jusqu'au petit matin. À partir de là, il m'a encore fallu attendre plusieurs heures avant qu'on ne vienne me chercher pour la suite de l'interrogatoire. Je n'ai quasiment pas eu affaire au capitaine Braudel ce jour-là. Les policiers qui m'interrogeaient se relayaient maintenant par équipes de deux et, du coup, plusieurs fois j'ai dû reprendre les choses par le menu et depuis le début. On m'a à nouveau demandé de m'expliquer au sujet de certains virements. Ils ont aussi retrouvé le numéro de Manuel dans le répertoire de mon téléphone et ils voulaient savoir quels étaient nos liens. À chaque fois, je faisais des réponses prudentes. Ils s'en sont assez vite rendu compte et, plus d'une fois, les choses ont manqué tourner au vinaigre.

Après plusieurs heures à ce régime, quand ils ont eu l'assurance qu'ils ne pourraient plus rien tirer de moi, l'un d'eux a fini par m'amener dans une petite pièce sans fenêtre et m'a fait asseoir devant un ordinateur. Là, probablement en récompense de ma collaboration, j'ai eu droit à un petit diaporama maison qui m'a permis de voir défiler un échantillon assez intéressant de têtes de repris de justice. Je dois quand même avouer qu'aux environs du quarantième faciès, j'ai commencé à trouver l'exercice un brin lassant et que, passé le soixantième, j'ai carrément décroché.

Au bout du compte, il est apparu que je n'avais reconnu personne, ce qui était d'ailleurs à peu près la vérité à l'exception d'une ou deux silhouettes vaguement aperçues chez Victor. Après ça, j'ai été pris en photo, pour pouvoir, je suppose, figurer à mon tour en bonne place dans le diaporama. Puis, après deux ou trois autres petites formalités administratives, ils ont fini par me jeter dehors. J'avais mes lacets dans une main et ma montre dans l'autre. J'ai cligné des yeux. Il y avait en face de moi un grand soleil d'après-midi qui trônait au milieu d'un beau ciel transparent.

Je suis resté quelques instants comme ça, un peu fatigué, mal rasé… Et, aussi étonnant que ça paraisse vu tout ce qui venait de se passer, j'ai eu à ce moment précis l'étrange sensation d'être simplement heureux, heureux d'être là, heureux d'être vivant… Du coup, histoire de profiter pleinement de ce privilège, j'ai commencé par aller m'asseoir sur un banc pour enfiler mes lacets.

27

Tomorrow never comes.

En rentrant chez moi, je pensais pouvoir m'affaler directement sur mon lit, et c'est seulement après avoir ouvert la porte que je me suis souvenu des conséquences de la perquisition. L'appartement était dans un sale état. Tout un tas de choses jonchaient le sol, le matelas était de travers et, sur la table et les étagères, à peu près tout avait changé de place. Dans la cuisine, tous les placards avaient été ouverts et des flics avaient visiblement plongé leurs mains dans les boîtes de sucre, de riz et de farine, tandis que, dans la salle de bains, une bonne partie du contenu de l'armoire murale avait atterri dans le lavabo. J'ai refermé l'un des battants et le visage qui s'est alors trouvé devant moi m'a rappelé, si besoin était, que la nuit en cellule n'avait tout de même pas été terrible.

J'ai commencé par prendre une douche. Ensuite, j'ai viré tout ce qui encombrait le lit, j'ai remis le matelas en place et j'ai débranché le téléphone.

Il ne me reste aucun souvenir des huit heures qui ont suivi.

À mon réveil, il faisait nuit. Ma montre indiquait vingt-trois heures. Je me suis levé et je me suis approché de la fenêtre. Je ne pensais à rien. J'ai encore tenu dix minutes comme ça, à observer les hasards de la nuit, avant de me décider à aller la rejoindre.

L'angle du boulevard de Reims et de l'avenue de la Porte d'Asnières était vide. Une petite pluie fine faisait suinter les feuilles des arbres. De temps en temps, on voyait une silhouette traverser le boulevard, le pas rapide et le col remonté, tandis que, sur l'asphalte mouillé, de rares voitures passaient avec un bruit de papier qu'on déchire. J'ai attendu le temps qu'il fallait pour comprendre que je ne la verrais pas ici cette nuit. Et, quand j'ai finalement compris ça, je n'ai pas pu m'empêcher d'aller à la Porte de Clichy.

J'ai dû attendre un bon quart d'heure avant que quelqu'un sorte de l'immeuble. Je suis alors monté au cinquième étage et j'ai sonné plusieurs fois. J'ai entendu une porte s'ouvrir, puis des pas, et j'ai finalement vu apparaître un visage dans l'entrebâillement qu'autorisait la chaîne de sécurité. J'ai demandé à voir Clara.

« Elle n'est pas là.

— Elle m'a dit de l'attendre dans la cuisine.

— Ça m'étonnerait.

— Allez lui demander puisqu'elle est là. »

La fille a froncé les sourcils. Comme ça n'avait l'air de mener à rien, j'ai sorti un billet de dix euros.

« Je n'ai pas envie de rester dehors avec ce temps. Tenez. Je l'attendrai dans la cuisine. »

La fille a regardé le billet. Elle ne fronçait plus les sourcils mais elle hésitait.

« La cuisine, c'est privé. On ne peut pas faire entrer un client. »

Mais c'était une protestation pour la forme et je n'ai pas eu trop de mal à lui faire comprendre que ça ne marchait pas avec moi. Je lui ai dit que Clara m'y avait déjà amené pour boire le café. Elle devait savoir qu'il y avait des clients plus importants que d'autres.

Elle a saisi le billet puis elle a décroché la chaîne.

« La cuisine c'est…

— Merci, je sais où c'est. »

Elle m'a suivi mais elle est restée dans l'encadrement de la porte.

« Elle aurait pas dû t'emmener ici… »

Son accent était assez marqué. Je lui ai demandé d'où elle venait.

Elle m'a dit qu'elle venait de Dorohoi. C'était apparemment une petite ville perdue quelque part dans le nord de la Roumanie. J'ai hoché la tête. Puis je lui ai demandé si c'était bien comme ville. « Il y a des choses bien et des choses moins bien », m'a-t-elle répondu. Mais elle n'est pas entrée plus avant dans les détails. J'ai pris le parti de m'asseoir.

« Clara vient de là-bas elle aussi ? »

La question l'a fait sourire.

« Non. Elle est pas roumaine. »

C'était dit comme une évidence et avec un soupçon de mépris. Je ne sais pas trop pourquoi. C'était comme si elle avait besoin de montrer qu'elle n'avait rien à voir avec une fille du genre de Clara.

« Ah ? Elle vient d'où ? »

Elle s'est alors rendu compte qu'elle en avait trop dit.

« Si on te le demande, tu diras que tu sais pas... »

Quelque chose me disait qu'elle s'était souvent entendu répondre ça et que ça ne lui déplaisait pas de pouvoir enfin trouver une occasion de le ressortir à son tour. Je n'ai pas insisté.

Pendant un moment, la conversation en est donc restée là. Elle avait fini par sortir une cigarette, qu'elle a allumée, après quoi elle s'est avisée de m'en proposer une. J'ai décliné l'offre. Elle s'est approchée de l'évier où traînait une coupelle qui faisait office de cendrier. Elle l'a posée sur la table et elle s'est assise à son tour. Je ne sais pas si c'est elle qui soufflait bruyamment sa fumée ou si c'est moi qui m'impatientais, mais cette cuisine sale et mal éclairée me paraissait de plus en plus sinistre. Et le silence qui y régnait n'arrangeait pas les choses. Un peu plus tard, finissant probablement elle aussi par trouver le temps long, elle m'a fait comprendre que je risquais bien de ne pas voir Clara cette nuit-là. Et elle en a profité aussi pour suggérer que, si je voulais, je pouvais y aller avec elle, que c'était pas plus cher. Je l'ai remerciée mais je préférais attendre. Après un nouveau moment de silence, elle a écrasé sa cigarette et elle a disparu.

Je ne sais pas combien de temps je suis resté ainsi. J'ai entendu une porte s'ouvrir, des bruits de pas… Un peu plus tard, à nouveau des bruits de porte, et des voix, assez basses. Un silence. Puis les pas ont fini par s'approcher.

Elle a ouvert la porte.

Sans autre entrée en matière elle m'a dit que je ne devais pas venir l'attendre ici. Je lui ai répondu que ça je le savais bien.

« Alors si tu le sais ne le refais plus. Pour ce soir, je suis désolée, tu dois partir. Je serai boulevard de Reims demain en fin de matinée.

— Je suis venu pour te parler, ce ne sera pas long… »

Mais elle ne m'a pas laissé poursuivre. Elle m'a demandé pour qui je me prenais, à débarquer comme ça, si tard, et à exiger de lui parler.

J'étais désolé de déranger ses affaires mais je l'ai assurée que je n'en avais pas pour longtemps. Pour ce qui était de l'heure tardive, j'avais l'honneur de lui apprendre que je venais de passer plus de vingt-quatre heures au poste, ce qui avait un peu chamboulé mon emploi du temps. « De toute façon, je voulais juste te dire que j'y ai réfléchi, ces deux derniers jours, et, si tu le souhaites, je suis prêt à t'aider à partir d'ici. Voilà. Je voulais savoir ce que tu en penses. »

Son visage est devenu grave. Puis elle m'a dit que je n'aurais pas dû me mettre une pareille idée en tête parce que je ne connaissais pas la situation. « Il y a des choses dont je ne peux pas te parler, a-t-elle ajouté. Je te demande juste de me croire quand je te dis que ça ne pourrait que nous apporter des ennuis, aussi bien à toi qu'à moi.

— Tu ne réponds pas à ma question. »

Il y a eu un silence. Puis elle m'a regardé droit dans les yeux :

« Tu l'auras voulu, je vais être franche avec toi : je ne suis pas sûre de vouloir partir d'ici… C'est comme ça. Et je préfère que tu ne te fasses pas d'illusions… Et puis, puisqu'il faut tout te dire, la vérité c'est que je crois pas que ça puisse nous apporter grand-chose de bon de continuer à nous voir. »

C'étaient des paroles lancées sans ménagement. Je n'ai pas pu m'empêcher de me dire que je m'étais peut-être trompé, trompé sur toute la ligne.

« Excuse-moi… Excuse-moi d'avoir été naïf.

— Les choses ne sont pas si simples… »

C'était dit plus bas, comme pour elle-même.

« Si tu ne veux pas partir, lui ai-je répondu, et si tu veux juste que je te laisse tranquille, je n'ai plus grand-chose à ajouter… J'ai peut-être été aveugle. La dernière fois, je m'étais senti tellement bien avec toi que j'en suis arrivé à croire que c'était pareil pour toi, et à oublier que, bien sûr… Enfin, je sais bien que la situation n'est pas tenable… Et c'est pour ça que j'aurais aimé qu'on essaie de se donner une chance, une chance de vivre quelque chose de normal. Rien de plus… Tu comprends, ça ne m'arrive pas souvent d'être… d'être à ce point sûr de vouloir ce que je veux. Alors j'avais besoin de savoir si tu ressentais la même chose que moi. Je l'avais cru… J'aurais pourtant dû me rappeler ce que tu m'avais dit. Parce que tu me l'avais dit dès le départ qu'il valait mieux pas qu'on se voie… »

Elle n'a rien répondu. Mais il m'a semblé que quelque chose au fond de sa prunelle était en train de faiblir. Je ne savais pas très bien ce que cela voulait dire. Je me rendais compte de plus en plus qu'il y avait une espèce de rideau opaque qui recouvrait une partie de sa vie. On dira peut-être que c'est un effet de l'amour mais j'avais même parfois l'impression qu'il y avait, dans son passé, quelque chose comme un lourd secret…

« Tu sais, il m'arrive encore, la nuit, de rêver qu'on me tire dessus. C'est toujours le même homme, sans visage. Je ne parviens jamais à l'en empêcher. Je m'effondre, et je comprends que je vais mourir… Elle, c'est toujours à ce moment-là qu'elle apparaît et qu'elle s'approche… Avant de te connaître, je faisais déjà ce rêve. Mais je n'arrivais jamais vraiment à distinguer le visage de l'inconnue. Et là, depuis quelque temps, tandis qu'elle continue à s'approcher, je m'aperçois peu à peu que c'est toi qui prends sa place… Mais ce n'est pas tout. À chaque fois, juste au moment où je te reconnais, c'est là que je me réveille… Tu comprends ? C'est comme si la suite du rêve, c'était ici qu'il fallait que je vienne la chercher, dans ce monde… Tout ça, c'est pour te dire que s'il y a une chose dont tu peux être sûre, c'est que je suis prêt à t'aider, et à en courir les risques. Quels qu'ils soient et même si je ne sais pas tout… Je ne te demande rien en échange. Parce que je préfère encore te savoir tirée d'affaire loin de moi plutôt que de continuer à te voir dans ces conditions.

— Ça ne me plaît pas plus qu'à toi qu'il y ait ce genre de rapports entre nous.

— Mais la faute à qui, Clara ? Dis-moi juste que tu es d'accord, et tout ça pourrait être réglé ! En moins d'une semaine… »

Cette fois-ci elle a détourné les yeux :

« Je t'ai déjà dit ce que j'en pensais. Tu perds ton temps et ton argent… »

Elle disait ça comme si elle avait l'habitude d'en passer par là, comme si c'était, en quelque sorte, la formule de circonstance…

« Ne t'inquiète pas de ce que je fais de mon temps et de mon argent ! Dis-moi juste ce que tu veux vraiment. Si tu veux que les choses restent comme elles sont, si c'est vraiment ça que tu veux, je ne sais pas… je finirai peut-être par m'y faire, en tout cas dis-le-moi. Mais si tu veux que les choses changent, dis-le-moi là aussi, que ce soit clair… et je peux te garantir que je ferai tout pour t'aider… Alors ? Qu'est-ce que tu choisis ?

— Je t'ai déjà répondu. »

Je ne savais plus quoi dire…

« Clara, je n'arrive pas à le croire… Tu veux vraiment rester ici ? » Son regard fuyait toujours. « Tu penses que j'en suis pas capable, c'est ça hein ? Écoute, c'est vrai que tu ne me connais pas très bien encore. Tout cela peut paraître précipité mais je n'ai pas besoin de deux mois de plus pour être sûr. Alors voilà ce que je te propose : laisse-moi te convaincre. Laisse-moi te montrer que j'ai les moyens de te faire sortir de là. Je te demande juste ça, de me laisser te proposer un plan. Après, tu te décideras, tu me diras si tu es convaincue, si tu as confiance... Qu'est-ce que tu en dis ? »

Mais juste à ce moment-là, quelqu'un a frappé. Sans rien me répondre, elle a quitté la cuisine et je l'ai entendue ouvrir la porte d'entrée. De là où j'étais, je ne pouvais pas voir à qui elle parlait. Quand elle est revenue, elle m'a juste dit que maintenant je devais partir. Je lui ai répondu que j'étais prêt à payer pour l'heure suivante. Mais elle a répété qu'il fallait que je parte et qu'on en reparlerait la prochaine fois.

Je l'observais. Il était impossible de savoir si elle tenait un peu à moi ou bien s'il lui tardait simplement que je débarrasse le plancher.

« Je repasserai demain ou après-demain pour te faire une proposition... Et je ferai en sorte de respecter la procédure cette fois-ci... »

Elle n'a pas relevé. Elle a juste ajouté, sur un ton radouci :

« Sois prudent... S'il y a un problème, ça me retombera dessus. »

Et il était impossible de savoir si cet aveu d'égoïsme était là pour cacher la trace d'affection ou si c'était l'inverse.

J'ai refermé la porte sans avoir pu lever l'indécision et les marches du vieil escalier se mirent à grincer à peu près comme si elles étaient en train de se moquer.

Dehors, il ne pleuvait plus et le trottoir ne grinçait pas. Il se contenta de résonner dans le froid.

C'est ainsi que, partant du principe que sa réponse pouvait être interprétée comme positive, le lendemain matin j'avais déjà pris deux décisions. La première consistait à augmenter désormais les mises tout en se concentrant sur les gros rapports, car quel que soit le plan finalement adopté, je savais d'ores et déjà que l'argent allait être le nerf de la guerre. La deuxième décision fut d'aller voir ce qu'il était possible de tirer de Victor et je me rendis chez lui en fin de journée.

La soirée se déroula comme d'habitude. C'est-à-dire que, pour commencer, Victor me fit le reproche de ne pas avoir donné de mes nouvelles pendant des semaines puis, à la réflexion, il reconnut que j'avais raison d'en profiter : ce n'était plus quand on était marié qu'on pouvait aller s'amuser comme on le voulait tous les soirs. Et il en savait quelque chose... Il se tourna alors vers Sandrine pour apprécier l'effet de sa taquinerie. Mais ma sœur ne semblait pas goûter la plaisanterie autant qu'elle l'aurait dû.

J'ai donc jugé le moment opportun pour ramener les choses à mon affaire en annonçant à Victor que je venais de sortir d'une garde à vue. Je lui ai donné tous les détails. À la fin, j'ai reconnu que je ne m'en étais pas trop mal tiré mais ils n'avaient sans doute fait que tâter le terrain : le capitaine Braudel ne me suivait que dans le cadre de l'affaire criminelle ; tout ce qui était lié aux courses, c'était probablement pas son secteur. Mais quand il transmettrait le dossier à la brigade financière, on ne s'en sortirait certainement pas aussi facilement... Par ailleurs, si, cette fois-ci, je pensais n'avoir rien dit de gênant pour nous pendant l'interrogatoire, je lui ai tout de même fait remarquer que ce serait plus facile pour moi de savoir ce qu'il avait à se reprocher. Dans l'état actuel des choses, face aux policiers, je me sentais obligé d'en dire le moins possible sur tout, sans avoir la possibilité de lâcher du lest, et je m'étais bien rendu compte qu'il n'y avait rien qui les agaçait plus.

« Ce que tu as dit est très bien. Tiens-t'en à ça », conclut-il. Et je vis bien que je n'obtiendrais rien de plus de sa part. Il y avait des sujets sur lesquels Victor sc fermait tout de suite. Là, c'était un de ces cas où il fallait se résigner et faire avec. J'ai préféré changer de sujet.

« C'est sans rapport. Mais j'ai un petit service à te demander… J'ai besoin de papiers.

— Pour toi ?

— Pour une amie. »

Il m'a regardé, de biais, en croquant une cacahouète.

« Raconte.

— Il n'y a rien à raconter. C'est juste quelqu'un qui se trouve en France depuis un moment et qui n'arrive pas à obtenir de papiers. J'ai dit que je verrais ce que je peux faire. »

Il a paru réfléchir un petit instant.

« Elle est recherchée ? Je veux dire, elle a quelque chose à se reprocher ?

— Non.

— Qu'est-ce que t'en sais ? Tu te doutes bien qu'elle n'irait pas s'en vanter… Tu m'as dit que c'était pour une amie, c'est ça ? »

Il me regardait en souriant. Il ne disait rien mais ce sourire était à lui seul une insinuation. Je crois que si je n'avais pas eu l'idée qu'il pouvait quelque chose pour moi, j'aurais préféré en rester là.

« Oui, ai-je répondu. Et alors ?

— Oh, rien. Je préfère encore que ce soit intéressé plutôt que par amour des droits de l'homme. Parce que, avec toi, on sait jamais vraiment à quoi s'attendre…

— Si tu ne veux pas m'aider, dis-le, c'est tout. Je ne suis pas venu ici pour t'écouter te payer ma tête. J'ai autre chose à faire. »

Ça l'amusait, visiblement, de se dire qu'il avait touché juste. Et il dodelinait de la tête avec un petit air navré.

« C'est pas la peine de t'énerver comme ça, Daniel, je vais faire ce que je peux… Le seul problème, tu comprends, c'est qu'en ce moment on m'a à l'œil. Et puis, franchement, ces histoires de papiers, c'est pas mon domaine. Mais bon, je vais quand même voir ce que je peux faire. Seulement, pour ça, j'ai besoin de quelques précisions, de comprendre un peu la situation… Mets-toi à ma place, un truc tout bête comme ça, ça pourrait me retomber dessus et faire des dégâts. Alors il me semble que je pourrais au moins attendre de toi que tu me dises un peu ce qui se passe… »

Victor était très bon pour vous faire sentir votre ingratitude à son égard. Mais, ce coup-ci, je n'ai pas marché.

« Tu n'en fais jamais, toi, des mystères ? Alors permets-moi d'en faire à mon tour, pour une fois… D'ailleurs, je t'ai dit tout ce qu'il y avait à savoir. Si ça pose un problème, je me débrouillerai autrement. »

Victor ne tenait pas longtemps le rôle du type patient, compréhensif et paternel. Ma réponse avait visiblement refroidi ses bonnes dispositions. Il s'est levé en frappant sur les accoudoirs.

« Bon, ben si c'est ce que tu veux, je vais t'envoyer vers un type qui a la réputation d'être fiable et, pour le reste, tu te démerderas avec lui… »

Il a quitté la pièce quelques minutes. Quand il est revenu, il avait un bout de papier à la main qu'il a posé sous mes yeux. Dessus, il y avait deux noms et l'adresse du restaurant dans lequel bossait le type en question. Je devais aller là-bas et demander à lui parler. Il fallait aussi que je dise que je venais le voir de la part d'un autre type (c'était le deuxième nom inscrit sur le papier). À aucun moment je ne devais parler de Victor.

Voilà tout ce qu'il m'a dit, et il n'y a pas eu d'autres commentaires. C'était sa façon de bien me faire comprendre qu'à partir de maintenant, ça ne le concernait plus. J'ai empoché le papier. Je lui ai dit que j'appréciais ce qu'il faisait pour moi. Lui, il m'a juste dit qu'il n'avait rien à faire de mes politesses et que, franchement, s'il n'y avait eu que ça, il n'aurait pas levé le petit doigt. Cinq minutes plus tard, je les embrassais, lui et ma sœur.

Quand je me suis pointé au restaurant en question, le lendemain, vers midi, la salle était encore à peu près vide. Je me suis rendu au bar et j'ai dit au serveur qui j'étais venu voir et de la part de qui. Il a terminé avec son client, puis il a fait un signe au serveur en salle avant de s'éclipser. En attendant, j'en ai profité pour observer un peu plus précisément les lieux. Autour de moi, ça avait plutôt l'air branché-décontracté. Pas miteux en tout cas. Et je dois dire que je ne m'attendais pas à ça. À son retour, quelques minutes plus tard, le serveur ne m'a rien dit. Il s'est remis à essuyer les verres et j'ai continué à attendre comme ça un moment sans que rien ne se passe. J'en étais réduit à suivre la discussion de deux types habillés comme des cadres et qui discutaient musique. En gros, le premier, la cinquantaine passée, soutenait la thèse selon laquelle pour mener une vie qui en valait le coup, il ne fallait s'intéresser qu'aux sensations du moment. Et le principal exemple qu'il donnait, c'est que malgré toutes les qualités qu'on pouvait encore trouver à *Revolver*, rien ne vaudra jamais la sensation du type qui, en octobre 66, avait posé pour la première fois ce disque sur sa platine. Une sensation de pure nouveauté… Et, du coup, il ajoutait qu'à son avis, écouter *Abbey Road* aujourd'hui, ça n'était rien d'autre qu'une forme d'archéologie. Ça n'empêchait pas que ce soit un trésor, mais c'était pas la vie… C'est-à-dire qu'il n'y avait plus l'étincelle de la nouveauté. C'était ça l'idée. L'autre n'était pas d'accord. Et il lui citait tout un tas de types qu'on n'avait appréciés qu'avec le recul. Et puis d'ailleurs, il en avait sa claque de cette idéologie du renouvellement continuel et il faisait remarquer que tout ce qu'on trouve sympa aujourd'hui, c'était que du bruit passager dont il ne resterait rien dans deux ans, et qu'au final tout cela ne faisait qu'encombrer nos étagères. Mais le vieux ne se laissait pas démonter. Il lui sortait des réflexions sur l'obsolescence du CD, sur la musique comme flux ininterrompu, etc. À quoi l'autre répondait aussitôt que tout ça c'était des conneries et que si ça servait à quelque chose de passer ses journées à écouter de la musique, c'était bien à faire le tri pour se constituer un jardin des délices et savoir ce qu'on aurait encore envie d'entendre dans dix ans…

« Parce que toi, franchement, lui avait alors rétorqué le quinquagénaire, ça t'arrive souvent de réécouter du Marvin Gaye ? »

L'autre a prétendu que oui. Inutile de dire que la discussion en a été relancée de plus belle, additionnée d'obscurs exemples et d'arguments alcoolisés.

Fort heureusement pour moi, le patron a tout de même fini par pousser le battant de la porte de service. Je dois avouer que lui aussi, je ne m'y attendais pas. Quarante ans à tout casser, des lunettes carrées dans le genre artiste intello et une barbe plutôt fine et assez étudiée. C'était un peu étrange de me retrouver à lui parler de mes histoires de faux papiers. J'ai bien évidemment essayé de faire rapide mais le peu que j'ai dit, il a eu l'air de l'écouter péniblement. Et, quand j'ai eu fini, il m'a expliqué tout net qu'il ne faisait pas ça. Je n'ai pas insisté et j'étais à deux doigts de penser à une mauvaise blague de la part de Victor quand je l'ai vu poser un papier sur le comptoir et y inscrire un numéro. « C'est quelqu'un qui pourra peut-être vous aider, m'a-t-il expliqué pendant qu'il faisait ça. Moi je ne peux rien de plus. » Et il m'a tendu le papier en regardant distraitement la salle.

Je pensais que le type auquel j'allais téléphoner me renverrait à nouveau sur quelqu'un d'autre et que ça continuerait comme ça indéfiniment mais, cette fois-ci, j'étais apparemment tombé sur la bonne personne. Et il a rapidement été convenu que je le rappellerais quand j'aurais les informations pour l'état civil, une photo d'identité et deux mille euros en liquide. Les papiers me seraient remis une semaine après environ.

Je n'ai revu Clara que le lendemain. Entre-temps, j'avais pu considérer une nouvelle fois les différentes possibilités. S'adresser tout bêtement à la police en était une, bien sûr. Mais je préférais ne l'envisager qu'en dernier recours. Je savais bien que leur premier réflexe serait de la renvoyer dans son pays, ce qui n'était pas forcément la meilleure solution. En fait, mon plan à moi, ça consistait en gros, dès lors qu'on serait à peu près en règle, à filer à l'anglaise. Je me disais en effet qu'avec un peu d'argent ça pouvait avoir des chances de marcher.

En tout cas, j'étais bien content de pouvoir lui annoncer que nous aurions bientôt des papiers. Et comme il ne fallait qu'une semaine ou deux pour les obtenir, je lui ai proposé de la cacher, en attendant. Ça permettait de la faire sortir d'ici dès maintenant si elle le voulait.

Nous étions dans sa chambre. Je nous revois très bien. Je n'avais pas encore retiré mon manteau. Et elle m'avait écouté sans rien dire.

« Tout ce que tu fais est très gentil, m'a-t-elle finalement répondu. Mais ils sont mieux organisés que tu ne le penses, et ils seront très capables de nous remettre la main dessus…

— Ça va, c'est pas non plus les services secrets ! Fais-moi un peu confiance. J'ai une bonne planque à disposition, ils ne peuvent pas remonter jusqu'à elle. Après, il y aura d'autres possibilités mais je suppose que, de toute façon, avec le temps ils finiront par te lâcher un peu. Enfin, c'est à toi de décider. Ce qui est sûr, c'est que, dans deux semaines, tu auras tes papiers… À ce propos, j'aurais besoin d'une photo d'identité. Je suppose que tu n'en as pas.

— Non, je n'en ai pas et il n'est pas question que j'en fasse faire. »

C'était net et sans appel. Je dois avouer que ça a jeté un froid.

Alors je lui ai demandé si elle avait toujours l'intention de partir ou si ça aussi ce n'était plus d'actualité.

« Ce que tu veux savoir c'est si je suis toujours d'accord pour quitter ce taudis et ce que j'y fais depuis plusieurs mois et aller me la couler douce au bord d'une plage ou dans je ne sais lequel de tes pays merveilleux ? C'est bien ça ? »

Elle avait sur les lèvres un sourire de mépris.

« Arrête de dire n'importe quoi. Je ne t'ai jamais parlé d'aller se la couler douce sur une plage…

— C'est vrai, excuse-moi. » Et il y avait encore une pointe d'ironie dans sa voix. « J'essaie juste de te faire prendre conscience que les choses ne sont pas si simples...

— Mais explique-moi ce qui se passe, alors ! Comment tu veux que je t'aide si je ne sais rien ? »

Tout ce qu'elle m'a répondu, c'est qu'elle en parlerait, le jour où elle le rencontrerait, à celui qui aurait les moyens de la tirer d'affaire. Mais qu'en attendant ça ne pouvait qu'attirer des ennuis à tout le monde.

Elle avait perdu son ironie. Mais l'obstination avec laquelle elle continuait à ne pas me prendre au sérieux était peut-être pire. Je me rendais compte qu'il n'y avait plus grand-chose à dire après ça.

« Comment est-ce qu'on fait alors ? lui ai-je demandé.

— Comme on a fait jusqu'ici... »

Et elle me regardait avec un sourire triste, comme si elle en était autant désolée que moi. Après ça, il y a eu un petit moment de silence. Je finissais par me demander si le mieux, maintenant, ce n'était pas de m'en aller définitivement. C'était peut-être en effet ce qu'il y avait de mieux à faire. Sauf que je n'arrivais pas à m'y résoudre.

« Et tu comptes l'attendre longtemps comme ça, le type qui te sortira d'affaire ?

— Et toi, il te faudra combien de temps avant de comprendre que ça me regarde ? Parce que ça me regarde, figure-toi. Tu ne pourrais pas te mettre un peu ça dans la tête ?... » Mais elle a ajouté, sur un ton plus doux : « Je t'en prie, ne te mêle plus de ça… Laisse-moi décider de ce que je veux faire de ma vie et du moment où je déciderai d'en changer. Si tu peux comprendre ça, ce sera plus facile pour tout le monde, et tout se passera bien. Sinon, je te le dis franchement, il vaut mieux qu'on en reste là. »

Je l'ai regardée un long moment.

« Je m'imagine ce que tu dois penser de moi, lui ai-je dit finalement. Tu peux être sûre qu'il ne se passe pas un jour sans que je me dise qu'à tes yeux je ne suis sans doute rien d'autre qu'un de ces clients un peu pathétiques qui refusent de comprendre que ce n'est pas autre chose qu'une affaire d'argent. Apparemment, je me suis trompé en pensant que tu étais prête à courir le risque de partir. C'est vrai que c'est ta vie et que tu en fais ce que tu veux. Je peux rien dire contre ça. Mais ce serait tout de même bien que tu te rendes compte aussi un jour que ta vie, elle n'est pas sans portes et sans fenêtres. Parce qu'à partir de maintenant, que tu le veuilles ou non, sache que ce que tu en fais, ça aura toujours des conséquences sur la mienne…

— Écoute Daniel… Ne le prends pas mal mais puisqu'il faut te parler franchement, dis-toi bien que non seulement tu n'es pas le premier à me proposer une autre vie, mais que tu es loin d'être le mieux armé pour pouvoir m'aider… (Et elle s'est crue obligée d'ajouter, après une légère hésitation :)… ne serait-ce que financièrement.

— Peut-être… Mais combien étaient vraiment prêts à courir des risques ?

— Tous, bien sûr, comme toi... Dans la mesure où, la plupart du temps, la sincérité on est forcé d'y croire sur parole... »

À ce moment-là, elle posait sur moi son beau regard calme. Et, bien que la ligne de ses lèvres soit parfaitement horizontale, j'avais l'impression qu'elle souriait. Je crois bien que j'étais en train de perdre toutes les illusions que j'avais pu me fabriquer au sujet de ses sentiments pour moi. Je n'étais pas différent des autres à ses yeux, ça, elle ne le cachait même plus. Et il fallait croire que l'un de nous deux s'était lourdement trompé. Je l'ai regardée de haut en bas, comme une chose qu'on découvre sous un nouveau jour.

« Tu sais quelle est la seule raison pour laquelle je ne me suis pas rendu compte du jeu auquel tu joues depuis le début ? C'est parce que je ne voulais pas imaginer ça de ta part... Le coup des sentiments, juste pour me ferrer un peu mieux et me faire marcher plus longtemps... En tout cas, maintenant les choses sont claires. Je te rassure : tu ne me reverras plus... »

Et elle, elle semblait juste attendre patiemment qu'effectivement je m'en aille ; mais moi, au lieu de faire ça, comme un imbécile, je restais là, à chercher une dernière chose à lui dire, avant que tout ça soit définitivement fini. Elle a préféré prendre les devants :

« Sois un peu adulte... En y repensant, tu te rendras compte que ça ne pouvait pas finir autrement. Tu sais bien qu'au fond ça a toujours reposé sur l'argent. Je ne t'ai jamais menti là-dessus... »

Je l'ai regardée une dernière fois, en considérant l'ampleur de la méprise. J'avais honte de ne pas avoir vu ça plus tôt.

À la fin, dans un dernier sursaut d'orgueil, j'ai lancé :

« Si je ne t'avais pas prise pour une autre, si je n'avais pas eu autant d'espoir de retrouver quelque chose dont la signification te dépasse et que tu ne pourras sans doute jamais comprendre, je n'aurais jamais posé deux fois de suite les yeux sur quelqu'un comme toi, et je n'aurais jamais pris la peine de te suivre jusqu'ici. Ça, au moins, tu peux en être sûre... »

Elle m'a alors demandé ce que je savais, moi, de ce qu'elle pouvait comprendre ou ne pas comprendre. Mais je n'ai même pas cherché à lui répondre. Elle avait déjà cassé bien trop de choses. Et tout ce que je voulais, désormais, c'était partir loin d'ici.

28

Never explain, never complain.

Le fond de la Seine mis à part, je me suis dit qu'il n'y avait qu'un seul endroit où aller achever une soirée comme celle-là, c'était au bar du Grand Hôtel. Cette deuxième solution présentait l'avantage de provoquer à court terme le même genre d'oubli que la première, avec des conséquences moins définitives. Le barman qui assurait la fin du service s'appelait M. Laurent. Je ne sais pas trop pourquoi mais ça m'a tout de suite gêné que son nom soit un prénom. Et, trois verres plus tard, alors que je lui avais déjà fait quelques remarques à ce sujet, il continuait à soutenir que c'était bien son nom, que son prénom était Patrice, mais qu'ici, tout le monde l'appelait M. Laurent, y compris les clients. Tout cela était dit avec le calme et la patience de celui qui a régulièrement affaire, chez son interlocuteur, à cette conjugaison d'immaturité, de désespoir et de rabâchages qui est le propre de l'état d'ébriété. Malheureusement, en ce qui me concernait ce genre de stratégie ne marchait pas tout à fait. Ça a même plutôt eu un effet irritant : je me suis retrouvé à hausser le ton et, ma logique à ce moment-là étant ce qu'elle était, je me suis assez rapidement mis à le comparer à une prostituée, rapport au fait que c'était habituel, chez les prostituées, de professer sous un faux nom comme lui... Bien sûr ça ne lui a pas plu. Alors il s'est penché vers moi et il m'a expliqué que, si je ne changeais pas rapidement de langage et de ton, il n'allait pas être possible que je reste ici plus longtemps. Il faut croire que j'avais conservé une parcelle de lucidité parce qu'en entendant ça je me suis tourné vers le portier qui regardait précisément dans ma direction. Ça a suffi à me faire baisser d'un cran.

« Ne m'en veux pas, Laurent, lui ai-je dit sur un ton radouci. Mais, tu sais, il vient de m'arriver un truc... Un truc vraiment triste. Et tout ça, c'est de la faute à Clara... Je sais pas si tu la connais, Clara. Mais si tu la connais, je vais te donner un bon conseil. (Là, je me suis à demi soulevé de mon tabouret pour lui confier la chose à voix basse :) entre nous, méfie-toi d'elle... »

J'ai laissé s'installer un silence pour qu'il puisse bien saisir toute la profondeur et la sagesse de ce conseil. Après quoi je me suis expliqué :

« C'est une fille, on serait prêt à tout pour elle. Et ce que je te dis, c'est pas des paroles... Je peux t'assurer qu'elle sait vraiment bien y faire. Moi, tu vois, c'est seulement aujourd'hui que je viens de comprendre ce qu'elle est vraiment, c'est-à-dire, au sens strict, ni plus ni moins qu'une… Enfin, tu m'as demandé de faire attention à mon langage, mais le terme, j'en vois pas d'autre, tu comprends ?

— Je comprends.

— Cela dit, il faut bien reconnaître que pendant un moment, l'illusion a été parfaite… »

Et je n'ai effectivement pas pu m'empêcher de laisser échapper un sourire attendri, rien que d'y repenser.

« Tu sais, Laurent, j'en regrette presque cette époque où j'étais un imbécile…

— C'est une chose qui arrive… », a-t-il convenu en promenant un regard morne sur la salle à moitié vide.

Je ne sais pas combien de temps tout cela a duré. Il n'est en tout cas pas impossible que cette discussion, appelons-la comme ça, se soit poursuivie jusqu'à la fermeture. Entretemps, je crois me souvenir que je me suis retrouvé à lui raconter dans le détail les événements des semaines précédentes, sans doute parce que j'estimais que c'était un bon moyen de le mener à cet état d'empathie dont mon immense chagrin avait besoin. Bien sûr, il est toujours possible qu'il n'ait pas prêté du début à la fin une oreille continûment attentive à ce que je lui racontais. Et à supposer qu'il ait dû s'éloigner pour aller servir un autre client, j'étais tout à fait dans le genre d'état qu'il fallait pour poursuivre mon propos sans trop y faire attention, l'essentiel étant alors la douce illusion qui était la mienne d'avoir à disposition une oreille bienveillante.

Vers la fin, tandis que j'essayais de me relever, je lui ai quand même fait comprendre que j'avais conscience de tout ça, de la situation… Et j'ai fait un moulinet en direction des verres, avant de poursuivre :

« Tu dois en avoir des sacrées choses à raconter avec tous les malheureux qui traînent, tous les poivrots dans mon genre qui ne sont pas capables de se retrouver simultanément sobres et seuls dans leur pieu, hein ?

— Tant que ça coûte pas plus cher de les écouter. Je suppose que ça les soulage, a-t-il fait remarquer, philosophe.

— C'est précisément ça, Laurent, c'est précisément ça… Tu sais, je crois que tu as vraiment bien vu comment ça fonctionne… »

Je restais là, à hocher la tête, et plus je repensais à ce qu'il venait de me répondre, plus je trouvais ça juste. Profondément juste.

Alors, plusieurs fois je lui ai dit à quel point je ressentais du respect pour lui. C'était même devenu quelque chose de très fort, et ça m'émouvait rien que de lui en parler. J'ai d'ailleurs fini par lui demander de me serrer la main parce que, des types comme lui, qui comprennent à ce point la nature humaine, on n'en rencontre pas deux en dix ans.

J'ai pourtant quand même bien dû finir par le quitter, ce bar, vu que, sans trop me souvenir de la transition, je me suis réveillé sur mon lit, le lendemain, un peu avant midi. J'étais tout habillé et la porte de l'appartement était restée ouverte. Sur le coup, je me suis dit que ça avait été déjà pas si mal d'être parvenu à l'ouvrir…

J'ai commencé par la refermer, puis j'ai pris une douche et un café. Je ne me rappelle plus précisément dans quel ordre, mais de toute façon, ça importe peu pour la compréhension de la suite des événements. Après ça, je suis descendu acheter les journaux. Le vent glacial m'a fait du bien.

Ces derniers temps, il faut être franc, je ne préparais plus très sérieusement les courses. Une erreur n'allant jamais seule, j'avais aussi pris l'habitude, depuis quelques semaines, de miser sur de gros rapports comme on fait souvent quand on a besoin d'argent rapidement. Bref, la conséquence de tout ça c'est que, malgré deux ou trois beaux coups, j'étais globalement en perte, et je voyais se réduire de jour en jour le montant que je pouvais consacrer aux mises. Il n'y avait encore rien de dramatique, mais il était quand même temps de renverser la tendance et de se remettre à s'occuper de tout ça d'un peu plus près. Finalement, ça tombait bien : plus je serais occupé à calculer les chances des chevaux, moins j'aurais l'occasion de pleurer sur mon sort.

Alors c'est ce que j'ai fait. Et c'est ni plus ni moins comme ça, une journée chassant l'autre, qu'on est arrivé aux premiers jours de février. Entre l'épluchage des statistiques et les visites aux hippodromes, je peux dire que, tout ce temps-là, les courses ont constitué une occupation quasi exclusive. Et, le vrai travail trouvant toujours sa récompense, les gains ont de nouveau fini par couvrir les pertes, ce qui, pour le joueur spéculateur, est à peu de choses près la définition du bonheur. En trois semaines, j'étais redevenu capable de bien évaluer la plupart des chevaux du circuit et je ne faisais plus de grosses erreurs. C'était l'époque où, quand Manuel m'appelait pour savoir si j'avais besoin de ses services, je lui répondais invariablement : « Pas aujourd'hui, j'irai moi-même. Ça me changera les idées... »

La vérité, c'est que ça n'y changeait pourtant pas grand-chose : je ne ressentais pas de joie particulière quand l'un de mes chevaux finissait dans les trois premiers. Et quand il n'y était pas, je m'entendais juste lâcher entre mes dents un bref « imbécile... » dont j'aurais été bien incapable de dire s'il s'adressait au cheval, au jockey ou au parieur.

Je me souviens d'une après-midi comme ça, à Maisons-Laffitte. Il pleuvait, ce jour-là, une petite pluie grasse sous un ciel triste. Dans les tribunes, on ne comptait qu'une poignée d'habitués, un mélange peu enthousiasmant de chômeurs et de retraités, regardant silencieusement la course, les mains enfoncées dans les poches de leurs impers. Pendant ce temps, on entendait grandir le roulement sourd des sabots sur le sol détrempé et on voyait s'approcher le petit groupe compact des chevaux. Je me suis mis à ressentir une étrange solidarité avec eux à les voir courir ainsi. Je sais qu'il y aura toujours des vieux briscards pour venir vous dire qu'ils « sentent » l'argent qu'on met sur eux. Je sais. Ce sont des choses qu'on entend... Mais soyons sérieux cinq minutes. Je ne crois pas que ça marche comme ça. La vérité, c'est que l'argent ne fera jamais partie de leur monde, et c'est bien la raison pour laquelle ils ne comprendront jamais vraiment la signification de ce qui leur arrive dans celui-ci. C'est comme ça. Et le fait qu'ils gagnent plus d'argent en cinq ans que vous et moi en toute une vie n'y changera rien.

Toujours est-il que, ce jour-là, mon cheval avait beau être endurant, il était trop desservi par son poids. Ça n'aurait posé aucun problème avec un sol bien ferme mais là, un terrain pareil, ça ne pardonnait pas. Il n'était jamais parvenu à combler l'écart. Ses sabots s'enfonçaient, et il lui fallait lutter deux fois plus que les autres pour maintenir l'allure. C'était un spectacle triste à voir. Il avait fini en dernière position avec deux bonnes longueurs de retard. Une vraie dégringolade.

Je n'avais pas un seul gain à encaisser dans cette course alors, comme je n'avais rien de mieux à faire, je suis descendu au pied des tribunes pour assister au retour des chevaux. C'est une distraction comme une autre. C'est aussi ce que devaient penser trois ou quatre autres types qui n'avaient probablement rien gagné, eux non plus, et au milieu desquels je me suis retrouvé à patauger.

Les chevaux ont fini par arriver, au pas, trempés par la pluie, et une légère vapeur de salle de bains s'élevait de leurs flancs. J'ai regardé le mien. C'était quand même un beau cheval et, de près, comme ça, on voyait qu'il avait l'air abattu. C'est quelque chose qu'on rencontre même chez les chevaux. Ça m'a fait de la peine, à un tel point que j'ai pas pu m'empêcher de lui lancer : « T'en fais pas, Beauty Channel, tu leur en mettras plein la vue la prochaine fois ! » Je ne sais vraiment pas pourquoi j'ai fait ça. Le jockey m'a alors jeté un regard noir. Le regard du type trempé, qui vient de faire une journée à quinze euros et qui croit, par-dessus le marché, qu'un autre type est en train de se payer sa tête. J'ai senti qu'il était à deux doigts de descendre pour venir s'expliquer.

Je ne suis pourtant pas du genre à brailler au passage des chevaux, d'habitude. Il y avait vraiment de quoi se poser des questions…

L'hippodrome m'avait laissé une telle impression de vide que j'ai préféré faire un crochet par la place de Clichy, histoire de me changer les idées. J'avais besoin des bruits de la circulation, des bousculades sur les trottoirs et, démultiplié par les gouttelettes de pluie, de l'éclat des enseignes lumineuses… J'ai donc flâné un petit moment devant les cinémas, sans but précis, et c'est comme ça que, tout à coup, je suis tombé sur l'affiche… Elle recouvrait tout un côté d'un kiosque à journaux. C'était une publicité pour une grande chaîne de magasins de vêtements, et il m'a encore fallu quelques secondes avant de comprendre que je n'avais pas rêvé et que c'était bien elle.

Elle portait un débardeur et un pantalon de survêtement. C'était dans le genre simple, clair, sur un fond blanc. Elle se tenait assise en tailleur, pieds nus et elle souriait d'un sourire apaisé. Le tout donnait une impression de fraîcheur et de décontraction. C'était Anja. Anja dans toute sa splendeur. Je me suis approché et je suis resté un moment planté devant elle. C'en était presque troublant de voir son regard posé sur moi, comme ça. Son sourire lui-même avait l'air amical, et je me suis senti sourire à mon tour, bêtement, par mimétisme. Il me semblait, tout de même, en la regardant, qu'il y avait quelque chose de changé en elle, mais je n'ai pas su dire quoi. D'ailleurs, ça pouvait tout aussi bien être un effet de la photo, ou bien du temps, tout simplement. En tout cas, elle n'avait rien perdu de sa beauté. Et je n'ai pas pu m'empêcher de la revoir, alors, telle qu'elle était dans mon souvenir, et de me rappeler ce petit matin où elle m'avait proposé un incroyable marché, anéantir sa beauté mais la conserver, elle, Anja.

Je suis resté encore quelques instants comme ça, à repenser à elle en regardant son image.

Après ça, bien sûr, il n'était plus question d'aller dans un café ou au cinéma. Alors j'ai commencé à remonter l'avenue de Clichy. Sur le trajet, d'autres souvenirs me sont revenus. Par exemple ce coup de fil qu'elle m'avait passé, au tout début. Elle venait juste d'atterrir à Paris. Je me souvenais que c'était à ce moment-là qu'elle m'avait proposé de faire ce qu'elle appelait un test. Et, le plus surprenant, c'est que c'était seulement maintenant, en y repensant, que je me rendais compte à quel point tout cela avait été réfléchi et préparé, dès le départ, ce qui ne m'avait pas empêché de n'avoir rien vu venir.

Voilà à peu près à quoi je repensais en montant l'escalier, et j'en suis venu à me rendre compte qu'à aucun moment je ne m'étais vraiment demandé pourquoi une fille qui avait l'embarras du choix comme Anja avait bien pu s'intéresser à quelqu'un comme moi. Je m'étais sans doute senti trop flatté, à l'époque, pour vouloir creuser la question. Mais maintenant, en regardant tout ça en face, il me semblait pouvoir avancer un début de réponse. Ça remontait à notre première conversation, à L'Hôtel. Et c'est vrai que nous nous étions dit des choses qu'en général on ne se dit pas une première fois. Alors (et ça, c'est mon interprétation) qui sait si elle n'avait pas cru y voir le signe qu'elle pouvait trouver en moi ce qu'elle avait si longtemps et si désespérément cherché jusque-là ? Une sorte d'amour pur et parfait comme il en pousse peut-être au pays des fjords mais dont quelque chose me disait qu'elle aurait du mal à trouver un spécimen à Paris, New York ou Milan. Si c'était le cas, elle avait bien eu tort de fonder un tel espoir sur la foi de cette première impression… Le fait est qu'au final je n'avais pas valu mieux que les autres.

29

The bigger they are, the harder they fall.

Pour en finir au sujet d'Anja, puisque je sais maintenant que je n'en reparlerai plus, je laisse ici les dernières petites choses que j'ai apprises d'elle en feuilletant des magazines, les jours suivants, chez Brentano's. Apparemment, elle s'était établie sur la côte est des États-Unis. Et ça avait plutôt l'air de marcher vu qu'on la voyait figurer de temps en temps au bras d'un acteur au cours d'une de ces soirées où les célébrités s'amusent. Moi, je regardais ça avec une impression étrange. L'impression que cette vie-là ne me concernait plus du tout, comme si Anja appartenait maintenant à un nouveau monde. Pourtant, c'était toujours elle que je remarquais en premier sur les photos de groupe, et le fait est que, même pour quelqu'un qui ne la connaissait pas, elle conservait ce quelque chose qui avait le don d'accrocher le regard, inévitablement.

Je suis aussi tombé sur deux articles qui lui étaient consacrés. Dans le premier, il était essentiellement question de sa campagne pour une grande enseigne de vêtements. On la présentait au lectorat comme un jeune mannequin qui venait de s'installer à New York et qui, après des débuts en demi-teinte en Europe, avait finalement réussi à s'imposer dans son pays d'adoption. Et on citait les grandes marques qui commençaient à se l'arracher. Il y avait aussi, dans un encadré, à côté de l'article, une petite interview. Les deux premières questions tournaient autour de ses habitudes à New York, et Anja se prêtait au jeu en donnant quelques adresses d'endroits sympas. À la dernière question qui portait sur sa vie sentimentale, elle répondait de façon faussement embarrassée qu'il était sans doute trop tôt pour en parler, mais elle laissait tout de même entendre que, là aussi, les choses se présentaient plutôt bien… Et l'interview s'achevait sur cette note positive.

L'autre article était nettement moins complaisant. En gros, la journaliste ironisait sur l'instabilité sentimentale d'Anja. Elle en parlait comme d'une chose notoire, clichés à l'appui, le but étant assez clairement de donner un côté à la fois glamour et sulfureux à ce qui semblait être la nouvelle coqueluche. Le tout s'achevait sur quelques considérations psychanalytiques faciles après lesquelles la journaliste émettait tout de même l'espoir qu'Anja finirait par trouver son équilibre… Bref, que des choses banales.

Moi, malgré tout, je ne pouvais pas m'empêcher d'en revenir à son visage. Sur les photos, elle paraissait toujours radieuse et souriante, comme si elle était enfin réconciliée avec un monde qu'il n'y a pas si longtemps encore, elle avait jugé inconsistant et dont elle semblait s'être maintenant résolue à profiter. Je dois dire que j'avais du mal à croire ce que je voyais, moi qui l'avais connue si exigeante dans son bonheur. C'était comme si, désormais, elle ne cherchait plus rien de solide, comme si elle s'était résignée à ne plus croire aux serments éternels qui fleurissent sur les bouches. Mais je ne pouvais pas imaginer, la connaissant, que ce n'était pas pour elle une vraie blessure.

J'ai tout de même fini par les refermer, ces magazines. Et, après ça, j'ai repensé une dernière fois à certains de ses gestes et à cette façon qu'elle avait de sourire, de parler… Je revoyais toutes ces choses très nettement. Je ne sais pas combien de temps ça a duré mais, à la fin, j'en suis venu à lui souhaiter sincèrement, si elle en avait toujours l'espoir, de rejoindre un jour son île lointaine, et de parvenir à trouver celui qui serait à la hauteur de cette existence-là. Ce qui me paraissait évident, en tout cas, c'est que ce n'était pas moi. C'est la raison pour laquelle je n'ai pas aussitôt sauté dans un avion pour aller la rejoindre, même s'il n'y avait plus rien qui me retenait ici et même si ces yeux m'avaient peut-être bien sauvé la vie.

Bref, tout cela me semblait loin désormais et, elle et moi, nous avions beau rechercher sans doute à peu près la même chose, je savais aussi que nous ne pouvions sans doute plus rien l'un pour l'autre.

Au moins, c'était clair.

Les choses auraient pu pourrir un bon moment comme ça. Qui sait où je serais aujourd'hui ? Dans les bras de qui ? Avec quoi dans la tête ? Parce que je crois bien qu'à ce moment-là, rien n'était encore décidé. J'attendais juste que les choses passent d'elles-mêmes et elles auraient peut-être effectivement fini par passer. Mais ça on ne le saura jamais, parce qu'il se trouve qu'un jour, j'en suis venu à prendre une décision. Et, ce qu'il y a de plus étonnant c'est que, cette décision, je la dois en partie à Manuel.

On était à Longchamp, prudemment planqués derrière la vitre des tribunes, entre deux courses. Le froid était particulièrement tenace ce jour-là. Lui, il avait un bon pressentiment et il ne pensait qu'à ça ; il essayait de me convaincre de partager tous les espoirs qu'il plaçait sur un des chevaux qui couraient dans la cinquième. Je le laissais parler sans écouter grand-chose à ses arguments parce que, au fond, la question des paris ne me préoccupait plus beaucoup. J'étais venu pour jouer mon papier, point, et il a quand même fini par le comprendre. Du coup, il n'y a plus eu qu'un long silence de part et d'autre. On a regardé la course suivante sans rien se dire et, après avoir encaissé les gains, on est allés prendre un café pour se réchauffer. C'est Manuel qui a relancé la conversation. Il m'a demandé si j'avais des projets. Je ne comprenais pas très bien pourquoi il me posait cette question.

« Tu te débrouilles bien, m'a-t-il répondu. Je suppose que tu vas pas te contenter toute ta vie de placer des paris pour le compte de Victor... – Ça reste entre nous, hein ? – Non, parce que, quand on voit ce que sont prêts à mettre certains acheteurs, ça donne une idée de ce qu'ils peuvent filer en commissions... »

Et il hochait la tête, par respect anticipé pour les sommes virtuellement en jeu.

« Parier et acheter, c'est deux métiers, ai-je répondu. D'ailleurs, ce que je gagne pour le moment, ça me suffit.

— Alors c'est vrai, t'es dans le circuit pour de bon ? » Il a réfléchi un instant à la chose, avant de poursuivre : « J'aurais pas cru... »

Je lui ai demandé ce qui lui faisait dire ça.

« C'est juste que c'est quelque chose qui n'a jamais vraiment eu l'air de t'emballer... et je pensais que...

— Au contraire, ça m'occupe. »

Il m'a regardé puis il m'a répondu qu'à mon âge, on pouvait trouver mieux pour s'occuper, et il en a profité pour me faire savoir qu'il était au courant au sujet de la fille. Comme je ne disais rien, il a quand même tenté un coup de sonde :

« Tu préfères pas en parler ?

— Ça me dérange pas. C'est juste que c'est fini... »

Il a hoché la tête.

« Eh ben on dirait pas... »

Il n'a rien dit d'autre et, après ça, il s'est simplement levé pour aller s'occuper de la course suivante.

C'est seulement le lendemain matin que j'ai su ce qu'il me restait à faire. J'ai téléphoné à Manuel pour lui dire que les courses du jour étaient annulées et je suis sorti. Comme j'étais arrivé en avance, j'ai d'abord attendu une petite heure dans un café du boulevard Berthier. Je consultais ma montre quasiment entre chaque gorgée d'expresso et, le reste du temps, je regardais l'extérieur à travers les vitres embuées. On pouvait y voir de rares passants faire de la fumée en parlant dans leur portable. Finalement, j'ai estimé que c'était le moment et je me suis dirigé vers l'angle de l'avenue de la Porte d'Asnières.

Elle a dû me voir arriver d'assez loin, mais elle est restée là où elle était, sans bouger, et, quand je me suis arrêté devant elle, on s'est juste dit bonjour. Après ça, il y a eu un silence. Elle portait un pull serré par une veste un peu légère. Je commençais à sentir le froid me frotter les tempes. À elle, il lui faisait rougir le nez et briller les yeux.

« Qu'est-ce qui t'amène ? » a-t-elle fini par demander.

C'était pas méchant. C'était juste pour savoir.

« Je voudrais te parler… »

Elle m'a regardé un instant, puis elle m'a dit quelque chose qu'à cause du bruit de la circulation je n'ai pas très bien compris mais que j'ai interprété comme une invitation à la suivre. Elle avait en effet commencé à s'éloigner. On a longé le boulevard en silence, sur une centaine de mètres. Puis elle a poussé la porte d'un café.

« Je t'écoute, m'a-t-elle dit. Le temps de me réchauffer... »

Elle venait de s'asseoir à une petite table rectangulaire. Je me suis installé face à elle. Autour de nous, c'était à peu près vide, mis à part deux ou trois habitués qui se tenaient au comptoir. Sous la main, le contact de la table était lisse, propre, froid et la devanture vitrée faisait entrer dans la salle une lumière uniforme et assez terne. Le genre de lumière blafarde qui ne laisse aucune place pour le mystère. Nous attendions nos cafés. Je l'ai regardée tandis qu'elle se frottait les bras pour se réchauffer.

« Je suis content de te revoir », lui ai-je dit. Elle a souri. Ça avait tout du sourire de politesse, un peu distant. « Écoute, je ne t'embêterai plus. C'est juste qu'il fallait qu'on se parle une dernière fois. On ne pouvait pas se quitter comme on l'a fait... Et puis, je me rends compte qu'il y a des choses que je n'ai pas eu le temps de te dire... »

Elle ne répondait rien. Elle regardait dehors, comme si elle attendait simplement que j'en finisse.

« Rassure-toi, ça va être rapide. Tu vas peut-être même trouver que c'était pas la peine de revenir t'embêter pour si peu... Mais je me rends compte que je ne te l'ai jamais dit clairement, alors pour être sûr que je l'ai fait au moins une fois, voilà : si ça avait été possible, dans l'idéal, ce que j'aurais voulu, c'est qu'on puisse...

comment dire, qu'on puisse vivre ensemble... Je voulais que tu le saches. Et même maintenant, après un mois sans te voir, je ne suis toujours pas parvenu à me convaincre que ça pourrait être mieux avec quelqu'un d'autre... C'est étrange, parce que ça ne me l'avait jamais fait avant... Tu sais, quand je pense à toi, je me représente souvent des choses toutes bêtes, des choses quotidiennes. Je me demande parfois comment se seraient passés nos petits déjeuners, nos sorties du week-end, nos voyages en voiture... Et je me rends compte qu'on n'a jamais connu des choses comme ça... Et je regrette. Je regrette beaucoup qu'on n'ait pas pu les connaître. Alors je les imagine. Et le plus étonnant, c'est que je vois assez bien à quoi ça pourrait ressembler... Dans l'ensemble, ce n'est rien d'autre qu'une petite vie, dans une petite maison, dans une petite ville... Ça paraît minuscule, et pourtant, avec toi, j'ai l'impression que ça serait quelque chose qui se rapprocherait tout simplement du bonheur... »

C'est moi qu'elle regardait maintenant, mais il me semblait qu'il y avait dans ses yeux une lueur d'ironie.

« Ça te fait peut-être sourire mais c'est pourtant vrai, c'est le mot. J'en viens même à réfléchir au métier que je pourrais me trouver, dans cette nouvelle vie, un vrai métier, cette fois, qui nous ferait vivre. Et je me mets aussi à penser à la maison qu'on pourrait avoir. Oui, j'y pense. Tu vas encore sourire : figure-toi que j'en suis même à en imaginer les plans... Je suppose que j'ai dû la voir en vrai, un jour, je ne sais pas quand. Ça remonte peut-être à mon enfance... En tout cas, l'image qui m'en reste est tellement nette que je ne peux pas l'avoir totalement inventée et elle existe certainement quelque part... »

Elle continuait, de temps en temps, à regarder dehors. Mais elle ne faisait plus ça d'un air impatient. Elle semblait simplement profiter de ce petit moment passé au chaud. Et je sais qu'elle m'écoutait. Elle m'écoutait en regardant la vue.

« Après tout, je peux bien te dire à quoi elle ressemble... Mais, ne va pas t'imaginer quelque chose de grandiose. D'abord, c'est assez petit. Ça ferait même plutôt penser à une maison de week-end. Une de ces maisons de banlieue de l'époque des premiers congés payés... Elle est en brique, peinte en blanc, au moins pour une partie, et sans étage. Le toit est assez bas, en pente douce. En façade, il y a une fenêtre de chaque côté de la porte d'entrée. C'est tout. En fait, elle est assez banale. Elle n'est pas du genre à être toute seule perchée en haut d'une colline... De toute façon, je ne crois pas que je pourrais t'offrir une maison au sommet d'une colline... Non... Et autour, les autres maisons sont un peu comme elle, avec leur petit jardin. Parce que je ne t'ai pas dit, elle a son jardin, avec deux vieux pommiers, enfin je crois, mais ça pourrait aussi bien être des poiriers ou des pruniers, je ne sais pas... L'important c'est que, dans mon souvenir, ils sont en fleurs. Et c'est vrai que ça doit être au printemps que c'est le mieux pour y vivre, quand l'air et le vert sont encore doux et frais. Pour le moment, dans ce jardin, l'herbe est un peu trop haute. Ça fait un peu abandonné... Il y a aussi un petit portail en fer ouvragé rouillé et de travers, avec, de part et d'autre, une clôture à claire-voie, pas très solide. De petites tâches de lichen, blanches et grises, la recouvrent là où les pommiers font de l'ombre. D'ailleurs, dans ce coin-là du jardin, l'herbe est plus grasse et c'est probablement le dernier endroit où on peut se tenir au frais en été... Voilà en gros à quoi ça ressemble... Qu'est-ce que tu en penses ? »

On nous avait apporté les cafés et elle se réchauffait maintenant les lèvres contre la tasse. Elle rêvait. Je ne sais pas si c'était au sujet de ce que je venais de lui dire ou bien si elle s'était échappée vers ses propres pensées.

« Elle est où cette maison ? a-t-elle fini par me demander.

— Je ne sais pas vraiment... Il faudrait que... qu'on parte à sa recherche... »

Elle ne disait rien. Je l'ai regardée. J'ai alors aperçu, dans le coin de son œil, une larme qui s'était arrêtée là, sur le bord de la paupière, comme si elle hésitait à basculer vers la joue. À part ça, rien ne semblait indiquer qu'elle était en train de pleurer. Ça m'a vraiment troublé.

« Clara... Qu'est-ce qu'il y a ? »

Elle me faisait signe de ne pas faire attention, de continuer. Mais je ne savais plus quoi dire. Je l'ai regardée, et je me suis demandé pourquoi nous ne partions pas, tout de suite, puisqu'elle n'était évidemment pas heureuse ici.

« Qu'est-ce qu'on attend, Clara ? Qu'est-ce qu'on attend pour y aller, pour partir ensemble ? On pourrait s'en sortir, toi et moi... Et si tu penses que c'est pas possible, dis-moi au moins que tu aurais aimé pouvoir le faire. Rien que de le savoir, ce serait déjà important pour moi...

— Tu en aurais vraiment envie ?

— C'est ce que je suis venu te dire... Et ça a fini par prendre pour moi plus d'importance que tout le reste. Parce que je nous y vois tellement bien, tu comprends... Il me semble que ce serait une vie heureuse. C'est la première fois que j'ai aussi peu de doutes sur ce que je dois faire. Et c'est pour ça que je suis revenu te parler de cette idée d'aller nous faire oublier dans une petite ville de province. Tu imagines : savoir que plus rien de mal ne pourra nous arriver derrière ce petit bout de portail rouillé, et qu'on va pouvoir repartir à zéro... Qu'est-ce que tu en penses ? Et tu vois, je suis venu pour te parler franchement... Parce que, s'il doit se passer quelque chose entre nous, Clara, je crois qu'on n'a plus de temps à perdre. Voilà... Je t'aime ; et ça fait déjà un moment que je le sais. Maintenant, c'est dit. Et comme ça, tu sais que tu peux tout me demander... Je n'avais jamais eu cette impression-là jusqu'ici. Tu te souviens de la fois où je suis resté trop longtemps, et que le type a frappé à la porte... Eh bien, tu n'imagines pas à quel point je me suis senti jaloux de lui en rentrant chez moi. Tu as essayé de me faire comprendre que c'était bête, mais c'est quelque chose que tu ne pourras jamais empêcher. Tu vois, je ne te le cache même plus, et pourtant je t'assure que, des fois, je me dis qu'il y a de quoi avoir honte d'être jaloux des passes d'une prostituée… et qu'il doit falloir une sacrée dose d'amour pour anesthésier le bon sens à ce point… Mais je ne sais pas pourquoi je te parle de tout ça, je n'étais pas venu pour ça. Je voulais juste te dire que j'ai bien réfléchi. Bien sûr, j'aimerais qu'on parte d'ici. Mais puisque tu m'as dit que c'est impossible, je suis bien obligé d'accepter tes conditions. Alors c'est d'accord : on continuera comme on a fait jusqu'ici. On ne se verra qu'à heures fixes, je paierai et je ne saurai jamais rien d'autre de toi. C'est pas facile pour moi mais, tu vois, je préfère encore ça à l'idée de ne plus te revoir. Il y a juste une chose que je ne voudrais pour rien au monde, et qui me déciderait à abandonner complètement. Je vais essayer d'être clair : tu es obligée de gagner de l'argent, d'accord. Mais tu n'as pas particulièrement besoin de moi pour ça, n'importe qui fera l'affaire… Alors, s'il n'y a pas d'autre raison à tes yeux de continuer à me voir, je te demande de me le dire franchement. Tu comprends, je suis prêt à accepter tout le reste, mais pas ça, pas l'idée que tu acceptes de me voir simplement à cause de l'argent. J'ai besoin que tu me répondes clairement si tu veux qu'on continue. Toi et moi, on sait que tu pourrais me berner facilement là-dessus, mais on n'est quand même pas des étrangers l'un pour l'autre, et tu peux bien me dire la vérité, au moins pour cette fois. »

Je lui avais dit des choses qui me touchaient trop pour oser la regarder.

« Daniel… »

Mais je ne l'ai pas laissée poursuivre :

« Non... Avant que tu me répondes et que ce soit définitif, je voudrais que tu saches que, si tu ne m'aimes pas, parce que, au fond, c'est bien ça la question, eh bien je sais que ce sera une chose à laquelle ni toi ni moi ne pourrons rien... mais ça n'en sera pas moins un immense gâchis... Parce que je sais qu'il existe des vies sans amour, et je ne veux pas d'une vie sans amour. Penses-y toi aussi. Et c'est pour ça que si tu m'aimes, il faut arrêter de s'y prendre comme on le fait. Le coin qu'on trouvera, je te garantis qu'on y sera tranquilles. Et tu vas penser que je me répète mais je peux t'assurer que je suis capable de travailler. Je veux dire vraiment travailler... Avec toi, je suis prêt à en faire l'effort, et ce serait même pas un effort d'ailleurs, ce serait même plutôt... »

Elle a posé sa main sur mon bras.

« Daniel, arrête. Arrête maintenant... »

Elle me regardait dans les yeux et elle m'a dit, d'une voix très douce :

« Viens... Tu vas arrêter de parler et tu vas écouter ce que j'ai à te dire. »

Nous sommes sortis du café. Nous avons marché en silence, dans les rues, et je n'ai pas mis longtemps à reconnaître le chemin qu'on était en train de prendre.

30

A girl and a gun.

« Je m'appelle Yelena Nikulenko, et je me souviens encore de la seule et unique fois où j'ai vu notre père pleurer. J'avais treize ans. Jusque-là, mon frère et moi, nous avions eu une enfance plutôt privilégiée dans la mesure où notre père s'était toujours débrouillé pour qu'on ait le même genre d'éducation que les enfants de hauts fonctionnaires. Nous étions nettement moins riches qu'eux mais il avait réussi – et il en était infiniment fier – à extraire sa famille de la masse du peuple, et à s'agglomérer aux deuxième et troisième cercles du pouvoir. Il ne s'agissait pas d'aller plus haut. Mon père a toujours su flairer les dangers et il savait que, une fois parvenu à ce niveau, il n'y a plus d'autre alternative que de détruire ou d'être détruit soi-même. C'est pourquoi, en homme prudent, il est longtemps resté mesuré dans ses ambitions.

Au milieu de tout ça, notre éducation était la seule chose sur laquelle il ne transigeait pas et, en la matière, il s'arrangeait pour obtenir ce qui se faisait de mieux. C'est comme ça que j'ai appris le français très jeune. J'ai aussi suivi des cours de piano, de flûte traversière et de danse classique, comme toute fille de nomenklaturiste qui se respecte. Ainsi, dans l'ensemble, je n'ai pas le souvenir que nous ayons manqué de quoi que ce soit. On avait un poste de télévision. Mon père était même arrivé un jour avec un magnétoscope sous le bras. Je nous revois encore, mon frère et moi, dans le salon, levant les yeux vers ce gros parallélépipède gris. Nous l'observions, avec un mélange de timidité et d'admiration. Sans qu'on ne nous le dise, nous savions qu'il venait de là-bas, et qu'il avait dû coûter bien cher. Avant nous, presque tous nos camarades en avaient déjà eu un, et nous avions fini par croire que nous ne faisions plus vraiment partie de l'élite... Alors, le voir là, posé sur le téléviseur, c'est vrai que ça nous rassurait. Mon père ne nous a jamais dit comment il se l'était procuré, au prix de quelles compromissions. Évidemment, nous ne pensions pas à ça et, de toute façon, ce n'était pas le genre de choses que nous étions censés savoir. En fait, il y avait peu de choses que nous étions censés savoir. Notre rôle à nous, alors, c'était simplement de regarder en boucle *Bambi*, qui fut pendant plusieurs mois notre seule cassette. Et le fait est qu'on ne s'en privait pas. Ce n'était bien sûr plus de notre âge, mais je nous revois, captivés, chaque fois qu'on le regardait...

Je crois que mon père n'avait de véritable satisfaction qu'en sachant sa famille non seulement à l'abri du besoin matériel mais surtout à l'abri, autant que cela pouvait se faire, de l'arbitraire qui régnait tout autour de nous. Je l'entendais parfois annoncer à ma mère que tel ministre de l'Agriculture venait d'être nommé quelque part dans le Kamtchatka, du jour au lendemain, ou que tel délégué du Comité Central avait été arrêté pour activités antisoviétiques. Il n'en disait jamais plus, mais nous comprenions que, pour lui, cela faisait l'effet d'un brutal rappel à la réalité. Et, après avoir dit ça, il restait assis, à table, silencieux. Ma mère se levait alors, et elle venait poser sa main sur son épaule, comme pour lui montrer qu'elle continuait à avoir confiance en lui, lui qui était parvenu à tenir, depuis si longtemps, sous bien des chefs de service. Et Dieu sait que peu d'entre eux pouvaient se vanter de s'en être aussi bien sortis que mon père, sur la longueur.

Ça ne l'empêchait pourtant pas, certains soirs, de rentrer avec la peur, la vraie peur. Un silence lourd descendait alors sur nous et enveloppait tout dans l'appartement, ce grand appartement de fonction qui semblait alors un peu plus vide et un peu plus impersonnel comme si, déjà, il était décidé, quelque part, qu'une autre famille allait bientôt nous y remplacer. Ces peurs-là, sourdes et qui s'étalaient sur plusieurs jours, parfois même plusieurs semaines, elles étaient rares mais asphyxiantes, à tel point que les époques heureuses paraissaient alors appartenir définitivement au monde du passé, jusqu'à ce qu'un jour, et sans autre explication, on voie notre père rentrer avec des chocolats, plaisanter avec notre mère, et se mettre à jouer avec nous comme un gamin et sans avoir pris le temps de retirer son pardessus. Il n'y avait pas besoin d'en dire plus et, d'un coup, c'était comme si les quelques semaines qui venaient de s'écouler n'avaient jamais existé. Dès lors, aucun d'entre nous n'en parlait plus. La peur était passée et on s'empressait de goûter à la vie qui reprenait son cours.

Dans l'ensemble, il faut bien reconnaître que les choses se passaient plutôt bien. Mon père était, d'une certaine manière, au cœur du système et le système, disait-il, était désormais fait d'hommes qui aspiraient à la stabilisation. C'est pour ça qu'il comprenait mal les tentatives de certains qui disaient vouloir l'améliorer, car le fragile équilibre auquel nous étions parvenus était le fruit de l'histoire, disait-il, et de la si coûteuse succession de ces va-et-vient qui en avait constitué la trame. Il ne fallait pas casser ce travail de millions d'hommes, de millions de vies. Et il ne fallait pas non plus oublier qu'en l'occurrence le mieux est le plus souvent l'ennemi du bien. C'est sur cette idée, longuement éprouvée par lui, que mon père avait fondé son conservatisme. Toujours est-il que l'ère Gorbatchev, malgré les suspicions qu'elle laissa se développer à l'encontre des Services, ne toucha pas les fondamentaux. Et il était encore loin d'être envisageable que le système puisse se passer de gens comme mon père.

Qui aurait pu prévoir en effet ce qui arriverait sous Eltsine ? Je compris vite que celui-là était bien pire que le précédent. Je revois mon père écouter longuement les hommes en costume qui parlaient à la télévision à cette époque-là. Quand c'était fini, il se levait, éteignait le poste, et retournait dans son bureau sans dire un mot. Nous sentions tous confusément que ce pantin apparemment inoffensif au regard boursouflé faisait peser sur l'existence de notre père une menace directe. C'était l'ennemi. Un ennemi inavouable car nous ne pouvions pourtant pas le détester complètement : il représentait tout de même le pouvoir et, à ce titre, il conservait aussi celui de nous favoriser, comme cela arriverait peut-être un jour. C'était du moins l'espoir de mon père, et nos existences se trouvaient ainsi suspendues aux vœux et aux décisions de cet homme.

Ce fut une période étrange. Beaucoup de choses immuables changèrent. Parmi nos camarades, à moi et à mon frère, certains nous annonçaient avec une pointe de mystère et d'arrogance qu'ils allaient partir à New York, Londres ou Paris. Et, parfois, on ne les revoyait pas en effet. Il n'y eut plus jamais, dans notre grand appartement, ces périodes de peur pétrifiante et palpable. Elles furent progressivement remplacées par une inquiétude plus commune mais quasi permanente. Et c'est ainsi, en voyant vers quoi nous nous dirigions, en voyant se déliter tout ce qui l'avait entouré, que mon père a fini, un jour, par pleurer.

Comme je te l'ai dit, j'avais treize ans. C'était le soir. En passant devant la porte de la cuisine, il m'a semblé entendre mes parents qui parlaient bas. Ça m'a intriguée. Je me suis arrêtée et, pour le simple plaisir de jouer les petites espionnes, sans faire de bruit, je me suis adossée contre le mur. Là, dans la demi-obscurité du couloir, j'ai tendu l'oreille. C'est alors que j'ai deviné, à son intonation, que mon père était en train de sangloter. Je ne m'attendais vraiment pas à ça. C'était si troublant que je n'ai pas pu m'empêcher de m'approcher pour savoir ce qui se passait. Ma mère et lui étaient attablés. Mon père a levé la tête mais, comme si ma présence n'avait pas une grande importance, il l'a baissée à nouveau sans chercher à dire quoi que ce soit. Ça m'a fait une étrange impression qu'il n'essaie pas de me renvoyer sèchement ou du moins de me cacher l'état dans lequel il se trouvait. Ça ne lui ressemblait pas. C'était comme s'il avait estimé qu'après tout, au point où on en était arrivés, il valait autant que je sache. Je n'ai tout de même pas osé les rejoindre. La situation était trop inhabituelle. Je ne savais pas ce qu'il fallait dire ou faire, et, si j'avais ouvert la bouche, j'aurais probablement éclaté en sanglots à mon tour. Et puis mon père ne faisait déjà plus attention à moi. « C'était sûr qu'on y viendrait, comme les autres, disait-il à ma mère, le regard baissé vers la table. Ils sont en train de virer tout le monde, et pas seulement dans notre service. Ça concerne tout le ministère. À ce rythme-là, dans quelques années, on n'existera plus. Gotzinsky a préféré partir de lui-même. Avec deux fils à l'université, il ne pouvait plus… Voilà comment ils se débarrassent de nous. Le matin, il vend des journaux. La nuit, il est chauffeur de taxi. Et il gagne maintenant deux fois plus que dans son ancien service. C'est comme ça… On en voit tous les jours des types qui n'étaient rien il y a deux ans et qui touchent aujourd'hui vingt ou cinquante fois mon salaire, juste en revendant des produits d'importation… Et encore, c'est pas grand-chose comparé à ce qui se passe à la tête des administrations. C'est bien simple, ils vendent tout, ni plus ni moins que si c'était l'héritage d'une vieille tante. Ils se servent. Et, petits bouts par petits bouts, ils en sont venus à revendre des industries tout entières. Une bonne partie du pétrole n'est déjà plus à l'État, et le nucléaire ne va pas tarder à y passer… Et tu te doutes bien que personne ne se permettrait de trouver à y redire. Je ne suis pas plus malin qu'un autre, Natalia. Tout ce que j'essaie de faire, c'est de ne pas me retrouver comme le dernier des imbéciles. Et il faut bien être un peu avec eux, si on veut pouvoir récupérer quelques miettes. C'est ça ou tout perdre pendant qu'ils se partageront le gâteau. De toute façon, il faut bien te dire qu'un jour ou l'autre, on aura un chef qui vendra nos appartements de fonction pour se payer une troisième salle de bains dans sa datcha. Ça se fait déjà, et c'est ce qui nous attend, je préfère ne pas te le cacher… Mais moi, tu sais, j'ai quand même du mal à me faire à cette idée… Je ne sais pas encore comment, mais il faut que je trouve un moyen. Parce que c'est pas possible, tu entends… Je ne vais pas finir en vendant des journaux. Non… Je ne nous verrai pas devoir partager un taudis avec trois autres familles d'immigrés venus des quatre coins de l'ancienne Union… Alors je ne sais peut-être plus grand-chose mais je sais au moins qu'il ne sera pas dit que je verrai ça… »

Il y eut un silence. Puis ma mère lui parla, avec sa voix tranquille. Elle lui rappela qu'il était passé au travers d'époques plus difficiles : « Souviens-toi en 82. Souviens-toi en 87, disait-elle. Et tu t'en es toujours sorti… » Il y a eu un nouveau silence. Mon père avait le regard rivé vers la table : « Sauf qu'aujourd'hui, tu ne peux plus m'aider… », lui a-t-il répondu. Elle ne pouvait visiblement rien dire contre ça, et il m'a semblé voir une profonde tristesse dans son regard. Elle lui a simplement pressé la main, tandis qu'il ajoutait, à mi-voix : « Non, je ne le verrai pas… Je peux te garantir que je ne le verrai pas… »

Trois jours plus tard, mon père m'a demandé de venir dans son bureau. C'était une grande pièce dans laquelle moi et mon frère nous n'entrions quasiment jamais. Je suis restée debout pendant qu'il s'asseyait dans son fauteuil. Nous ne nous étions presque pas reparlé depuis la scène de la cuisine mais il n'a fait aucune allusion à ce qui s'était passé ce jour-là.

Après m'avoir regardée quelques secondes, et sans autre entrée en matière, il m'a demandé si j'étais prête à aider mon papa. J'avais treize ans. C'était la première fois qu'il posait sur moi un regard aussi franc, un regard d'adulte à adulte. J'étais tellement impressionnée que mon « oui » s'est étranglé dans ma gorge. Je me demande bien à quoi je pouvais ressembler, debout, au milieu de ce grand bureau. Je suppose que je devais avoir l'air d'une petite fille qui, sortie de ses cours de musique et de danse classique, ne connaissait à peu près rien de la vie… Je serais sans doute assez étonnée si je retrouvais des photos de moi à cette époque. En tout cas, je ne sais pas très bien ce que s'est dit mon père en regardant sa fille à ce moment-là. Je me souviens simplement qu'il m'observait en silence, comme s'il était encore en train de soupeser la décision qu'il venait de prendre.

« Je vais te demander une chose qui n'est pas facile, m'a-t-il finalement dit. Mais tu es intelligente. Je sais que tu t'en sortiras… »

J'ai hoché la tête. Je n'en menais vraiment pas large.

« Est-ce que tu es d'accord ? »

J'ai fait « oui » de la tête, à nouveau, sans bien comprendre ce qu'il voulait mais en faisant tout mon possible pour prendre un air déterminé.

« Bon, a-t-il dit, et il a sorti une enveloppe d'un tiroir. Approche-toi… »

Dans l'enveloppe, il y avait des photos. Il les a placées devant moi. Sur chacune d'elles, on retrouvait la même jeune fille : blonde, le visage un peu rond, les lèvres pincées, comme si quelque chose la faisait hésiter… Je me souviens aussi qu'elle avait les paupières tombantes. Ça lui donnait l'air un peu stupide. C'est la première réflexion que je me suis faite. Mon père me donna son nom. Il m'expliqua que c'était une jeune fille très gentille, qui était de mon âge et avec laquelle je me trouverais sans doute beaucoup de points communs. Il voulait que je devienne son amie et il m'annonça que, dès le lendemain, je serais inscrite au même cours de piano qu'elle.

C'est comme ça que tout a commencé. Mon père m'expliqua simplement que je devais me montrer admirative et la flatter sans jamais hésiter à forcer le trait. Je devais aussi me montrer toujours aimable, la défendre devant les autres dès que l'occasion s'en présenterait, y compris en son absence… C'était la phase de mise en confiance, poursuivait-il. Il fallait qu'elle se sente rassurée avec moi. L'idéal était que je devienne sa meilleure amie. Il m'y aiderait. Et, avec de l'astuce et de la volonté, il ne doutait pas que j'arrive à mes fins.

Quand je l'ai vue, la première fois, Viktoria Kosyakov m'a surtout donné l'impression d'une jeune fille assez terne. Nous étions quatre élèves inscrites au même cours. Elle, elle attendait en silence devant la porte tandis que les deux autres chuchotaient en gloussant. Dès que le professeur de piano ouvrait la porte, elle allait se placer d'instinct à l'extrémité de la rangée de chaises sur lesquelles nous attendions sagement notre tour, la partition posée sur les genoux. Pendant que les autres jouaient, elle restait impeccablement immobile. Je jurerais qu'elle ne s'intéressait pas le moins du monde à ce qu'elle entendait mais elle avait apparemment le souci de ne pas le montrer. Ainsi, tandis que son regard semblait rêvasser, son corps, sans doute en vertu d'une longue habitude, continuait à donner toutes les marques de l'attention. On sentait qu'elle aurait pu rester des heures comme ça, sans jamais trahir d'impatience... Puis venait son tour, et je pouvais alors l'observer à loisir. Elle se tenait droite et, malgré l'expérience qu'elle semblait avoir, il y avait toujours une certaine raideur dans les mouvements de ses bras. Je ne sais pas si c'était lié mais il faut avouer que sa façon de jouer finissait rapidement par m'ennuyer. Malgré tout, ça n'empêchait pas le professeur de lui dire, s'il n'y avait pas de grosse erreur, que c'était bien, puis il lui indiquait le morceau à préparer pour la fois suivante, elle le remerciait et c'était alors mon tour.

J'ai suivi les indications de mon père. Je me suis approchée d'elle à la fin de la première leçon et je lui ai dit que je trouvais qu'elle avait beaucoup de talent. « Merci... », m'a-t-elle répondu, sur un ton un peu distant, comme si elle ne voyait pas très bien en vertu de quoi je me permettais de lui adresser la parole. J'ai d'abord pris ça pour une forme d'arrogance, mais c'était peut-être tout simplement sa façon à elle d'être sur la défensive. D'ailleurs, elle est aussitôt allée rejoindre sa mère.

Après ça, je me suis à chaque fois arrangée pour échanger quelques mots avec elle, en appuyant chaque fois un peu plus fort sur la pédale de l'admiration, exactement comme mon père me l'avait dit, et il faut reconnaître que ça a très vite donné des résultats. Elle était fille unique, assez timide et elle ne semblait pas avoir de véritable existence en dehors du giron de sa mère. Pour la première fois de sa vie sans doute, elle voyait qu'une de ses semblables la prenait pour modèle et voulait devenir son amie. C'était certainement gratifiant. Ça l'a mise en confiance, et c'est comme ça que nous avons pris l'habitude de parler, en attendant le début de la leçon. J'ai ainsi appris, entre autres choses, que Viktor Tsoi était son chanteur préféré. Je me suis aussitôt exclamée que moi aussi je le trouvais extraordinaire, et que je possédais des tas de photos de lui, ce qui n'était qu'un demi-mensonge. Bien sûr, je lui ai immédiatement proposé de lui montrer ma collection.

Dès la sortie du cours suivant, elle me mena jusqu'à sa mère. Celle-ci m'observa de la tête aux pieds puis me posa quelques questions brèves sur mes parents, mon école, auxquelles je répondis de mon mieux sans que la double barre désespérément horizontale de ses lèvres ne laissât transparaître la moindre marque de sympathie. Pourtant, trois jours plus tard, j'étais formellement invitée à venir prendre le goûter chez les Kosyakov.

Il va sans dire que, de notre côté, cette visite fut soigneusement préparée. Mon père m'emprunta le classeur dans lequel je conservais mes photos de Viktor Tsoi. C'était mon frère qui me l'avait fait découvrir, quelques années auparavant et, à l'époque, j'étais drôlement fière d'écouter les mêmes disques que lui. Ça me changeait des trucs pour gamines dont je sortais à peine… En tout cas, pendant un an ou deux, c'était devenu une véritable passion et j'avais peu à peu réuni des centaines d'articles sur lui. Il faut dire qu'à l'époque, pour beaucoup de garçons et de filles de mon âge c'était une sorte de héros... Mais bon, ça a fini par me passer et, quand j'ai commencé à entrer en contact avec Viktoria, ça faisait un petit moment déjà que je n'avais pas rouvert ce classeur. Le soir même, mon père me le rapporta, complété avec des photos plus rares. Il déposa aussi, dans le creux de ma main, un petit appareil photo, plat et allongé.

« Il est à toi, me dit-il. Ne le montre jamais à personne. Si tu sais t'en servir, tu t'apercevras que c'est une arme contre laquelle on ne peut pas grand-chose... »

Ce sont ses propres termes. Quant à l'appareil, je m'en souviens très bien. C'était un Minox, un vrai, et j'ai su plus tard qu'il avait appartenu à ma mère. Mon père aussi avait le sien qui ne le quittait presque jamais. Mais, là encore, aussi étonnant que ça puisse paraître, je ne l'ai su qu'après. À ce moment-là, c'était la première fois que j'en voyais un. Je devais m'en servir pour photographier à peu près tous les documents qui me tomberaient sous les yeux dans le bureau du père de Viktoria, et notamment les pages de son agenda, les factures, les documents manuscrits...

Ma première visite aux Kosyakov fut simplement un repérage. Je ne devais rien entreprendre. Aussitôt rentrée, je fis à mon père une description la plus précise possible de leur domicile, du moins de ce que j'en avais vu. Dès le lendemain matin, il me montra un plan qu'il avait réalisé à partir de mes indications et sur lequel figurait la disposition probable des autres pièces, notamment l'endroit où devait se trouver le bureau du père de Viktoria.

En ce qui me concernait, j'avais fait suffisamment bonne impression au cours du goûter d'accueil pour être invitée à nouveau. Et cela devint peu à peu une habitude, les mercredis après-midi. D'ailleurs, deux semaines après ce premier goûter, Viktoria m'annonça avec une certaine solennité qu'elle me considérait désormais comme sa meilleure amie... À partir de là, le plan d'action a très vite été mis en place.

Je choisissais le moment où Viktoria était occupée à feuilleter les photos de mon album, et à soupeser la valeur respective des siennes et des miennes en vue de leur échange, pour m'éclipser sous prétexte de passer aux toilettes. Ça me permettait de me retrouver chaque fois, pendant quelques minutes, seule dans le bureau de son père. Là, je suivais exactement les consignes qui m'avaient été données. J'ai d'abord pris des photos de la disposition générale des dossiers et de leur cote à partir desquelles mon père m'indiqua, pour les fois suivantes, ceux qu'il allait falloir visiter en priorité ainsi que les types de documents que je devais y chercher. Mais le temps dont je disposais était très vite écoulé, sans compter le fait qu'après ça, je mettais un soin particulier à replacer tout ce à quoi j'avais touché à l'endroit exact où je l'avais pris. Au total, mon absence n'était jamais très longue. En tout cas, à aucun moment ça n'a duré assez longtemps pour que Viktoria s'en étonne. La vérité c'est qu'elle y trouvait elle aussi son compte : de son côté, elle en profitait souvent pour retirer de mon album une ou deux photos qu'elle remplaçait, afin que la substitution ne soit pas trop criante, par une des siennes de moindre intérêt. Ça m'a fait sourire quand je m'en suis aperçue et, évidemment, je me suis bien gardée d'avoir l'air de remarquer quoi que ce soit…

Ça a duré encore quelque temps comme ça mais, inévitablement, un jour, j'ai fini par me faire pincer par la mère de Viktoria. Je l'avais entendue pousser la porte et j'avais juste eu le temps de m'écarter du bureau.

« Qu'est-ce que tu fais là ? » Sa voix était si forte que j'en avais sursauté.

De son côté, elle ne s'était pas attendue à me trouver dans cette partie de la maison et probablement que, sur le coup, elle ne comprenait pas encore très bien ce qui se passait. Avec un peu plus d'expérience, j'en aurais profité et j'aurais aussitôt fait mine de m'être perdue : même sans faire complètement illusion, en jouant sur l'effet de surprise, ça m'aurait au moins permis de gagner du temps. Mais je n'ai pas eu cette présence d'esprit. Mon affolement se lisait sur mon visage. Elle n'a plus eu de doute.

« Eh bien ! Ça par exemple… ! s'écria-t-elle. Et qu'est-ce que tu as dans les mains ? »

C'était l'appareil photo. Je le serrais derrière mon dos. Maintenant qu'elle avait tout compris, son regard avait retrouvé toute son assurance et il me faisait vraiment peur. Elle s'est s'approchée de moi. La petite fille convenable que j'avais toujours été jusqu'ici aurait aussitôt dû s'effondrer en sanglots, pétrifiée par la honte, et supplier qu'on ne lui fasse pas de mal… Mais j'avais beau sentir le sang me monter dans les joues, j'étais quand même déterminée à lui tenir tête jusqu'au bout, comme s'il y allait de ma vie. Plus même, parce que je savais que ce qui comptait, par-dessus tout, c'était de ne pas être prise en possession de l'appareil photo. Et je crois bien que j'aurais été prête à sauter par la fenêtre pour éviter ça. Alors j'ai reculé, jusqu'à me retrouver coincée dans un angle du bureau. Je tenais dans mon autre main un coupe-papier à manche d'ivoire, c'était l'objet qui m'avait paru le plus précieux. Au moment où j'avais entendu la porte s'ouvrir, j'avais juste eu le temps de m'en emparer. Je sentais ma respiration s'affoler mais je parvenais encore à considérer la situation assez froidement : ça ne me faisait plus rien du tout de passer pour une voleuse. J'étais même à deux doigts de lever le coupe-papier vers elle, s'il le fallait, ou de me saisir du tisonnier qui était juste derrière moi. Je me préparais à me défendre contre cette femme qui se dressait devant moi et qui était, à ce moment-là, une ennemie mortelle. Je devais ressembler à un petit animal sauvage à me tenir comme ça, effrayée et furieuse, dans le coin de la pièce, prête à bondir, à griffer, et sifflant de rage sans la lâcher des yeux une seule seconde. Elle s'en est rendu compte, d'ailleurs. Après avoir fait quelques pas, elle n'a plus trop osé s'avancer, mais elle n'était pas encore prête pour autant à me laisser m'en tirer à si bon compte. Elle continuait à s'interposer entre moi et la porte, et je savais que plus le temps passait, plus il allait être difficile de me tirer de là. Alors je me suis avancée vers elle, à la fois pour lui montrer ma détermination et pour me donner du courage : « Laissez-moi passer ! » Ce n'était pas le ton que j'aurais dû employer avec Mme Kosyakov. Je ne sais pas si elle était surprise ou si, au contraire, je ne l'impressionnais pas suffisamment ; le fait est qu'elle n'a pas bougé. Alors j'ai répété, d'une voix plus rageuse : « Vous êtes bouchée ou quoi ? Je vous dis de me laisser passer ! » Ça n'avait plus aucune importance que Viktoria puisse m'entendre. La seule chose qui comptait pour moi, désormais, c'était de me sortir de là. Et Mme Kosyakov a quand même dû commencer à le sentir parce que, cette fois-ci, elle a fait un pas en arrière : elle considérait cette grande fille de treize ans qui s'était rapprochée d'elle. Et elle avait peur.

« Puisque c'est comme ça, j'appelle la police… » C'était dit sur un ton d'autorité malgré tout et elle a décroché le téléphone qui se trouvait sur le bureau. J'ai alors essayé d'en profiter pour m'échapper, mais elle a compris à temps. Elle a aussitôt tendu le bras pour m'arrêter et, moi, dans un mouvement de défense, j'ai sorti le coupe-papier de derrière mon dos.

Dès qu'elle a vu ça, elle s'est mise à crier comme si on l'égorgeait. J'en ai profité pour atteindre la porte du bureau, j'ai traversé le palier en courant, puis j'ai dévalé l'escalier. J'entendais derrière moi Viktoria qui venait de sortir de sa chambre, attirée par les cris de sa mère et qui me demandait ce qui se passait. Une fois arrivée en bas, j'ai bien cru que je ne m'en sortirais pas avec le verrou de la porte d'entrée. Et tandis que je l'actionnais désespérément, déjà Mme Kosyakov descendait l'escalier et continuait à crier pour rameuter la maison. Heureusement pour moi, la molette a tout de même fini par tourner et j'ai aussitôt détalé. Je ne me suis arrêtée qu'une fois parvenue à la bouche de métro.

Quand j'ai appelé mon père, à son bureau, j'étais en larmes. Il est immédiatement rentré. Il n'a d'abord rien dit, il voulait juste que je lui raconte en détail ce qui venait de se passer. À la fin, il m'a demandé si Mme Kosyakov avait vu l'appareil photo. Il conservait ce ton calme qui ne le quittait presque jamais, mais ses gestes, son regard, trahissaient son inquiétude, et cela suffisait à m'alarmer. J'ai répondu que non, il ne me semblait pas qu'elle ait vu l'appareil. Mais il m'a reposé la question en me demandant cette fois-ci si je *pensais qu'elle aurait pu* le voir. J'ai d'abord dit que non, et puis j'ai avoué qu'au fond je ne savais plus très bien et je me suis mise à pleurer, à nouveau… Alors il m'a prise contre lui et il a posé sa main sur ma tête. Je n'avais pas souvenir d'avoir reçu une telle marque d'affection de sa part depuis longtemps. « Ce que tu as fait, m'a-t-il dit, tu l'as fait pour aider ton père. Et c'est ça qui est important. » Je hochais la tête. Il m'a aussi assuré que j'avais bien travaillé et que, maintenant, je n'aurais plus à voir Viktoria et qu'il ne fallait plus y penser… Puis, il m'a demandé le coupe-papier. « Dès que tu seras dans le bureau, m'avait-il dit le premier jour, cherche un objet qui a un peu de valeur et prends-le. Si tu te fais surprendre, tu passeras pour une voleuse, et on n'ira pas chercher plus loin. » Pour ça comme pour le reste, j'avais suivi ses consignes à la lettre. « C'est fini, n'y pense plus », m'a-t-il répété… Et il m'a poussé doucement hors du bureau en me disant que je pouvais aller m'amuser maintenant. Lui, il devait rappeler Mme Kosyakov. Il vérifierait qu'elle n'avait pas de soupçon, et il lui proposerait de lui rapporter le coupe-papier…

Je suis restée quelques instants derrière la porte et j'ai pu entendre la voix obséquieuse de mon père tandis qu'il s'adressait à elle : « Je ne sais vraiment pas quoi dire, madame, disait-il. Je suis tout simplement atterré… Je ne comprends pas… Yelena n'a pas toujours un caractère facile, mais là, c'est… Parfaitement… Et je peux vous garantir que nous allons prendre des mesures… Tout à fait, et vous auriez raison… Seulement, en ce moment, sa mère est très malade. Bien sûr, ça ne l'excuse pas, et je crois même qu'elle en joue. C'est triste à dire… » Et tandis qu'il lui parlait, le ton se faisait de plus en plus larmoyant. Je ne pouvais pas en entendre davantage. J'ai préféré rejoindre ma chambre.

Mon père s'est rarement montré aussi attentionné et rassurant qu'il l'a été les jours qui ont suivi. Malgré ça, et peut-être même en partie à cause de ça, il m'a semblé que j'avais échoué. J'ai appris depuis que les vraies victoires ont souvent d'abord l'apparence de l'échec, mais aux yeux de l'enfant que j'étais encore, la seule chose que je retenais, c'est que *j'avais été découverte*…

J'ai revu Viktoria quelques années plus tard. Je suis tombée sur elle par hasard, en pleine rue. Dès que j'ai croisé son regard, j'ai compris qu'à ses yeux, longtemps encore après les faits, j'avais représenté quelque chose comme la figure de l'Ennemi. Mais, étant donné que la dernière fois que nous nous étions vues nous étions encore amies, je me suis sentie obligée de lui dire bonjour. Le plus surprenant, c'est qu'après une légère hésitation, à son tour, elle s'est approchée de moi, en souriant, et tout dans son attitude semblait afficher cette forme de gentillesse un peu trop démonstrative qui est si souvent la marque d'un mélange de crainte et de haine. Ce que je n'avais pas voulu comprendre jusque-là, je ne pouvais plus l'ignorer. Grâce aux informations récoltées, mon père avait raffermi sa position. Et comme ce que l'on obtient, il faut bien l'avoir pris quelque part, les conditions d'existence de cette famille avaient dû régresser à peu près dans les mêmes proportions que s'étaient améliorées les nôtres.

Bien sûr, à côté de ce que j'ai connu par la suite, ce que je viens de raconter, en soi, ça n'avait rien de bien méchant. Seulement, c'était la première fois. Et quand je repense à cette longue période au cours de laquelle j'ai aidé mon père, c'est cette première fois que je revois le plus distinctement. Le regard de Mme Kosyakov, surtout. Scandalisée, dégoûtée et, je crois, au fond d'elle, satisfaite de m'avoir prise en faute. Satisfaite d'avoir la confirmation qu'effectivement, comme elle l'avait toujours su, je n'étais pas digne d'être l'amie de sa fille... Ce regard-là, c'est une chose que je n'oublierai jamais.

Bref... Voilà comment j'ai été initiée. Après ça, les jours où je n'avais pas école, c'est devenu courant que je sois embarquée pour venir en renfort dans les filatures. Il faut reconnaître qu'avec mes airs d'écolière, j'étais un atout important quand il fallait suivre quelqu'un de près, dans les cas où, malgré leurs efforts, les allures de tchékistes des autres membres de l'équipe auraient pu nous faire repérer. Et c'est comme ça que je suis entrée dans les secrets de mon père... ou, pour être plus précise, puisque de ce qu'il faisait je n'ai jamais véritablement rien su, c'est comme ça qu'une part de ma vie est devenue secrète, y compris aux yeux de ma propre famille. Nous ne parlions jamais de ça devant ma mère et mon frère. Il m'avait juste dit, au départ : « Ça restera entre nous. » Il n'avait pas véritablement précisé si le reste de la famille faisait partie de ce *nous* mais, pour moi, ça n'a jamais fait de doute. C'était comme un pacte, et je savais que je ne le trahirais jamais. Je ne saurais pas comment dire à quel point j'étais fière de voir qu'il me faisait suffisamment confiance pour me dévoiler désormais une partie de son travail, de son réseau. Et, même à mon frère, il ne me serait pas venu à l'idée d'en parler...

Je me rends compte que je ne t'ai encore rien dit de Nikolaï, mon frère... Normalement, on n'avait aucun secret l'un pour l'autre. Et je pouvais toujours compter sur lui. Il ne se contentait pas de me protéger. Il m'expliquait ce que je devais savoir. Ça m'a toujours étonnée de voir mes amies considérer le plus souvent leurs frères comme des imbéciles… Moi, c'était tout le contraire. Il me semble même qu'une partie des sentiments que j'avais pour lui étaient des sentiments que j'aurais dû avoir pour mon père s'il avait été plus… disons, moins lointain. Parce qu'à la vérité, je n'aurais jamais osé déranger notre père pour des choses qui ne concernaient que moi. J'imaginais qu'il devait avoir bien mieux à faire. Et il ne me serait pas non plus venu à l'idée d'en parler à ma mère. Dès cette époque, elle avait commencé à s'éteindre peu à peu. Je ne comprenais pas vraiment ce qui lui arrivait. Elle se contentait de poser sur moi un sourire mélancolique et immensément fatigué, et je sentais que le moindre de mes ennuis la désespérait sincèrement sans qu'elle trouve pour autant la force d'y apporter une solution. Mais mon frère, c'était différent. Il était le seul à s'intéresser vraiment à moi. Et ça avait son importance parce qu'il était astucieux et que rien ne semblait lui faire peur… J'aimais son regard. Il me posait la main sur l'épaule et me disait à sa manière, simple et assurée, des choses qui touchaient juste, tellement juste que, dans les moments que je croyais graves, je me mettais à pleurer, mais d'émotion et de soulagement, et je finissais par sécher mes larmes et je riais avec lui… Je savais qu'il était séduisant et il plaisait à mes amies. Mais j'aurais eu honte de lui parler d'elles parce que je voyais bien qu'à côté de lui nous n'étions que des gamines. Lui, il avait des aventures avec des filles. Je me rends compte aujourd'hui qu'elles n'étaient sans doute pas beaucoup plus âgées que moi, mais elles me paraissaient alors être déjà des femmes et faire partie d'un monde auquel je n'appartenais pas encore. D'ailleurs, il m'en parlait avec désinvolture. C'est peut-être ça qui m'impressionnait le plus, comme le fait qu'il abordait avec le sourire les situations qui me paraissaient les plus difficiles. J'aimais sa légèreté... Il avait le don d'en revêtir tout ce qui nous entourait, jusque dans notre appartement. Et ce n'était pas ce qui m'étonnait le moins... Enfin, tout ça c'est pour te dire que, même à lui, je n'ai jamais rien dit... J'avais été formée clandestinement vis-à-vis de ma propre famille.

La plupart des choses que je sais aujourd'hui, je les ai en effet apprises dans ces années-là, sous le contrôle de mon père. Ça a commencé par les petits trucs de base bien sûr, les rudiments de serrurerie, de cryptographie, de filature... Mais peu à peu, il m'a montré le fonctionnement des administrations et des ministères les plus hermétiques comme celui de la Sécurité et celui de la Défense. Il me dévoilait les enjeux de pouvoir, à moi qui n'avais jamais imaginé que de telles choses puissent exister, et il me les dévoilait d'une façon si évidente que j'en écarquillais littéralement les yeux. On peut dire qu'il m'a quasiment tout appris. Jusqu'à en modifier une partie de mon caractère. C'est lui qui m'a donné l'habitude, par exemple, de toujours cacher ce que je ressens.

Peu à peu, j'ai cessé de participer aux filatures. Je devais avoir une quinzaine d'années désormais et je crois que le look de l'écolière inoffensive ne fonctionnait plus tout à fait. Un jour, en effet, le type que j'étais chargée de suivre m'a aperçue et, quelques mètres plus loin, il s'est arrêté. Pour ne pas me faire griller, j'ai été obligée de le dépasser mais, à ce moment-là, il s'est approché et il m'a tout simplement proposé de venir prendre un verre. Je ne savais pas ce qu'il fallait répondre. C'était peut-être un piège et, en même temps, maintenant qu'il m'avait remarquée, la filature était cassée. Alors c'était un moyen de continuer à le suivre encore un peu... Après une hésitation, qui était d'autant mieux feinte qu'elle était réelle, j'ai fini par accepter. C'est comme ça que nous nous sommes retrouvés dans un bar. Là, il a voulu savoir des tas de choses sur moi, ce que je faisais ici, où était ma famille, etc. Je me suis ainsi retrouvée à m'inventer, à l'improviste, toute une existence. Ça a semblé lui plaire. Il a fini par me dire qu'il était descendu dans un bel hôtel, que j'en avais sans doute jamais vu un aussi beau, et que ça allait certainement m'épater. Je lui ai répondu très poliment que malheureusement ce n'était pas possible mais il m'a alors attrapé le poignet et il m'a dit, en me soufflant son haleine en plein visage, qu'il était quelqu'un de puissant et puis aussi que, si j'étais mignonne, j'aurais tout ce que je voudrais.

Du coin de l'œil, j'observais mon père. Il venait d'entrer dans le bar et il était allé s'installer au fond de la salle. Il semblait absorbé par la lecture du menu mais je savais qu'il ne perdait rien de ce qui se passait. J'ai regardé le type en prenant l'air un peu bête et calculateur : « Quand vous dites que j'aurais tout ce que je voudrais… Ça serait quoi par exemple ? » Dès qu'il a senti que je commençais à réfléchir à sa proposition, il s'est détendu et il s'est alors mis à tout lâcher : une robe, des bijoux, une sinécure pour mon vieux père invalide… Et c'était sans parler de tous les privilèges qu'il y aurait à être sa petite amie si on s'entendait bien. Il clignait de l'œil, et il m'expliquait qu'il était assez haut placé pour obtenir des choses que je n'imaginais pas… Moi, je continuais à tergiverser, tout en guettant le moindre signe de mon père. Mais rien n'est venu de ce côté-là et le type finissait par en avoir assez, maintenant, de ne faire que parler. Il s'est levé, il a déposé des billets devant nos verres et il m'a dit de le suivre, qu'on pourrait discuter de tout ça en chemin. D'ailleurs, le petit jeu du chat et de la souris commençait à le lasser et sa bonne humeur était plus qu'entamée. Il était accompagné par deux gros bras et ils viendraient donner un coup de main au besoin. Alors il valait mieux lui montrer que j'avais fait le bon choix. Je me suis levée et je l'ai précédé vers la sortie, sans même chercher à regarder du côté de mon père. Les deux malabars s'étaient levés eux aussi. On peut dire que j'étais collée de près et, manque de chance, un troisième type est arrivé avec la voiture juste devant la sortie. Je savais que si j'y entrais, il ne serait plus possible de faire machine arrière ; le problème c'est que les deux types qui nous collaient aux basques ne me laissaient pas vraiment le choix... Alors, tandis que l'un d'eux s'approchait de la portière, et sans trop réfléchir aux chances de réussite, j'ai soudain fait un saut de côté dans la direction opposée et, après avoir évité de justesse l'autre type qui se jetait sur moi, je me suis mise à courir de toutes mes forces. J'ai encore entendu quelques éclats de voix derrière moi mais j'ai pu arriver sans encombre jusqu'à une ruelle moins éclairée. Je savais que le plus dur était fait, ce qui ne m'a pas empêchée de continuer à courir, et j'ai remercié intérieurement mon père pour les chaussures souples qu'il exigeait toujours que je porte. J'ai poursuivi sur le même rythme pendant un bon moment encore. Il faut dire que j'avais désormais plus d'endurance qu'à l'époque où je m'étais échappée de chez les Kosyakov : depuis que je travaillais avec lui, mon père m'avait fait prendre l'habitude de courir une heure tous les matins.

J'avais fait un assez grand détour et je ne suis rentrée chez nous que trois quarts d'heure plus tard. Mon père m'attendait dans le silence de l'appartement. Je n'ai rien osé dire d'abord. C'est lui qui m'a demandé si ça allait. Il avait dit ça à voix basse. Je ne crois pas qu'il cherchait particulièrement à cacher notre expédition à ma mère ou à mon frère. C'était juste une habitude. Il parlait souvent à voix basse quand la nuit était tombée. Comme il pouvait le constater, j'avais réussi à m'échapper. Il m'a dit que c'était bien. Et il a simplement ajouté : « C'était un cas de figure auquel tu n'avais pas été préparée. » Sur le coup, je n'ai pas pensé à ce que cela pouvait vouloir dire. En tout cas, c'est cette affaire qui a mis un terme à ce genre de filatures. Là encore, quand il me l'a annoncé, et même si j'avais eu le temps de m'endurcir depuis, je n'ai pas pu m'empêcher de ressentir le même sentiment d'échec que quelques années auparavant, quand je m'étais laissée surprendre dans le bureau des Kosyakov. Mais, en même temps, je voulais croire que s'il avait décidé d'y mettre un terme, c'était parce que ça devenait dangereux et qu'il tenait à moi. Et ça, c'était le genre de chose dont, au fond, j'avais toujours un peu douté.

La suite m'a d'ailleurs montré que la question n'était pas là, étant donné que l'essentiel de mon travail a dès lors consisté à tenir le rôle d'appât. Il fallait que je m'introduise auprès de la cible, puis que je me maintienne quelque temps dans son entourage. C'était le meilleur poste d'observation possible. Et, pour y arriver, l'équipe de mon père avait en charge de m'apporter tous les renseignements nécessaires. Ce qui m'a surpris moi-même, au départ, c'était la facilité avec laquelle je parvenais à inspirer confiance aux gens. En une ou deux semaines, ils m'avaient donné accès aux éléments qui nous permettraient de reconstituer l'ensemble de leurs activités. Le moment était alors venu pour moi de disparaître, et c'est seulement quelque temps plus tard que le type en question comprenait à qui il avait eu affaire... Même si je n'étais jamais là pour le voir, c'est ce qui m'a troublée le plus au départ, l'idée de cet instant où ils s'apercevraient que j'avais abusé de leur confiance.

Mais, pour ça comme pour le reste, j'ai fini par surmonter mes réticences, et j'ai appris que, pour se débarrasser de ses scrupules et bien travailler, il fallait simplement apprendre à mépriser sa cible. Je dois avouer que j'y étais aidée par les intéressés eux-mêmes, et si je ne connaissais jamais les véritables raisons pour lesquelles ils étaient surveillés, j'en venais à me convaincre, à force de voir de près ce genre de personnages, que je participais à l'accomplissement d'une certaine forme de justice. J'ai donc fini par m'y habituer. Et je crois que je pourrais le refaire aujourd'hui encore sans trop d'état d'âme.

Au milieu de tout ça, mon frère était finalement le seul véritable lien qui me restait avec l'époque de notre enfance. Nikolaï était en dernière année au lycée et, sur les instances de mon père, il s'apprêtait à s'inscrire à la faculté des sciences de Saint-Pétersbourg et à y suivre une spécialisation en géologie. En attendant, et pour la dernière année, nous y allions ensemble. Ça n'avait pourtant rien de si naturel que ça. J'avais deux ans de moins que lui, et il aurait tout à fait pu ne pas vouloir s'encombrer de sa petite sœur. Il en profitait au contraire pour me dérouler la chronique quasi quotidienne de ses amours. Je me souviens que j'étais suspendue à ses paroles. Et il en profitait toujours pour me délivrer ses propres conseils dans ce domaine. Selon lui, je plaisais aux garçons du lycée. Il faut bien avouer que c'est une chose dont j'étais encore loin d'être convaincue et je savais aussi qu'il était capable d'inventer ça rien que pour me donner confiance. Et puis il me semblait que j'avais déjà, malgré mon âge, tellement de choses à cacher que je ne pouvais pas m'encombrer d'un amoureux. De tout ça, bien sûr, je ne parlais pas avec lui, pas seulement à cause de la promesse de ne rien en dire, mais surtout parce que je savais qu'il m'aimait trop pour ne pas en souffrir. D'ailleurs, c'était réconfortant de pouvoir se dire qu'à ses yeux, au moins, j'étais restée la même qu'autrefois. Alors je l'écoutais sagement pendant ces trajets que nous faisions ensemble. Je l'écoutais me parler par exemple de ses enthousiasmes pour les groupes anglais qu'il venait de découvrir. Je crois que ça lui faisait du bien. Même s'il ne le disait jamais franchement, même à moi, la vérité c'est qu'il se désespérait de devoir aller suivre des études de géologie à Saint-Pétersbourg. Et il regrettait déjà cette jeunesse qu'il n'allait pas avoir… C'est un peu pour toutes ces raisons qu'on continuait à se rendre ensemble au lycée et on n'aurait changé nos habitudes pour rien au monde : c'était probablement le moment de la journée où on se disait les choses les plus importantes. On se voyait peu le reste du temps et, chez nous, on continuait à trop craindre l'oreille de notre père pour pouvoir se confier aussi ouvertement l'un à l'autre.

C'est précisément un de ces matins-là qu'ils ont choisi pour me prendre mon frère. Et avec l'expérience que j'ai maintenant, je peux te dire qu'ils ont fait ça très proprement. Ils étaient deux. Ils sont arrivés juste devant nous, le visage à moitié dissimulé derrière une écharpe et une chapka. Mon frère était au milieu d'une phrase, la première balle l'a touché au ventre et, avant qu'il ne tombe complètement entre mes bras, une seconde balle l'atteignait à la tête. L'impact a eu lieu à dix centimètres de mes yeux. C'est quelque chose que je ne cesserai jamais de revoir.

On est tombés par terre tous les deux parce que je n'avais même plus la force de me tenir moi-même. Pourtant quand les secours sont arrivés, ils ont cru qu'ils ne parviendraient pas à nous détacher. Je refusais de le lâcher. Je continuais à lui parler, sans fin… Ça avait beau ne plus servir à grand-chose, je ne pouvais pas m'arrêter. C'est ce qu'ils ont rapporté. Moi je ne me souviens des choses que par petits bouts, et dans le désordre. Mais l'état dans lequel j'ai été après, pendant plusieurs semaines, ça je m'en souviens parfaitement. Et j'ai bien cru que je ne m'en sortirais pas.

Le plus étonnant, c'est qu'à cette époque je n'ai pas fait le lien avec mon père, même quand celui-ci, dès le lendemain, est entré dans ma chambre, m'a demandé d'arrêter de pleurer et m'a mis sous les yeux une pile de photos. Il a fallu que je les regarde toutes et j'ai fini par croire reconnaître le regard de l'un des deux tueurs. Trois jours plus tard, mon père est à nouveau entré dans ma chambre. C'était le début de l'après-midi. Il m'a dit de m'habiller et il m'a emmenée dans les sous-sols d'un bureau de police. Là, je les ai vus. C'étaient des visages en sang mais je les ai reconnus tous les deux. Et j'avais du mal à comprendre que ceux qui avaient tué mon frère n'étaient plus que ça, des hommes même plus capables de se tenir debout. Mon père leur a parlé, d'un ton apparemment calme, et je ne sais pas s'ils ont bien mesuré à quel point cette voix-là était lourde de conséquences.

« Si seulement vous aviez compris à qui vous alliez toucher..., leur disait-il. Si seulement votre crâne avait été autre chose qu'une boîte vide, on n'en serait pas là... Mais vous pouvez avoir tous les regrets du monde, vous pouvez supplier en pleurant toutes les larmes de votre corps, ça n'aura pas plus de conséquences que du vent sur une colline... Et vous pouvez considérer que ce qui vous attend est aussi certain que si c'était déjà du passé. »

Pendant qu'il leur disait ça, toujours sans hausser le ton, mais en détachant chaque syllabe, eux ils ne répondaient rien. Je crois qu'ils comprenaient très bien maintenant ce qui allait mécaniquement se passer. Et je crois que mon père ne prenait la peine de leur parler que pour moi, que pour me montrer qu'on pouvait les tenir dans sa main, leur mettre les yeux sur ce qui les attendait, et puis les faire disparaître ; mais si ça n'avait pas été pour sa fille, il aurait réglé la question plus rapidement encore. Et, effectivement, il s'est tourné vers moi.

« Je sais que tu es encore jeune, Yelena, m'a-t-il dit devant eux. Mais, avec le temps, tu ne regretteras pas d'avoir pu voir ça. Tu te souviendras que ceux qui t'ont pris ton frère ont fini dans cet état. Et ce sera comme quelque chose d'apaisant qu'on pose sur une blessure. Il ne faut pas avoir honte, Yelena. Ça fait du bien de faire payer ceux qui nous doivent quelque chose. C'est humain. Et crois-moi, ce n'est pas si courant d'être vraiment en position de pouvoir rendre les coups. Alors, quand tu peux le faire, ne t'en prive pas... Nous, on ne va pas s'en priver. Ces deux-là que tu vois, ce sont les premiers. Mais il y en aura d'autres... »

Ils ont été exécutés trois quarts d'heure plus tard. C'est mon père qui a tiré. Un coup net pour chacun d'eux, dans la nuque. À le voir faire, on aurait pu croire qu'il n'y avait pas la moindre parcelle de vengeance dans son geste. Dans la voiture qui nous ramenait à Moscou, je ne pleurais plus. Nous n'avons échangé presque aucune parole. Nous avons simplement repensé à mon frère. Et il n'y avait que le bruit du moteur assourdi par l'habitacle. C'était une sorte de recueillement. On lui devait ce moment. Je me souviens aussi que, quand la voiture s'est arrêtée dans le parking, j'ai dit à mon père que je n'avais pas envie d'entendre parler des autres. Il m'a regardée et il a simplement posé sa main sur mon genou. Un geste apaisant. Il n'y avait pas besoin d'autre réponse.

Par la suite, je sais, parce que je le connais, qu'il a traqué tous les commanditaires, et tous ceux qui ont eu une responsabilité quelconque dans l'assassinat de Nikolaï. Je sais qu'il a liquidé leur dossier à sa manière, l'un après l'autre, infailliblement. Mais il ne m'en a pas dit un seul mot et, comme je le lui avais demandé, il ne m'a plus jamais emmenée dans les sous-sols des bureaux de police ou dans les bois de la banlieue de Moscou.

Au fond, j'étais sans doute heureuse de pouvoir me dire que les responsables payaient, sans avoir à me poser plus de questions et sans avoir à courir le risque d'être ébranlée par leur regard. Je savais que quelque part quelqu'un réglait tout ça et je n'avais pas besoin d'en savoir davantage... Ainsi, de la même manière que ma mère croyait en une justice de Dieu qu'elle ne verrait jamais s'accomplir du vivant des hommes, moi je croyais à la justice de mon père, une justice silencieuse et invisible – mais immédiate, celle-là.

Il faut cependant bien reconnaître qu'après la mort des deux tueurs, je n'ai plus été tout à fait la même. Mon père avait agi à sa façon, implacable. Il m'avait montré d'un coup et sans détour les véritables règles. J'y ai sans doute laissé une part d'humanité mais c'est peut-être ça qui m'a permis de survivre à la mort de Nikolaï. Ce qui n'a pas été le cas de ma mère. Je crois que, par un vieux fond d'orthodoxie, ça faisait des années qu'elle cherchait une raison positive de se laisser mourir. Elle venait de la trouver. Depuis la mort de Nikolaï, ses yeux étaient continuellement embués. Elle ne se levait désormais pratiquement plus, et elle se nourrissait encore moins. Elle est morte à la fin de l'hiver. Quelques jours plus tôt, elle m'avait longuement parlé. En passant devant la porte de sa chambre, qu'on laissait toujours entrebâillée, je l'avais entendue m'appeler à voix basse. Elle ne parlait plus qu'à voix basse. Pas seulement parce qu'elle était faible mais surtout, je crois, à cause de *la mort qui rôdait*... D'ailleurs, dans le grand appartement sans vie, le moindre son résonnait démesurément. Je me suis approchée. Elle m'a dit qu'elle voulait juste me sentir à côté d'elle. Alors je me suis assise et nous sommes restées de longues minutes comme ça, en silence. Puis elle m'a pris la main :

« Quitte ce pays Nastasia… (Anastasia est mon second prénom. Mon frère s'amusait parfois à m'appeler comme ça, et encore, ça devenait vite « Ana » dans sa bouche, mais il n'y a que ma mère qui m'appelait Nastasia, quand j'étais petite… Je l'avais presque oublié et ça m'a un peu émue de l'entendre à nouveau m'appeler ainsi.) Nastasia, tu es encore jeune… Regarde ce qui nous est arrivé. Ne gâche pas ta vie comme nous… (Elle s'est mise à me serrer la main plus fort.) J'ai vu beaucoup de choses, ma petite chérie, et crois-moi, je peux t'assurer qu'il n'y a rien de bon à attendre de ce pays avant plusieurs générations. Nastasia… Promets-moi que tu t'en iras d'ici. C'est une chance qu'on n'avait pas à ton âge. Il faut que tu en profites. Il y a plein de grandes villes à l'Ouest où une fille intelligente comme toi pourra se refaire une vie, et être heureuse… Je ne demande rien d'autre à Dieu. Tu sais… si tu voulais bien me promettre de faire ça, tu peux être sûre que ta pauvre maman s'en irait avec l'esprit un peu plus en paix… Alors promets-moi, Nastasia. Promets-moi que tu le feras… »

Je lui ai répondu qu'elle ne devait pas s'en faire pour moi, que la Russie était en train de changer, et ça, de là où elle restait, elle ne pouvait pas s'en rendre compte, mais il y avait assurément de l'avenir à Moscou. Poutine venait juste d'être nommé Premier ministre. Le pays était dans un tel état qu'il y a peu de gens qui s'attendaient à un réel changement, et certainement pas ma mère. Mais sur ce point, je savais que mon père était le mieux informé et je l'avais entendu une ou deux fois dire que les choses allaient désormais s'améliorer pour nous. Alors pourquoi j'aurais été chercher plus loin ? Pourquoi aller dans un pays où je n'étais rien ? Et le fait est que je pouvais voir tous les jours les services secrets se réorganiser peu à peu. On avait le sentiment d'être poussés par une force nouvelle maintenant que les vieilles générations étaient en train de passer la main. Pour toutes ces raisons, je lui ai dit qu'elle n'avait vraiment pas à s'en faire... Elle est morte quelques jours plus tard. Aujourd'hui, aussi bien pour elle que pour moi, je regrette de ne pas lui avoir fait cette promesse.

Même s'il y avait bien longtemps que ma mère ne participait plus à mon éducation, il faut croire qu'elle gardait tout de même une petite influence, car c'est seulement après sa mort que je suis devenue, à proprement parler, une associée de mon père. Je m'étais rapidement adaptée au monde du renseignement et, en travaillant avec son équipe, j'avais un peu l'impression de travailler en famille. J'ai vite compris que c'était dans ce milieu-là que se passaient vraiment les choses et j'ai fini par ne pratiquement plus mettre les pieds au lycée.

J'ai donc continué à tenir mon rôle d'appât, quasiment à temps complet. Le travail ne manquait pas et mon père était la plupart du temps obligé de faire fonctionner plusieurs équipes en parallèle. Mais au milieu de tout ça, je restais un atout particulier. J'avais conservé mon petit air sage ça faisait l'essentiel. Il n'y avait pas besoin d'ajouter quoi que ce soit pour qu'ils me remarquent. Grâce à ça, quand ils se souvenaient de notre première rencontre, ils se rappelaient que c'étaient eux qui étaient venus vers moi, et même qu'il avait fallu se montrer insistant. Ça suffisait à balayer leurs doutes s'ils étaient amenés à en avoir…

Pour ce qui était du fond des affaires, je ne savais rien de très précis. C'était la règle. Disons simplement que je me faisais une petite idée de ce dont il s'agissait dans l'ensemble : débusquer les affaires d'État et les maîtriser, mettre sous contrôle les réseaux mafieux, trouver des moyens de pression sur les opposants… Bref, tout ce qui permet de fluidifier le fonctionnement d'une jeune démocratie, et à des services secrets de justifier leur existence aux yeux du pouvoir. Et comme les micros ne peuvent pas tout et qu'en particulier ils ne peuvent pas franchir certaines portes, mon rôle à moi c'était de devenir l'amie de ces gens-là. Ça me permettait d'entendre et surtout de voir beaucoup de choses… Bien sûr, ça impliquait de jouer le rôle jusqu'au bout… Et c'est d'ailleurs dans ces circonstances que j'ai fait l'amour pour la première fois. Mais, aussi étonnant que ça puisse paraître, ce n'est qu'après coup que j'ai vraiment pris conscience de ce qui s'était passé. Sur le moment, j'étais tellement accaparée par le rôle à jouer que je n'avais même pas pensé à considérer les choses de mon point de vue. Et si je n'ai pas caché au type que, pour moi, c'était la première fois, c'est simplement parce que j'ai considéré que c'était un moyen supplémentaire de le mettre en confiance. Ce qui fait que j'étais bien trop soucieuse d'afficher mon hésitation et mon appréhension pour pouvoir réellement ressentir l'un et l'autre de ces sentiments.

Évidemment, mon père ne m'avait jamais donné de consignes explicites. D'ailleurs, c'est bien simple, on n'abordait jamais ce sujet. Mais il ne m'a pas fallu longtemps pour comprendre qu'il n'y avait qu'une seule façon de bien faire le job. Et ça, mon père le savait très bien, lui aussi. De toute façon, on était suffisamment suivis, filmés et enregistrés pendant nos missions pour que les choses soient claires. De ce point de vue-là, on peut même dire que l'équipe était aux premières loges…

Si je te parle de ça c'est parce que je me souviens qu'un soir, alors que nous mangions, mon père et moi, dans la cuisine, j'ai soudain repensé, sans que je sache très bien pourquoi, à une vieille photographie de ma mère. Elle avait été prise dans un bar et ça devait remonter à la fin des années 70. Elle y était habillée assez élégamment. En fait, c'est une photo à laquelle je n'avais jamais prêté une grande attention. J'avais dû la voir une ou deux fois et il n'y avait aucune raison qu'elle me revienne en mémoire à ce moment-là. Pourtant, non seulement je venais d'y repenser, mais il y avait quelque chose en elle qui me paraissait tout à coup étrangement familier, et c'était comme si je venais soudain de comprendre ce qu'elle signifiait. Oui... Et si je n'avais jamais prêté attention à cette photo auparavant, c'était précisément parce qu'il fallait être passé par là pour voir ce qu'elle montrait... Ce sourire un peu faux, cette décontraction, cette tenue qui ne lui ressemblait pas... Pour la première fois, je me suis demandé si mon père n'avait pas utilisé ma mère de la même façon qu'il m'utilisait moi, aujourd'hui. Nous avions l'habitude de manger en silence maintenant que nous n'étions plus que tous les deux. J'ai regardé mon père. J'aurais aimé le lui demander mais je ne l'ai finalement pas fait.

Ce soir-là, dans ma chambre, en repensant à tout ça, j'ai commencé à comprendre de quoi ma mère avait voulu me parler avant de mourir, et plus j'y repensais, moins j'avais besoin de poser la question à mon père tant les choses devenaient évidentes. Je me rendais compte que tout collait. Non seulement j'ai fini par être convaincue qu'il l'avait utilisée exactement de la même façon que moi, mais je me suis aussi rendu compte que, de son côté, ma mère avait très vite compris ce qui se passait me concernant... Et c'est même pour ça qu'elle m'avait demandé, en me serrant la main au plus fort de ses dernières forces, de quitter ce pays. J'ai compris ça, et ce fut alors comme une réaction en chaîne : je me suis mise à reconsidérer les circonstances de la mort de mon frère. Jusque-là, je m'étais toujours contentée de croire qu'il s'agissait vraisemblablement de représailles indirectes contre mon père : on avait touché sa famille parce qu'on n'avait pas pu l'atteindre, lui. Il m'était même arrivé de penser que c'était peut-être après moi qu'on en avait eu, et il est vrai que j'avais eu l'occasion de me faire pas mal d'ennemis au cours des dernières années, je m'étais introduite dans bon nombre d'existences, et la plupart de ces gens-là avaient de vraies raisons de m'en vouloir... Alors j'en arrivais à me convaincre que c'était bien moi qu'ils avaient attendue sur le chemin du lycée, et que c'était à dessein qu'ils avaient abattu mon frère, sous mes yeux, histoire de m'infliger une leçon radicale. Voilà ce que j'en étais arrivée à imaginer : mon frère avait payé pour moi. Et, en forçant à peine le trait, je pourrais même dire qu'à tout prendre cette idée était moins déplaisante qu'une autre : je l'avais aimé trop exclusivement pour ne pas trouver une certaine consolation à penser que sa mort n'était pas sans rapport avec moi... Aussi paradoxal que ça paraisse, c'était une façon de tisser un dernier lien entre nous...

Mais les faits sont têtus et toutes ces explications tenaient de moins en moins. Il suffisait de regarder les choses en face pour comprendre qu'on avait directement visé mon frère. Et si ma mère, si moi, étions devenues des partenaires de mon père, mon frère l'avait évidemment été lui aussi ; mon père ayant, en bon agent de la police secrète qu'il était, tout naturellement cloisonné sa propre famille... Plus je découvrais ces choses, plus je comprenais que, jusqu'au bout, il refuserait de les reconnaître.

Et le pire, dans cette histoire, c'était sans doute de m'apercevoir que mon frère m'avait finalement menti sur l'essentiel, exactement comme je l'avais fait avec lui. L'idée que je me faisais de notre relation en a pris un sacré coup. Mais c'est aussi probablement ce qui m'a aidée à tourner la page. À partir de ce jour-là, en effet, je me suis mise à y penser de moins en moins et à m'habituer à cette nouvelle vie sans lui, cette vie où les secrets tenaient de plus en plus de place. Et les choses ont simplement continué comme ça, plusieurs années…

Au cours du premier mandat de Poutine, les services de renseignement avaient retrouvé une partie de la place qui avait été la leur et, à soixante ans, mon père est enfin parvenu à la tête du service du FSB qui avait la charge des affaires relevant du District Central. Il avait peu à peu constitué autour de lui une petite clientèle à partir d'un noyau d'anciens de son bureau de l'époque soviétique. Moi, au milieu de tout ça, j'étais une pièce un peu à part, une sorte d'arme secrète qu'on n'utilisait que pour les cas particuliers. Le reste du temps, on peut dire que je menais une vie facile. C'était une belle époque et il m'arrivait alors de penser que je me faisais bien plus d'argent que si j'avais suivi les conseils de ma mère… Mais, surtout, pour la première fois de ma vie, je me retrouvais au centre d'un petit cercle d'amis. C'était très plaisant et ça ne me dérangeait pas de savoir que ma bonne fortune n'y était pas étrangère. J'avais fini par me dire qu'en toute chose, l'important, c'est le résultat. En fait, sans la nécessité de vivre avec une certaine discrétion, j'aurais profité bien plus ouvertement de l'existence que je pouvais désormais m'offrir. J'espérais d'ailleurs que ce serait bientôt le cas, et le fait est qu'avec ce que mon père et moi avions peu à peu appris, le jour où nous nous arrêterions pour croquer notre gâteau, personne ne viendrait nous demander des comptes.

C'est du moins ce que je me disais. Et c'était sans compter avec ce qui aura été, par la force des choses, ma dernière affaire. Il avait vingt et un ans, c'était le fils cadet du gouverneur de l'oblast d'Irkoutsk et il poursuivait à Moscou des études de droit international. Si on en venait à s'attaquer au fils, c'est qu'une enquête approfondie n'avait rien révélé concernant le père et sa femme qui étaient visiblement des gens sans histoires. C'était l'époque où le Parti des Gouverneurs tentait de s'imposer comme un centre de pouvoir concurrent et, à plusieurs reprises, nos activités avaient visé à limiter l'influence de ces gens-là… En l'occurrence, il avait été décidé que le plus simple serait de m'arranger pour devenir la petite amie du fils. L'occasion s'en était d'ailleurs présentée d'elle-même : au cours d'une filature préliminaire, on avait assisté à sa dispute, en pleine rue, avec son amie de l'époque. Ils étaient partis chacun de leur côté et on l'avait suivi, lui.

Il a erré un petit moment, comme quelqu'un qui ne sait pas encore très bien ce qu'il va faire, et ça a fini par le mener jusque sur les bords de la Moskova. C'est là que je l'ai cueilli… Il n'y avait pas grand monde à cette heure-là sur les quais. Je me suis mise un peu plus loin et, quand il est arrivé à ma hauteur, je lui ai demandé une cigarette. Pendant qu'il me l'allumait, je le regardais. Après ça je lui ai dit « merci, merci beaucoup… », et on voyait bien que j'aurais aimé lui dire quelque chose de plus, mais que je ne savais pas vraiment comment m'y prendre… Alors il s'est senti obligé de me demander si tout allait bien. Moi, j'ai pris l'air un peu embarrassé, puis j'ai reconnu que j'avais besoin de parler… J'étais la première à reconnaître que c'était bizarre d'avouer ça à un inconnu croisé dans la rue… Il m'a regardée. Il essayait de comprendre à qui il avait affaire. Et pendant quelques instants nous sommes restés silencieux. Je savais que, si ça ne marchait pas, il serait difficile de mettre en place une nouvelle approche. S'il me prenait pour une mendiante, une prostituée, une folle ou une droguée, toutes catégories dont en la circonstance je semblais pouvoir relever, c'en était fini pour nous… Mais je ressemblais plutôt à une fille normale, qui se retrouvait simplement dans une passe difficile. Sa méfiance a vite disparu, et il m'a redemandé ce qui n'allait pas.

Comme je n'avais pas encore prévu ce que j'allais pouvoir inventer, la seule chose qui m'est venue à l'esprit, ça a été de lui parler de mon frère, parce que c'est vrai que c'est en repensant à lui que j'avais spontanément les pensées les plus tristes, et ça m'a permis d'en venir rapidement à verser quelques larmes. C'est comme ça qu'il m'a prise dans ses bras, sans même connaître mon prénom.

Lui, il s'appelait Alexandre. Ça aurait été maladroit de ma part si nous avions fait l'amour ce soir-là, mais nous avons convenu de nous revoir dès le lendemain. Au début, il m'a dit qu'il n'avait pas de petite amie, et il lui a fallu une semaine avant de reconnaître qu'il ne m'avait pas dit la vérité. Ils étaient fiancés. À sa décharge, il m'a annoncé qu'il venait de rompre le jour même. Bien sûr, ça me faisait de la peine pour lui qu'il ait dû faire ça et je me suis sentie un peu responsable. Mais c'était probablement inévitable. Pour la forme, j'ai dû me montrer tout de même un peu froissée et je lui ai dit que j'étais déçue d'apprendre qu'il me mentait depuis plusieurs jours. J'ai même été jusqu'à lui faire comprendre que j'allais désormais avoir un peu de mal à lui faire confiance... Du coup, il s'est senti obligé de m'expliquer qu'il y avait longtemps qu'il était avec elle et que, malgré quelques disputes entre eux de temps en temps, au fond jusqu'à ce qu'il me rencontre, ils s'entendaient plutôt bien. Alors ça n'avait pas été une décision facile, ni pour lui, ni pour elle... Je n'ai rien répondu. Ça me mettait encore plus mal à l'aise de l'entendre me dire tout ça et c'étaient des choses auxquelles je préférais ne pas penser.

De ce point de vue-là, au moins, l'avantage c'est que la situation fut désormais clarifiée. Il me présenta à son entourage. Il y eut même, un soir, un dîner chez ses parents. De mon côté, je ne l'amenais jamais chez moi mais je lui fis aussi rencontrer mes amis et, ça, c'était une première. Le fait est qu'assez vite j'ai dû me rendre à l'évidence : j'aimais bien passer du temps avec lui. Il n'avait pas le profil des hommes d'affaires et des politiciens auxquels on s'attaquait d'habitude.

Et je dois avouer que, pour une fois, je n'étais pas pressée que ça se termine… Je l'appréhendais même et, ce qui me faisait le plus de mal, c'était de savoir qu'un jour il comprendrait à qui il avait eu affaire. Je crois bien que ça gâchait en partie les moments où j'aurais pu être pleinement heureuse avec lui, comme ces matins où nous nous réveillions l'un à côté de l'autre et où j'étais encore assez assoupie pour pouvoir croire que les choses dureraient toujours ainsi… D'ailleurs, j'avais beau chercher, il était blanc comme neige. Il fallait bien se rendre à l'évidence. J'avais passé tous ses contacts au peigne fin et j'avais inspecté plusieurs fois son appartement de fond en comble pendant son absence, sans compter que nous l'avions mis sur écoute et qu'il était constamment suivi… Tout ça n'avait rien donné. Je me suis alors prise à rêver que, peut-être, pour une fois, les choses finiraient bien, qu'on pourrait continuer à se voir et, qui sait, qu'un jour nous pourrions même vivre ensemble… En tout cas, j'ai bien dit à l'équipe que ce n'était certainement pas de ce côté-là qu'on trouverait de quoi embarrasser le père.

Ils s'en doutaient déjà. Ils m'ont pourtant dit de ne pas le lâcher, et je savais ce que ça signifiait. Ça voulait dire qu'ils le gardaient sous le coude et que, faute de mieux, il faudrait trouver un moyen de le compromettre.

Ça n'a pas tardé.

« Tu vas devoir être persuasive », m'a prévenu mon père. Nous étions dans son bureau. Il a placé sous mes yeux la reproduction d'un tableau qui se trouve sans doute encore aujourd'hui dans les salons du Conseil de la Fédération. Bien sûr, le Kremlin aurait tout à fait pu démettre purement et simplement le père d'Alexandre. Seulement, il faisait partie de ces rares gouverneurs qui pouvaient se prévaloir d'un réel soutien populaire dans leur région, et il valait mieux faire ça en douceur. L'idée était donc très probablement, histoire de sauver les formes, d'obtenir de sa part une démission spontanée en échange de l'amnistie de son fils...

Et tandis que mon père m'annonçait la façon dont la mission se déroulerait, j'étais surtout occupée à essayer de trouver les mots pour la refuser. C'était quelque chose que je n'avais jamais fait jusque-là.

« Tu as des questions ? » m'a-t-il demandé, à la fin.

Je l'ai regardé. En un instant, je venais de comprendre que je n'avais pas le choix.

« Non, pas de question... »

Il m'a dit qu'alors c'était réglé et je suis sortie de son bureau sans rien ajouter. Je ne savais pas, je ne sais toujours pas si j'aurais pu lui dire que je m'étais attachée à Alexandre. De toute façon, la décision ne venait pas de lui et je savais aussi que, si ce n'était pas moi qui les débarrassais de la famille d'Alexandre, ils trouveraient sans difficulté quelqu'un d'autre pour le faire – quelqu'un qui ferait probablement ça de façon moins délicate. C'est ce que je m'étais dit. Alors, tout bien considéré, je préférais autant que ce soit moi qui sois à ses côtés. C'était ce qu'il y avait de moins lâche. Et c'est pour ça que j'ai décidé de mener cette mission jusqu'au bout, comme les autres.

Une semaine plus tard, alors que le serveur venait de remporter les menus, Alexandre déposa un écrin sur mon assiette. C'était le jour de mes vingt ans. Quand je l'ai ouvert, la bague m'a paru d'une telle pureté que ma gorge s'est serrée et que mes mains ont tremblé. Il s'en est aperçu.

« Rassure-toi, je ne te demande rien. Je voulais juste te montrer que je tiens à toi… »

Depuis la mort de mon frère, c'était la première fois qu'on me parlait comme ça, et c'était surtout la première fois que je me sentais bien avec quelqu'un au point de me dire que je l'aimais. J'ai senti que si j'attendais encore, je ne serais bientôt plus capable de faire ce que j'avais à faire. J'ai reposé sa bague à côté de mon assiette. Je l'ai regardé et je lui ai dit que c'était beau, que j'étais touchée, flattée même, mais qu'il ne fallait pas m'en vouloir si j'en étais arrivée à ne plus être très impressionnée par ce qui s'achète : « Elle est très belle, c'est vrai. Mais – ne le prends pas mal – je sais aussi que pour toi l'argent, ce n'est pas un problème. Note que ce n'est pas un reproche, j'aurais même plutôt tendance à penser que c'est une qualité. Mais ce que je veux dire c'est qu'au fond, qu'est-ce qu'elle t'a vraiment coûté ?… Je veux dire, en sacrifices… C'est la première fois que je me sens aussi bien avec quelqu'un, mais justement, je ne voudrais pas en arriver un jour à me rendre compte que tu n'étais finalement pas le genre de type sur lequel on peut compter. J'ai besoin de le savoir maintenant… Alors voilà, je crois que j'ai une petite idée de la façon dont on pourrait s'y prendre…

— Je t'écoute. »

Il essayait de faire bonne figure mais il n'a pas pu s'empêcher de lancer un coup d'œil vers l'écrin que j'avais refermé et qui restait là.

« Disons que c'est quelque chose de gratuit, lui ai-je expliqué, mais qui pourrait en même temps te coûter très cher… C'est pour ça qu'il faut d'abord qu'on tire les choses au clair. Ça représente quoi pour toi le fait de m'offrir cette bague ?

— Je te répète que je n'attends rien en échange, si c'est ce que tu veux dire. J'essaie juste de…

— Alors je vais te poser la question encore plus franchement : est-ce que tu as envie qu'on se marie ?

— Je… je préférais attendre avant de te le demander… Mais puisque tu veux le savoir, oui, j'y pense. »

J'ai rouvert l'écrin, et j'ai caressé la bague.

« En fin de compte, lui ai-je fait remarquer, toi et moi, on a de la chance. Parce que je n'en connais pas d'autre avec qui j'aurais eu envie d'accepter… Alors je vais te dire quel est le cadeau de noces qui me ferait vraiment plaisir… C'est un tableau. Et tu le connais… Je ne sais pas si tu te souviens mais, quand je suis passée devant, la première fois, je n'ai pas pu m'empêcher de m'arrêter pour le regarder. Je ne sais pas à quoi ça tient. Il devait y avoir quelque chose dans le regard du modèle… comme s'il était en train de nous percer à jour… Ça ne t'a pas donné cette impression ? Enfin, là n'est pas la question… C'est ce tableau que je veux, et on le gardera tout le temps avec nous. Non seulement il me plaît, mais en plus il me rappellera ce que tu as fait pour moi. »

Alexandre m'avait écoutée en silence et il avait l'air plutôt soucieux. Il connaissait très bien ce tableau.

« Il vaut très cher, tu sais. En plus il n'est pas à vendre.

— Je ne te demande pas de l'acheter… D'ailleurs, est-ce que ce n'est pas un peu comme s'il était déjà à ton père ?

— Absolument pas. Il appartient au Conseil de la Fédération. »

Ça m'a fait sourire :

« Je pense que dans sa situation, personne ne s'avisera de lui dire quoi que ce soit s'il lui prend l'envie de le mettre dans ses affaires. Ça se fait tous les jours. Enfin, si tu ne veux pas… »

Il m'a répondu que ce n'était pas la question et que, si je l'aimais, je n'avais pas besoin qu'on en passe par là. Il a aussi dit que, lui, il ne lui viendrait pas à l'idée de me demander une chose pareille, et qu'il était capable de me faire confiance sans avoir besoin de ce genre de démonstrations…

Mais je ne me suis pas laissé démonter. Je lui ai fait comprendre que je ne me contenterais pas de belles paroles. D'ailleurs, il était bien forcé de se rendre compte qu'il me refusait la seule chose que je lui avais demandée. Il a alors essayé de se justifier : tant que son père aurait ce poste, je pourrais voir le tableau autant que je le voudrais. On pourrait peut-être même obtenir de le faire transférer dans les collections du musée Pouchkine, pour que je puisse continuer à le voir toute ma vie si je voulais... Je n'ai pas pu m'empêcher de sourire. À la fin, il m'a aussi parlé d'en faire faire une copie, une très bonne copie... Bref, j'ai dû l'interrompre en lui disant que je préférais autant qu'on en reste là.

« Parce que, au fond, ai-je simplement ajouté, ce tableau ne m'intéresse pas plus qu'un autre... Tu vois (et en disant ça j'avais pris un ton mélancolique) ce qui comptait, c'était pas que tu m'offres quelque chose de cher : ce que je voulais c'était que tu fasses une folie pour moi ; et c'est justement parce que tu considères que c'est quelque chose d'impossible qu'à mes yeux ça aurait été une marque d'amour... Enfin, il faut croire que tu ne vois pas les choses comme moi... En tout cas, tu peux être sûr que, moi, je n'aurais pas hésité un seul instant à le faire pour toi. C'est triste... Oui, c'est quand même assez triste que tu ne sois pas capable de comprendre... »

Après avoir dit ça, j'ai attendu en silence qu'il réponde quelque chose. Le pire, c'est que plus j'attendais, plus je savais que c'était en train de marcher. Je finissais par connaître la nature humaine. En même temps, au fond de moi, j'espérais qu'il serait assez sage pour refuser.

« Puisque tu le veux, je le ferai », a-t-il fini par dire, sa main droite serrant sa serviette.

Ça a été ma dernière victoire de tchékiste. D'une certaine manière, on pouvait dire que mon travail s'arrêtait-là. Les choses allaient en effet s'enchaîner mécaniquement. Alexandre n'était pas du genre à perdre du temps une fois qu'il avait pris sa décision et, comme il allait désormais être suivi, à peine serait-il sorti des bureaux du Conseil de la Fédération avec le paquet sous le bras que des policiers lui tomberaient dessus.

Nous avons terminé la soirée ensemble puis je suis rentrée chez moi. J'ai tenu jusqu'à onze heure du matin, le lendemain, avant de finir par l'appeler. Apparemment, il était déjà sorti. J'ai alors essayé de penser à autre chose mais, j'avais beau faire, je n'y arrivais pas. C'était la première fois que c'en était à ce point-là. Et je ne savais plus ce qu'il fallait faire. J'aurais sans doute pu finir par me raisonner cependant, au fond de moi, je savais que ce qui hésitait, à ce moment-là, c'était la meilleure part de moi-même, et Dieu sait qu'il n'en restait pas grand-chose. Si je ne l'écoutais pas maintenant, plus rien ne me ferait reculer à l'avenir. Il faut bien reconnaître que la plupart des gens de notre service en étaient déjà arrivés là. Et je les connaissais trop bien pour ne pas craindre de finir comme eux. C'est étrange, il m'a semblé, pour la première fois de ma vie, qu'une hésitation n'était pas forcément une mauvaise chose. Ça avait beau être un sentiment fragile, j'ai compris qu'il fallait lui laisser sa chance. C'est comme ça que ça s'est décidé… Il m'a fallu encore quelques secondes pour bien prendre la mesure de ce que je m'apprêtais à faire et, vingt-cinq minutes plus tard, j'arrivais devant le

Conseil de la Fédération. Là, bien sûr, on ne m'a pas laissé entrer. J'ai dû attendre dehors en faisant quelques allées et venues. Un peu plus loin, je venais de repérer deux types dans une voiture. Ils avaient une vue imprenable sur la porte du bâtiment. Je ne les connaissais pas mais je reconnaissais le style de la maison. Ça signifiait qu'Alexandre était probablement là. Je suis revenue me poster devant l'entrée et, dix minutes plus tard, je l'ai vu sortir en effet, un paquet sous le bras, comme je m'y attendais. J'ai surgi devant lui :

« Rapporte le tableau, vite ! »

Il ne comprcnait pas ce que je faisais là.

« Ne pose pas de questions, fais ce que je te dis ! » Et, pour que les choses soient bien claires, j'ai ajouté : « Je suis du FSB. Tu comprends ce que je te dis ? Rapporte vite ce tableau là-dedans, ou bien ça se retournera contre ton père. »

J'ai vu la peur apparaître dans son regard. Il a aussitôt fait demi-tour, sans rien dire. Je me suis sentie incroyablement soulagée en le voyant disparaître derrière la porte. L'espace d'un instant, j'ai voulu croire que tout était réglé.

Mais j'ai regardé autour de moi et les deux types étaient toujours là, dans la voiture. Ils avaient vu ce qui venait de se passer ; ils n'en avaient pas perdu une seule miette. Je comprenais que c'était moi, maintenant, qu'ils allaient suivre. Et je savais qu'ils ne me lâcheraient pas facilement. J'aurais pu, j'aurais même dû partir tout de suite, profiter de l'effet de surprise. Mais ça aurait été criminel de ne pas mettre en garde Alexandre. Lui aussi, il allait désormais devoir être extrêmement prudent. Alors j'ai attendu. Les abords du Conseil de la Fédération étaient parfaitement calmes. J'avais peur. Pour la première fois de ma vie, je sentais que je n'étais pas de leur côté. Quand il est enfin sorti, je me suis précipitée vers lui mais il n'a pas voulu m'écouter ; c'est d'ailleurs à peine s'il m'a regardée quand il m'a dit qu'il avait prévenu son père, et qu'ils allaient informer leur avocat dès aujourd'hui. Après ça, il s'est éloigné. Je l'ai rattrapé pour lui dire de faire attention à lui :

« Tu comprends, maintenant ils savent que tu es au courant. Tu es probablement en danger…

— Arrête de me suivre, m'a-t-il simplement répondu. C'est tout ce que je te demande… »

Et il a accéléré le pas.

Je suis restée là à le regarder. Il venait d'atteindre sa voiture. Il a refermé la portière et, quelques secondes après, il a démarré.

Après ça, j'ai repensé aux deux hommes. Je me suis retournée et j'ai alors constaté que leur voiture n'était plus là. Je savais que j'avais déjà perdu trop de temps et que tout ce qu'il me restait à faire c'était de m'enfuir, si tant est que ce soit encore possible. Mais je ne pouvais toujours pas me résoudre à me séparer d'Alexandre comme ça, sur un tel malentendu. C'était la première fois de ma vie que j'agissais selon ma conscience. Ça me paraît bête maintenant mais, sur le moment, j'avais besoin de sa reconnaissance, j'avais besoin de lire dans son regard que j'avais bien fait. C'était aussi simple que ça. J'ai appelé un taxi. J'ai donné au chauffeur l'adresse de son appartement en lui demandant de faire le plus vite possible. Manque de chance, cinq cents mètres plus loin, la circulation était entièrement bloquée et, tandis qu'on restait à l'arrêt, je ne pouvais pas m'empêcher de repenser aux deux types. Ça m'inquiétait de plus en plus de ne pas savoir où ils étaient. Alors je n'ai pas supporté de rester coincée plus longtemps. Je suis descendue du taxi et j'ai remonté à pied la file de voitures. Ce n'est qu'après avoir fait une centaine de mètres que j'ai commencé à comprendre qu'il y avait eu un accident. Et, un peu plus loin, j'ai fini par reconnaître le 4x4 d'Alexandre... Un fourgon de livraison était venu s'encastrer en plein sur le côté conducteur. Quelques passants essayaient de le dégager en le faisant sortir par le pare-brise. Ils s'y sont mis à trois pour l'extraire et, quand ils y sont parvenus, il a fallu le traîner parce qu'il ne tenait plus debout.

Au moment où je suis arrivée à ses côtés, il venait de perdre connaissance. Je me suis jetée sur lui et j'ai pleuré, de vraies larmes. Ça faisait des années que ça ne m'était plus arrivé. Je lui disais de ne pas partir, je l'appelais... Et j'ai continué à le faire jusqu'à ce que l'ambulance soit là. Je leur ai demandé s'ils allaient pouvoir faire quelque chose mais ils m'ont écartée sans rien répondre et, en le voyant chargé sur la civière, je me suis subitement revue cinq ans plus tôt, tandis qu'ils emportaient mon frère exactement de la même façon. Pour la deuxième fois, je n'avais rien pu faire pour garder avec moi celui auquel je tenais et, le plus terrible cette fois-ci, c'est que j'avais conscience, en regardant tout ce carnage, que j'y avais une bonne part de responsabilité.

Du coup, à ce moment-là, le sort qui m'attendait n'avait plus beaucoup d'importance. D'ailleurs, c'était déjà tout vu. Des services entiers du FSB s'étaient spécialisés dans le démolissage des opposants et il était évidemment hors de question que ça se sache. On était en effet désormais en démocratie et la discrétion était devenue l'une des conditions du succès de nos opérations. Or, non seulement j'avais désobéi aux consignes, mais j'avais surtout enfreint ce principe de base… Sur le moment, je n'étais pas loin de me résigner à attendre qu'ils m'éliminent, ce qui n'était plus qu'une question d'heures et si, finalement, je me suis décidée à essayer de leur échapper, paradoxalement, c'est un peu grâce à mon père. Leur échapper, ça voulait dire pour commencer quitter le pays, et je n'aurais en effet probablement pas été en état de planifier ou même seulement de décider une telle chose, là, au milieu des carcasses, des bousculades et des coups de Klaxon, s'il ne m'avait pas appris à avoir toujours une sortie de secours, prête à n'importe quel moment. Il n'y avait que lui pour imaginer des choses pareilles : sur ses instructions, je m'étais constitué une cache avec de l'argent, des vêtements et des papiers. C'était une simple chambre, dans les quartiers nord de Moscou et, en dehors de moi, il était le seul à savoir où elle se trouvait. Pour le moment, rien ne me permettait de savoir de quel côté il se rangerait, et il pouvait décider de leur donner toutes les informations dont il disposait pour tenter de sauver sa tête. Mais il pouvait aussi, puisque cette affaire allait de toute façon le couler, choisir, perdu pour perdu, de me laisser ma chance. C'était un risque à courir. De toute façon, si je devais apprendre que mon père lui-même me lâchait, je n'étais pas sûre de conserver l'envie de continuer à me battre. Bref, après m'être assurée que je n'étais pas suivie, je me suis rendue directement à cette planque. Une fois là-bas, je me suis coupé les cheveux, j'ai changé de vêtements, et, dès lors que j'avais de l'argent et de nouveaux papiers en poche, il ne me restait plus qu'à quitter le pays au plus tôt. C'était dans la suite des choses et ça faisait que le FSB allait adresser en priorité mon signalement aux aéroports, aux gares et aux postes frontières. Même avec des faux papiers de première main, inutile de dire que ça réduisait considérablement mes chances. La seule solution qui me restait pour sortir de Russie, c'était donc de m'adresser aux réseaux de passeurs. C'est ce que j'ai fait. J'avais une petite idée de ceux qui n'étaient pas encore tombés sous notre contrôle. L'un d'eux, notamment, était proche des réseaux d'affaires roumains, ce qui lui permettait de pouvoir obtenir de l'argent de l'extérieur, et il était suffisamment bien organisé pour avoir pu garder son indépendance. Je savais qu'ils étaient en mesure de faire passer du monde et, ce qui me rassurait, c'est qu'avec eux je ne risquais pas d'avoir affaire à des Russes par lesquels l'information aurait pu rapidement remonter à nos services. Je suis donc allée les voir. J'ai dit que je n'avais pas de papier et je leur ai proposé la moitié de l'argent dont je disposais pour qu'ils me fassent passer dans un pays de l'Union européenne. J'avais caché l'autre moitié dans la doublure de mon sac, avec les papiers. Ils ont accepté mais, bien sûr, la première chose qu'ils ont faite, ça a été de me fouiller et ils n'ont pas eu de mal à trouver ma cachette. Pour les papiers, ils m'ont dit qu'ils me les rendraient une fois arrivés en Roumanie, pour ce qui était de l'argent, ça permettait à peine de payer le passage, m'ont-ils expliqué, mais on s'arrangerait toujours…

Dès le début, j'avais bien conscience que je risquais de me retrouver coincée quelque temps à faire ce que je fais aujourd'hui. Mais ça ne me faisait plus très peur. Tu comprends, il s'agissait de sauver ma peau et, si on regarde les choses bien en face, après tout, c'était pas tellement éloigné de ce qu'on m'avait toujours demandé de faire dans les services de renseignement… »

Elle s'est tue, et il m'a semblé, dans le silence qui a suivi, entendre encore sa voix résonner dans mon oreille.

« Voilà, a-t-elle conclu en levant la tête. Tu voulais savoir. Eh bien maintenant tu sais… »

31

There is safety in numbers.

La journée s'était lentement laissée mourir sous une accumulation de nuages sombres. Clara tournait le dos à la fenêtre. Elle avait continué à parler tandis que la pièce était peu à peu envahie par la pénombre et ce n'est qu'à la fin, alors qu'elle et moi n'étions plus que des silhouettes, qu'elle s'était décidée à allumer une lampe. Elle avait parlé d'une voix calme mais j'avais eu l'impression que le fil de son histoire avait toujours été à deux doigts de se rompre. Et je n'avais pas osé prononcer la moindre parole. Nous étions restés plusieurs heures ainsi. La première chose que je me suis dite, à ce moment-là, c'est qu'elle venait de bien loin, effectivement, et qu'il était peut-être temps désormais, pour elle, d'arriver enfin quelque part.

« Maintenant que tu sais tout, a-t-elle ajouté, j'imagine que tu comprends pourquoi notre petite escapade ne peut pas être aussi simple que ce que tu pensais. Parce que je ne sais pas dans quel état sont les services de renseignement russes ici, mais je suppose qu'il doit quand même rester des vestiges de la grande époque… Alors ce n'est pas à négliger. D'autant plus qu'il faut ajouter le réseau dans lequel je suis en ce moment, et je crains qu'avec eux ce ne soit pas beaucoup plus facile. D'abord ils ont mes papiers et je sais que s'ils me retrouvent – et ils en ont les moyens – eux non plus ne feront pas beaucoup de sentiments… Tu vois, ça fait beaucoup de monde à qui il va falloir fausser compagnie. Et quand je te dis que ça va être difficile, tu te doutes bien que je sais de quoi je parle. »

Elle disait probablement la vérité. Je n'arrivais pourtant pas à me convaincre que ça ne valait pas la peine d'essayer.

« Écoute, pour les Russes, lui ai-je avoué, je ne sais pas comment on pourrait s'y prendre, mais pour les types d'ici, j'ai peut-être une solution. Je te demande de me faire confiance et de me laisser tenter le coup… »

Et je lui ai expliqué que j'avais une monnaie d'échange à leur proposer mais que, pour le moment, je ne pouvais pas lui en dire davantage.

« Admettons que tu puisses régler les choses de leur côté, a-t-elle répondu. Il restera toujours les Russes, et je connais suffisamment le SVR pour savoir qu'ils ne sont pas du genre à laisser tomber comme ça. »

J'étais bien obligé de la croire. Mais je lui ai tout de même fait remarquer que les Roumains avaient bien réussi, eux, à la planquer jusqu'ici. Alors c'était bien la preuve que ça pouvait se faire… D'autant plus qu'elle aussi elle savait se débrouiller et, à nous deux, on avait tout de même des chances de s'en sortir… C'est quelque chose qu'elle a été forcée de reconnaître.

« Alors tu es d'accord ? lui ai-je demandé.

— Moi, je n'ai plus grand-chose à perdre. Mais toi ? »

Il m'était arrivé de parier assez gros sur de plus minces intuitions. C'est ce que je lui ai répondu. Puis j'ai enfilé ma veste et je lui ai promis que, maintenant qu'elle m'avait donné son feu vert, ce n'était plus qu'une question de jours.

« Ma parole, un revenant ! » s'est exclamé Victor en écartant les bras. Il était habillé de manière chic et décontractée. Il tenait un verre à la main.

Je venais de tomber au beau milieu d'une petite soirée champagne et langoustines. Il y avait là une vingtaine de personnes et je me trouvais subitement être le centre d'intérêt de tout ce petit monde. Le fait que je n'avais ni la tenue ni la tête de circonstance n'y était probablement pas étranger.

« Des soucis ? m'a-t-il demandé tout en me poussant vers le buffet.

— Je voudrais te parler de quelque chose.

— Y a aucun problème Daniel, tu vas tout me raconter. Mais avant, regarde-moi un peu ça, t'as que l'embarras du choix ! Je sais pas d'où tu sors mais t'as la tête de quelqu'un qui ne s'est rien mis sous la dent. Je me trompe ? Bon, alors je te conseille les fruits de mer, les huîtres sont parfaites. J'ai un bon filon… » Il n'avait pas pu s'empêcher de prononcer cette dernière phrase en baissant la voix et en s'inclinant vers mon oreille. On ne se refait pas.

J'ai rempli mon assiette en me fiant à ses conseils et, quand je me suis retourné, je me suis rendu compte qu'il était déjà parti rejoindre un couple à l'autre bout du salon. Lui accusait l'âge, et elle était encore assez jolie. Parmi les couples présents, c'était l'un des rares pour lesquels ça fonctionnait dans ce sens-là. Victor avait l'œil. Et il en était déjà à échanger des sourires discrets avec la fille.

« Ça va ? »

Je me suis retourné. C'était Sandrine. Au son de sa voix et à son regard, j'ai vu que c'était une vraie question.

« Oui, oui. T'en fais pas. »

Puis, par politesse, je me suis senti obligé d'ajouter, en désignant le salon et son contenu, que c'était très sympa tout ça. Elle n'a pas voulu dire le contraire. Elle ne regardait pas du côté où se trouvait Victor. Je n'avais jamais vraiment parlé de ça avec elle mais je voyais bien que les choses ne fonctionnaient plus très bien entre eux, et on est restés un petit moment comme ça, à mâcher l'un à côté de l'autre, en silence. J'ai fini par me tourner vers elle :

« Écoute, Sandrine, j'ai besoin que tu me répondes franchement… Qu'est-ce que tu sais au juste des affaires de Victor ? »

Elle m'a regardé attentivement, puis elle a eu un rire amer :

« C'est vraiment pas à moi qu'il faut demander ça. Il ne me dit jamais rien… Je ne sais pas ce qu'il fabrique, et je suis bien la dernière personne à qui il se soucie d'en parler… Tu as des problèmes à cause de lui ? »

Je ne pouvais pas dire ça.

« Est-ce que tu ne saurais pas, au moins, s'il a… je ne sais pas, un calepin sur lequel il note des choses ou bien un second téléphone portable ? »

Ses yeux se sont agrandis. Elle a paru hésiter, quelques secondes. Elle a lancé un coup d'œil dans la direction de Victor puis elle s'est légèrement détournée, instinctivement, comme si elle craignait qu'il puisse lire sur ses lèvres.

« Il a un autre portable, dans le tiroir du bas de son bureau, tout au fond. Même moi je ne suis pas censée le savoir… » Tout ça avait été dit d'une voix rapide. « Je suppose que tu sais ce que tu fais, a-t-elle ajouté.

— Oui. »

J'ai fini d'avaler mes trois crevettes et j'ai reposé mon assiette. Elle a posé sa main sur mon bras.

« Parle lui d'abord. S'il y a un problème, parle lui. Il t'aime bien tu sais… »

Je lui ai promis de le faire. Après ça j'ai fait un petit tour et, comme il y avait trop de monde que je ne connaissais pas, j'ai préféré passer sur le balcon. Quelques invités en revenaient en se frottant les mains et en riant. « Bon, disait l'un d'eux, maintenant il va nous falloir un truc pour nous réchauffer !… » J'ai refermé la baie vitrée derrière moi. Il faisait froid mais il n'y avait pas de vent. Je me suis contenté de relever le col de mon pull. Victor est arrivé un peu après. Il m'a lancé un blouson et il a enfilé le sien.

« Bon. Je t'écoute. »

Alors je lui ai dit que c'était encore au sujet de la fille pour laquelle j'avais demandé des papiers, mais qu'avant ça j'avais besoin qu'il m'explique une bonne fois pour toutes en quoi consistait vraiment la combine dans laquelle on était embarqués.

« Qui t'a parlé de combine ?

— Tu sais bien ce que je veux dire... Si la police m'a placé en garde à vue, il y a bien une raison. Et puis, tu ne récupères rien sur mes gains, la seule chose que t'y gagnes, au fond, c'est les photos des tickets gagnants. Alors je me pose juste la question, tu comprends, elles te servent à quoi ces photos ? »

Il m'a regardé bien en face.

« C'est pour me demander ça que tu voulais me voir ?... Écoute, s'il n'y a que ça pour te rassurer, à partir de maintenant je veux bien prendre ma part sur les bénéfices, parce que c'est effectivement ce que j'aurais fait avec n'importe quel autre type qui ne soit pas de la famille... »

Et il a inspiré profondément avant d'ajouter : « T'es pas croyable !

— Ne t'énerve pas, Victor. C'est juste pour comprendre ce que je fais... Et puis, comme je t'ai déjà dit, c'est aussi pour pouvoir mieux m'en sortir face à leurs questions. Tu sais, tu m'expliques pas grand-chose. Là, tu me parles de la famille mais, franchement, j'ai parfois l'impression que je suis simplement le type qui fait les commissions...

— Et ça t'apporterait quoi de savoir ?

— Je ne sais pas, mais au moins je connaîtrais les risques que je prends !... »

Il n'a pas pu s'empêcher de sourire. Juste assez pour que je le remarque. Un petit sourire supérieur, histoire de me faire sentir que je n'avais pas à être mis au courant de ces choses-là...

« Alors jusqu'ici t'as pas la moindre idée ?

— Non, Victor...

— C'est bien. Tu pourras dire que tu es resté honnête.

— Justement, j'aimerais savoir ce qu'il en est.

— Certainement... et puis tout répéter le jour où ils t'asticoteront un peu... »

Il a ri. Ce qui était clair, c'était que je n'apprendrais jamais rien de plus de lui. Victor était trop malin pour lâcher la moindre chose. Il a d'ailleurs préféré changer de sujet et il m'a demandé si tout s'était bien passé pour les papiers de la fille.

J'ai préféré ne rien lui cacher :

« En fait, des papiers, elle en a déjà. Mais c'est son souteneur qui les garde.

— Ah bon, parce que c'est une... »

Je l'ai tout de suite interrompu parce que je n'avais pas envie d'entendre le mot sortir de sa bouche : « Oui, oui... Et elle m'a dit qu'il valait mieux trouver un accord. Mais, tu comprends, je préférerais quand même avoir une planque sous le coude, au cas où ça tournerait mal... »

Il a hoché la tête, comme quelqu'un qui a son avis sur la question mais qui le garde pour lui.

« Elle vient d'où ?

— Son souteneur est roumain.

— Et vers où est-ce qu'elle se trouve en général ?

— Du côté de la porte d'Asnières. »

Il était en train de balayer du regard les lumières de la ville.

« Et tu comptes leur donner quoi pour la récupérer ?

— De l'argent, si je trouve assez. Je n'ai pas d'autre monnaie d'échange… Et c'est pour ça que j'aurais besoin d'une adresse, loin de Paris, dans le cas où on puisse pas faire autrement que de filer à l'anglaise, tu comprends ?

— Si tu veux mon avis, Daniel, laisse tomber. Ton histoire c'est un nid à problèmes. Ça se voit d'ici. Je te dirai pas ça souvent mais là vraiment, je crois que tu es mal tombé… Et puis, tu te rends compte… Passer d'un mannequin à une pute, reconnais que c'est un peu dommage. Franchement, t'es plus capable de te trouver une fille sans avoir à la payer ? »

J'ai fait demi-tour.

« Merci. Merci pour tout, Victor. Et à la prochaine… »

Il a réussi à me retenir au moment où je poussais la porte vitrée.

« Ne fais pas le con, Daniel. Regarde-moi… Écoute, je suis sérieux !… Promets-moi de ne pas y retourner… »

Je lui ai répondu que tout ce qu'il pourrait me dire ne changerait rien. Je lui ai dit que, de toute façon, c'était quelque chose qu'il ne pouvait pas comprendre, que c'était de l'amour… « Tout ce que j'étais venu te demander, ai-je ajouté, c'était de m'indiquer une planque pour quelque temps. Mais c'est pas grave, je me débrouillerai…

— Daniel, attends… Bon. Très bien. On va y réfléchir tous les deux. Mais d'abord, dis-moi juste où tu comptes trouver l'argent. Parce que je suppose qu'ils ne sont pas bêtes, ils vont vite comprendre la situation et, crois-moi, ils seront assez gourmands… Du coup, vous n'aurez pas d'autre solution que d'essayer de leur échapper. Et dans ce cas-là, comment vous ferez pour ses papiers ? De quoi vous allez vivre ? Tu vas peut-être être tenté de lui demander de changer de… de secteur d'activité. Mais je te rappelle que, pour le moment, de vous deux, c'est la seule qui a ce qu'on peut appeler un métier. Enfin, un métier… Comme caution pour se dégotter un appartement, je suis pas sûr que ce soit du meilleur effet… Je te dis pas ça pour être méchant mais, au fond, toi, qu'est-ce que tu sais faire ? Et elle, en dehors de son truc, qu'est-ce qu'elle sait faire ? Alors je résume : pas d'argent, pas de travail, pas de logement… Je continue ? »

Là, il s'est interrompu pour juger de son effet. Puis il a repris, un peu plus bas, sur le ton de la confidence et de la conciliation :

« Est-ce que tu t'es vraiment demandé pourquoi tu fais ça ? C'est juste mon avis, fais-en ce que tu veux, mais peut-être bien que tu es en train de te faire un film. On a tous besoin de s'imaginer qu'on va enfin vivre la grande histoire, et on conçoit pas de ne pas l'avoir eue sur cette terre. Je sais… Je sais bien. Et dans ces moments-là on est prêt à se raccrocher à n'importe quoi. La première idiote venue peut faire l'affaire : on se dit qu'on vient de tomber sur une fille unique, qu'avec elle, ça va être le grand amour et toutes ces choses-là… C'est humain, c'est rassurant… Au début du moins. Parce que, en repensant à tout ça, après coup, tu trouveras que t'as vraiment été un imbécile. Regarde-toi : t'es en train de te faire croire à toi-même que tu fais une bonne action et tu te rends même pas compte que c'est qu'une histoire de baise du début à la fin. On croit rêver…

— Tu peux penser ce que tu veux. Le fait est que, sentiments mis à part, elle a besoin de papiers et d'être placée loin de Paris. Après ça, je me fais pas de souci sur sa capacité à s'en sortir. Avec ou sans moi. C'était pour lui éviter quelques ennuis que je suis passé te voir. Quand j'ai eu besoin d'être mis au vert, tu as tout pris en charge. À ce moment-là, tu m'avais même dit que tu avais une planque à la campagne… Ce soir, je suis juste venu te demander de faire pour elle ce que tu avais fait pour moi à l'époque… Pour ce qui est de l'argent, je voulais te demander de m'en prêter. Et tu peux être sûr que je t'aurais remboursé, même si ça avait dû me prendre vingt ans. Mais pour ça aussi je vois bien que c'est pas la peine d'y compter…

— T'emballe pas, Daniel… Bon, si tu veux pas laisser tomber l'affaire, voilà ce que je te propose : tu vas commencer par aller voir la police…

— Tu plaisantes ?

— Pas le moins du monde. Si tu tiens trop à elle pour l'oublier, la seule solution c'est la police. Et pour une fois qu'elle peut te servir à quelque chose tu ferais mieux d'en profiter. Si j'avais eu la moindre chance de te convaincre, le seul conseil que je t'aurais donné, ça aurait été de laisser tomber cette fille. Point. Ça froissera peut-être tes sentiments, mais je peux t'assurer que tout passe. Mais bon, comme je vois que tu ne vas pas m'écouter, tout ce qui me reste à te dire c'est de commencer par t'adresser aux flics. C'est le seul moyen de limiter la casse, ils ont l'habitude de ce genre de cas…

— Oui, et la première chose qu'ils feront, ce sera de la renvoyer en Russie où pas mal de gens l'attendent…

— S'il y a du danger pour elle, ils en tiendront compte… De toute façon, si ça peut te rassurer, je mettrai un avocat sur l'affaire et ils ne pourront pas la renvoyer aussi facilement. »

Je l'ai regardé. Je me demandais si Victor pensait vraiment ce qu'il était en train de dire.

« Alors… d'après toi, il n'y a rien de mieux à faire ? »

Il n'a pas pu s'empêcher de sourire.

« Tu te doutes bien que si je te dis d'aller les voir, c'est qu'il n'y a vraiment pas d'autre solution… Parce que toi et moi, on a suffisamment de bonnes raisons de les laisser tranquilles, pas vrai ?… »

J'ai hoché la tête. Je lui ai dit qu'une fois de plus il devait avoir raison. Ça l'a fait rire franchement, il m'a tapé sur l'épaule et il a dit que c'était le privilège de l'âge et que, pour être sincère, il trouvait qu'il y avait tout de même quelque chose de rafraîchissant dans ma façon de voir le monde, qu'en quelque sorte je lui rappelais sa jeunesse… Bref, pour éviter que ça vire au quart d'heure des confidences, je lui ai dit que j'allais réfléchir à tout ça et que, pour le moment, je retournais me mettre au chaud.

J'ai d'abord fait mine d'écouter deux ou trois conversations puis, quand j'ai estimé que Victor était assez occupé, j'ai rejoint le couloir. Il n'y avait rien dans le vide-poche de l'entrée. Par acquit de conscience, j'ai ouvert le placard. L'une des vestes de Victor contenait son portefeuille, mais son portable n'y était pas. Je suis alors revenu à la porte du salon. Victor était au beau milieu d'une de ses traditionnelles explications emphatiques qui accaparaient l'attention générale. Je savais par expérience que ça pouvait durer un moment. J'ai aussitôt filé vers son bureau, j'ai refermé la porte, j'ai allumé la lumière et j'ai suivi les indications : le tiroir du bas, tout au fond. J'ai tâtonné quelques instants avant de mettre la main dessus. Il était éteint. Avant de retourner demander le code à Sandrine, au cas où elle le saurait, j'ai quand même voulu faire deux tentatives. J'ai d'abord rentré la date de naissance de Victor, ce qui n'a rien donné, puis j'ai essayé celle de ma sœur. Aussi surprenant que ça paraisse de la part de Victor, c'était bien ça. J'ai alors sorti mon propre téléphone et j'ai commencé à photographier la liste des numéros récents, après quoi, comme je n'entendais personne approcher, j'ai fait la même chose avec la liste des contacts. Ça a dû me prendre une grosse minute maximum mais ça m'en a bien paru dix de plus. Puis j'ai éteint le portable et je l'ai remis à sa place. Avant de sortir, je n'ai pas pu m'empêcher de jeter un coup d'œil aux rangées de dossiers, même si je me doutais bien que ce que je cherchais ne s'y trouvait pas. Finalement, j'ai préféré ne pas traîner là trop longtemps. J'ai éteint la lumière et j'ai refermé la porte.

Après avoir enfilé ma veste, j'ai fait signe à Victor, par la porte du salon, que je m'en allais. Il m'a rattrapé au moment où j'entrais dans l'ascenseur.

« Tu m'as pas dit ce que tu as décidé… »

Je lui ai répondu que j'avais décidé d'aller me coucher, parce que je préférais prendre mes décisions le matin. On a l'esprit plus clair. Pour qu'il me laisse tranquille, je lui ai cependant avoué que tout ce qu'il m'avait dit m'avait fait réfléchir, et que j'en tiendrais compte. Promis. Lui, il m'a dit sur le ton de la camaraderie qu'il ne fallait pas croire, il avait été jeune lui aussi et il comprenait ce que je ressentais… Puis il m'a répété qu'il ferait toujours tout son possible pour m'éviter les ennuis. Je lui ai répondu que j'en étais convaincu.

Dans le métro, j'ai commencé à faire défiler les photos. Il y avait bien une cinquantaine de numéros de téléphone parmi les contacts récents. Mais, à première vue, il y en avait tout de même certains qui me paraissaient plus intéressants que d'autres. Le lendemain matin, j'ai fait un premier tri en vérifiant les noms sur Internet. L'un des contacts travaillait au service de l'urbanisme à la mairie du XVIIe. Il n'y avait pas eu d'appels récents. C'était un numéro professionnel dont les premiers chiffres étaient les mêmes que celui de la mairie. J'ai appelé. J'ai dit que je voulais avoir des renseignements au sujet des travaux que j'allais entreprendre dans ma salle de bains. Le type sur lequel je suis tombé avait une voix de quinquagénaire et il m'a rapidement renvoyé sur le standard. Je n'avais pas besoin d'en savoir plus ; j'ai raccroché. Après ça, j'ai appelé les numéros de portables qui apparaissaient dans la liste des contacts récents et dont le nom semblait plus ou moins anonymisé. Au septième appel, j'ai reconnu, dans l'annonce du répondeur, la voix du type de la mairie. C'était quasiment plié mais, par prudence, au cours de l'après-midi j'ai encore fait quelques recherches en me faisant notamment passer pour un futur riverain auprès de l'association des défenseurs de la qualité de vie et de je ne sais plus quoi du quartier des Batignolles. J'en ai appris un peu plus dans cette affaire sur le rôle des commissions d'attribution en général et de mon type en particulier.

Tout ça m'avait amené en fin de journée. J'étais content de moi et je pouvais m'offrir un peu de repos avant d'aller retrouver Clara. J'ai bien dû rester une heure comme ça, à regarder le plafond, et la seule chose dont je me souviens, c'est que j'ai repensé à ma grand-mère qui me disait que quand on tape dans un buisson, on ne sait jamais ce qui peut en sortir.

En arrivant aux abords du boulevard de Reims, je n'ai pas vu sa silhouette. J'ai alors décidé d'aller boire un verre, dont j'avais besoin pour toutes sortes de raisons, et puis, si elle n'était toujours pas là à mon retour, de me rendre directement à son immeuble. Mais je n'ai pas eu à le faire. Quand je suis repassé, vingt minutes plus tard, c'est elle qui m'a fait signe de la main au moment où je traversais le boulevard Berthier. J'ai préféré ne pas y aller par quatre chemins et, aussitôt arrivé devant elle, je lui ai demandé où je pouvais trouver son patron. Elle aussi, elle a préféré ne pas y aller par quatre chemins :

« Je vois. Alors autant que tu le saches… C'est un de ses hommes qui t'a tiré dessus, il y a six mois. »

Je lui ai dit que, ça, je m'en doutais un peu mais qu'elle n'avait pas répondu à ma question. Elle m'a regardé fixement, en silence. « Écoute, lui ai-je dit, j'ai une proposition solide à leur faire. Fais-moi confiance, ça les intéressera.

— Je suppose que tu es sûr de toi…

— Je suis sûr qu'ils auront plus intérêt à me laisser vivant que mort. »

Elle a voulu en savoir plus. Mais je lui ai dit que, pour le moment, moins elle en savait, mieux c'était. Elle m'a regardé une dernière fois droit dans les yeux puis, sans rien ajouter de plus, elle m'a donné son nom et l'endroit où on pouvait le trouver. Je lui ai dit qu'elle n'avait qu'à commencer à préparer ses valises.

32

Our engineers must not be the type who could sit down to take their meals without ever having to wash their hands.

Kiichiro Toyoda

Le *Batisva* présentait à l'extérieur les apparences classiques d'un bar pour immigrés avec ses grappes d'habitués adossés contre des voitures, des modèles allemands de la fin des années 80, et sa petite porte vitrée, perpétuellement entrebâillée. Sous l'enseigne actuelle, on pouvait encore deviner l'appellation précédente, le « Café de la Poste », mal effacée, quant au reste de la devanture, elle était constituée d'une simple baie vitrée, occultée à mi-hauteur par un voilage datant visiblement de l'époque dudit Café de la Poste et portant toutes ces traces d'usure et de détériorations qui signalaient le demi-siècle de bons et loyaux services. La fonction d'occultation se trouvait de toute façon amplement assurée par une buée épaisse qui s'étalait sur l'ensemble de la vitrine. Il fallait donc franchir la porte pour découvrir l'intérieur, c'est-à-dire une salle aux murs nus et verdâtres que seul venait habiller un poste de télévision, un de ces bons vieux modèles à tube cathodique, suspendu dans un angle du fond. Il était allumé mais le son ne parvenait pas à trouver son chemin aux milieux des éclats de voix et d'une lourde vapeur humaine. Pratiquement pas de fumée en revanche. La loi antitabac était rigoureusement respectée. Et quelqu'un qui verrait le mal partout y aurait décelé le souci particulier de ne pas attirer l'attention des pouvoirs publics.

Je me suis avancé vers le bar et j'ai demandé au patron si Youri était là. Sans changer de place, il s'est adressé, d'une voix assez forte pour couvrir le bruit des conversations, à un type qui se trouvait un peu plus loin. Je n'ai pas compris ce qu'il disait mais, à la fin de sa phrase, qui était plutôt brève, il m'a semblé qu'autour de nous le niveau sonore des autres conversations avait légèrement baissé. Le type auquel il venait de parler s'est alors approché de moi et m'a demandé, dans un mauvais français, pourquoi je voulais parler à Youri. Je lui ai donné mon nom et je lui ai dit que j'avais une proposition à leur faire au sujet de Clara. Il n'a pas eu de réaction visible. Ça signifiait au moins que ma demande ne lui paraissait pas irrecevable. Il a tout de même voulu en savoir un peu plus, mais j'ai répondu que c'était avec Youri que je voulais traiter. Il m'a alors bien regardé, après quoi il m'a dit qu'il allait voir ce qu'il pouvait faire et il m'a demandé d'attendre là. Puis il s'est penché pour glisser quelques mots au patron et il est sorti.

Alors j'ai attendu sagement. Les conversations avaient repris leur rythme habituel, couvrant à nouveau le son nasillard du poste de télévision. À aucun moment le patron ne m'a demandé ce que je voulais boire et ça tombait bien parce que je préférais en rester pour l'heure au verre que je m'étais enfilé en attendant Clara. J'en étais donc réduit à tuer le temps en regardant les parties de cartes et de dominos qui se jouaient sur les tables en plastique, et j'ai fini par trouver ça long. Un peu plus tard, trois types sont entrés en serrant quelques mains. L'un d'eux s'est avancé vers moi, rapidement rejoint par les deux autres. Il ne ressemblait pas tout à fait à ce à quoi je m'attendais. Il avait une quarantaine d'années, pas très grand et assez maigre. Je ne sais pas à quoi ça tenait mais je me suis tout de suite senti sous le poids de son regard. Un regard un peu dur, de cette dureté qui pouvait aussi bien signaler l'intelligence qu'une brutalité latente. À moins que ce ne soit un peu des deux.

Il m'a demandé comment je m'appelais. J'ai répété mon nom. Il m'a semblé qu'en l'entendant il n'a pas pu s'empêcher de laisser s'échapper un léger sourire. Puis il m'a dit qu'il était Youri et il a ajouté que nous pourrions discuter plus tranquillement à l'étage. Il a alors désigné un escalier, au bout de la salle, et il est passé devant moi. Les deux autres types nous suivaient.

La pièce dans laquelle on s'est alors retrouvés ressemblait à la salle du rez-de-chaussée à la différence qu'il n'y avait ici que trois tables et un billard défraîchi. À l'une des tables, il y avait quatre types. Ils ne jouaient pas aux cartes et ils avaient devant eux des verres auxquels ils ne touchaient pas. Ils ne parlaient pas non plus mais, ça, c'était peut-être une conséquence de notre arrivée. Le fait est qu'ils se sont levés, qu'ils ont brièvement salué les types qui étaient montés avec moi, et qu'ils sont sortis par où on était entrés.

J'ai alors pu constater qu'aux deux compagnons de Youri, il s'en était ajouté deux nouveaux auxquels je n'avais pas fait attention mais qui devaient déjà se trouver dans le bar à mon arrivée. Ils ne disaient rien et ils se contentaient de rester derrière moi. Youri s'est installé. À ce moment-là, le patron est entré avec des verres, une bouteille et une coupelle pleine d'olives. Il a déposé le plateau sur la table puis il est redescendu sans avoir prononcé la moindre parole. Youri a posé son téléphone devant lui et il a commencé par piquer une olive avec un cure-dents. J'étais toujours debout quand il m'a demandé de lui expliquer ce que je voulais.

« J'aimerais que vous laissiez partir Clara. Je suis prêt à payer. »

Il a laissé s'épanouir un sourire satisfait, puis il a porté l'olive à sa bouche sans me lâcher des yeux. Le sourire ne l'a pas quitté tandis qu'il mâchonnait l'olive. Il a recraché le noyau dans son poing et il l'a déposé dans la coupelle.

« Soixante-cinq mille euros. Elle vaut pas moins. »

J'étais prêt à le croire mais je lui ai répondu que je n'avais pas une telle somme. Il m'a demandé jusqu'à combien je pouvais aller.

« Huit mille. »

Il a aussitôt fait non de la tête. Il a ajouté que c'était à peine ce qu'elle lui rapportait en deux mois. Le ton était définitif et la question semblait réglée. Il a poussé un verre dans ma direction en me faisant signe de m'asseoir.

« Maintenant on va pouvoir discuter... D'après ce qu'on m'a dit, tu es de la famille de Lemoine... »

Je me suis assis. L'argent n'était évidemment pas ce qui l'intéressait dans cette affaire. Alors j'ai décidé d'en venir directement au fait. Je lui ai dit que j'étais le beau-frère de Victor et que, contrairement à ce qu'il pensait, ça ne me permettait pas d'en savoir beaucoup. Mais j'avais quand même réussi à découvrir une chose : le nom de celui qui poussait son dossier dans le projet d'aménagement du secteur des anciens entrepôts. Et je m'étais laissé dire que ça pouvait l'intéresser.

Son sourire a disparu, ce qui prouvait que ça l'intéressait effectivement.

« Je t'écoute.

— Je vous propose son nom contre Clara. »

Les traits de son visage se sont détendus. Il a piqué une autre olive qu'il s'est enfilée. Il a paru réfléchir un petit instant, puis il a fini par me dire que le nom ne lui suffisait pas. Je lui ai répondu qu'il n'aurait que le nom pour la simple raison que je ne savais rien d'autre. Et j'ai ajouté qu'à mon avis il était assez grand pour se débrouiller dans ce genre d'affaires une fois qu'on lui avait dit à qui s'adresser...

Alors il a planté ses coudes sur la table et il s'est avancé vers moi. Pour la première fois j'ai perçu au fond de son regard une vraie lueur de méchanceté et je sentais qu'à cet instant-là, c'était précisément sur moi qu'elle se concentrait.

« Écoute... Comment tu t'appelles déjà ?

— Daniel.

— Écoute, Daniel. T'as perdu la partie, d'accord ? D'ici un quart d'heure, que tu le veuilles ou non, tu m'auras tout dit. Alors je te propose de gagner du temps et de sauver ta peau. Mais pour ça il faut tout me dire. Tout de suite. »

Je lui ai juste répondu que j'avais du mal à croire qu'il puisse me faire parler si je n'en avais pas envie.

Il ne me lâchait pas des yeux. Le silence s'est prolongé cinq bonnes secondes. Il a fini par avoir un sourire mauvais.

« Je te rappelle qu'on a Clara. Tu veux vraiment m'obliger à te montrer ce qu'on est capable de lui faire ? »

J'ai fait mine de considérer ce point sans m'émouvoir.

« Ce sera dommage, lui ai-je répondu. Vous perdrez quelque chose qui apparemment vous rapporte plus de quatre mille euros par mois et dont vous estimez la valeur d'échange à soixante-cinq mille euros… » J'ai ménagé une pause pour leur laisser le temps de bien considérer ce point. « Et, de toute façon, vous n'apprendrez rien parce que je vous répète que je ne parlerai pas si je n'ai pas l'assurance de pouvoir repartir avec elle. »

Il m'a dit qu'il était justement assez curieux de vérifier ça et que, s'ils s'apercevaient que j'étais aussi peu sentimental que je le prétendais, ils pourraient toujours s'attaquer directement à moi. Et là, il ne se faisait pas de souci, parce qu'il savait que je ne tiendrais pas longtemps… J'ai avoué que c'était bien possible.

« Seulement, ai-je ajouté, si je me souviens bien, celui qui m'a tiré dessus est mort à l'heure qu'il est… Victor est raisonnable, il a un commerce à faire tourner et il préfère en général ne pas faire de remous. Mais si vous touchez à sa famille, vous ne lui laisserez plus trop le choix… »

Il s'est mis à rire.

« C'est toi qui me parles de famille… Et qu'est-ce que t'es en train de faire là ? T'es pas en train de lui planter un couteau dans le dos à ton Victor en venant ici ? Tu crois qu'il va bouger le petit doigt pour quelqu'un qui lui fait une crasse pareille ? Il nous remerciera plutôt, oui ! »

Je ne me suis pas laissé démonter :

« La seule chose qu'il se dira, c'est que vous avez essayé de me faire parler. Et ce sera la vérité. »

Il tapotait sur la table et il me regardait du coin de l'œil. Autour de moi, je sentais que les types commençaient à en avoir un peu marre d'être debout. Ils se balançaient d'une jambe sur l'autre, se grattaient le menton et croisaient puis décroisaient les bras…

« T'es quand même un petit malin…, a fait remarquer Youri. Peut-être même un peu trop. »

Il se forçait à rire et il reconsidérait visiblement l'ensemble de la situation.

« Et qu'est-ce qui me prouve que c'est pas Lemoine lui-même qui t'a demandé de venir me trouver ? a-t-il fait observer. Tu réponds rien ? »

J'ai haussé les épaules :

« Je vois pas pourquoi Victor ferait une chose pareille. Clara, il ne la connaît pas. L'affaire des Batignolles, c'est un très gros truc pour lui, et c'est quasiment bouclé. Il aurait pas intérêt à compliquer les choses… »

Il y a eu un nouveau silence. C'est lui qui l'a finalement rompu :

« Bon, très bien… Qu'est-ce que tu sais de ce type ?

— Vous aurez son nom et son numéro de téléphone. Je vous dirai aussi dans quel service il travaille et surtout comment il s'y prend pour pousser le dossier de Victor. »

Youri a regardé celui qui se tenait à sa gauche. C'était un grand brun, l'air pas commode. Il s'est contenté d'une moue dubitative, sans conviction. Youri a encore paru réfléchir un petit moment et puis il m'a dit que c'était d'accord. La fille contre le nom.

« Avec les papiers…, ai-je précisé.

— La fille et les papiers contre le nom et neuf mille euros. »

Il ne perdait pas le nord. Neuf mille pour des faux papiers… Je lui ai fait remarquer que je pouvais en trouver sans difficulté pour dix fois moins.

« J'aimerais voir ça, m'a-t-il répondu. Je l'ai bien regardé, son passeport. Je peux te garantir que des faux papiers comme ça, ça vaut des vrais. Je lui ai même demandé à la petite où elle les a eus. Et j'ai jamais pu obtenir de réponse claire à ce sujet. À mon avis, elle connaissait des gens bien placés. Y a pas d'autre explication quand on voit la qualité du travail… D'ailleurs, la fille et les papiers, je considère ça comme un lot indivisible. C'est tout ou rien. Y a pas à discuter. »

Je savais que les papiers de Clara étaient de première qualité. Je lui ai dit que je pouvais aller jusqu'à huit mille. Pas plus.

« C'est neuf mille fermes », m'a-t-il répondu.

J'avais à peine plus de dix mille euros à disposition et, à partir de maintenant, tout ce que je dépensais, c'était ça de moins pour m'installer avec Clara. Alors ça me faisait mal au cœur de devoir lâcher autant. J'ai finalement accepté pour les neuf mille et il m'a tendu la main.

« Alors c'est conclu. Tu t'en sors pas mal et j'ai l'impression que ça t'a quand même servi à quelque chose de voir Lemoine à l'œuvre… Celui-là, on peut dire que tu lui joues un sale tour. »

Il ne souriait plus mais, quoi qu'il en dise, il avait la tête du marchand qui sait qu'il a fait une excellente affaire. Il m'a versé un verre et s'en est servi un autre qu'il a commencé à vider en se laissant aller sur sa chaise. Je suppose qu'il s'agissait de trinquer à notre petit accord.

« Bon, alors ton type, c'est qui ?

— Je vous donnerai son nom dès que Clara sera à l'abri.

— Je n'ai qu'une parole. Si je t'ai dit que c'est d'accord, tu l'auras. Seulement c'est à toi de commencer... »

J'ai accepté qu'on fasse ça dans cet ordre, mais à condition d'avoir d'abord ses papiers. Youri a trouvé que c'était acceptable. Il a adressé un signe à un type qui se trouvait derrière lui. Le type est aussitôt sorti. Après ça, comme il fallait attendre, il a approché la bouteille pour remplir mon verre à nouveau mais je lui ai dit que j'avais assez bu pour ce soir. Ça l'a fait sourire :

« Détends-toi. Si je cherchais à te faire parler, je ne m'y prendrais pas comme ça... »

Il s'est servi un verre et, après avoir avalé une première gorgée, il s'est adossé confortablement.

« Tu vois, m'a-t-il dit en regardant par la fenêtre, je vais te dire la vérité : en fait, on en a marre de toutes ces petites affaires pas très honorables... »

C'était dit avec une pointe d'amertume en effet, et sur le ton des confidences de fin de soirée. Les types qui étaient autour de nous ne bronchaient pas. Il y a eu un petit silence. Il faisait tourner son verre au creux de la main.

« Au fond, on demande rien de mieux que de devenir des gens bien. Tout ce qu'on veut, c'est gagner notre bifteck comme tout le monde...

Mon frère, son domaine, c'est les chiffres. Il a regardé tout ça de près et c'est lui qui m'a dit qu'il était peut-être temps de se mettre dans des affaires propres. Alors il a pensé à l'immobilier. Et c'est vrai que ça m'a tenté. C'est un secteur plutôt respectable, on peut rencontrer des gens importants, on vit au grand jour... Et puis on y trouve toujours de nouveaux trucs à monter sans trop se creuser la tête. J'avoue que l'idée me plaisait bien. Alors on a tenté le coup, on a fait comme on nous a dit de faire, on a joué le jeu, on a respecté les règles... Mais qu'est-ce qu'on a découvert peu de temps après ? Que tous ces types propres sur eux comme ton beau-frère, de leur côté, ils ne jouaient absolument pas à la loyale. Et, le plus drôle, c'est qu'on s'est aperçus que, tout en nous adressant leurs plus beaux sourires de gens biens, ils utilisaient contre nous ni plus ni moins que les bonnes vieilles méthodes, ces méthodes qu'on avait été prêts à laisser de côté pour pouvoir mener la vie au grand jour avec femmes et enfants... Le fait est que c'est nous qui avons soumis le meilleur projet. Je le sais parce que j'y ai mis les moyens. Mais il n'est pas passé. J'ai d'abord voulu croire que c'était parce qu'on présentait pas encore assez bien, qu'on se méfiait de notre accent et de nos noms... ça, à la rigueur, ça peut se comprendre. J'en étais même arrivé à me dire que, finalement, pour une génération encore, il allait falloir se résigner à continuer de gagner salement notre argent... Seulement, il y a quelque temps, j'ai appris que, comme par hasard, le projet qui l'a emporté était présenté par le type qui tape sur l'épaule des trois quarts des gros entrepreneurs du secteur. Bref, j'ai compris que, dès le départ, les autres projets n'avaient pas eu la moindre chance… Alors on a dit « d'accord, revenons-en aux vieilles méthodes… », et on est allés trouver Victor pour lui dire qu'on n'aimait pas être traités comme ça et qu'il allait falloir nous donner des compensations… Mais lui, il n'a pas voulu comprendre : qu'est-ce qu'on allait s'imaginer, nous disait-il, et pour qui on le prenait ? Et tout ça en continuant à nous faire de grands sourires… C'était lui qui nous prenait pour des idiots et qui ne voulait pas voir les choses en face : si on se remettait à jouer avec nos propres règles, on était sûrs d'avoir le dernier mot.

— Alors vous avez décidé de commencer par abattre son beau-frère pour qu'il comprenne…

— Ça, c'était une erreur. J'avais juste dit à Janek de tirer deux balles d'avertissement…

— Trois, ai-je corrigé.

— Janek avait bu et il a dû se dire qu'en te tirant dans les jambes, le message serait plus clair. Enfin, c'est pas la peine de revenir là-dessus. On connaît la suite et il l'a payé cher… Paix à son âme. Celui à qui il a eu affaire n'a pas visé les jambes. On a alors bien compris que les méthodes de ton Victor ne valaient pas mieux que les nôtres. Mais il n'est pas armé pour jouer contre nous sur ce terrain-là… »

Youri avait beau dire ça, ça ne l'empêchait pas d'avoir l'air soucieux. Il regardait son verre. Puis il a levé les yeux vers moi, un regard franc :

« Il y a tout de même un truc que je me suis toujours demandé : comment est-ce qu'il fait pour couvrir toutes ses affaires ? Vous payez la police, c'est ça ? »

J'ai répondu que ça ne serait pas réaliste. Je ne sais pas si c'est une réponse qui l'a satisfait.

« Et je suppose que l'immobilier ça lui sert à blanchir, à lui aussi…

— Victor ne blanchit rien du tout.

— Ah oui ? » Il a esquissé un sourire.

Je lui ai répondu que Victor me paraissait un peu plus malin que ça :

« Il y a pas mal de bruits qui courent sur lui, et peut-être même que ça l'arrange, histoire d'en imposer, mais au fond il n'est pas fou, il ne touche à rien de dangereux.

— Ça non, il n'est pas fou. Et sa combine est bien rodée. »

Ça m'a surpris qu'il paraisse aussi bien renseigné. Il s'en est aperçu.

« J'en connais qui ont eu affaire à lui, a-t-il poursuivi. Dans notre secteur, il y a un moment où on a besoin de gens comme lui pour donner une explication sur la provenance de certains fonds. Il a une qualité indéniable, ton beau-frère, c'est que tout ce qui passe par ses mains ressort blanc comme neige… Je crois que ça attise les jalousies et c'est sans doute pour ça qu'il s'est retrouvé avec la police sur le dos. Là où ça devient intéressant, c'est qu'ils ont eu beau y passer un moment, ils ne sont visiblement pas parvenus à trouver la moindre chose contre lui… Alors il faut qu'on m'explique : soit il paye la police, soit il a une sacrée couverture. Parce que je sais qu'il y a pas mal de choses à couvrir dans ses affaires... Comment est-ce qu'il fait ?

— C'est simple, je vous l'ai dit. Contrairement à ce que vous pensez, Victor ne touche pas au blanchiment. »

Il m'a regardé dans le blanc des yeux.

« Depuis combien de temps tu travailles pour lui ?

— Un an et demi. »

Il a hoché la tête. Puis il a reposé son verre, vide.

C'est à ce moment-là que le type est revenu. Il a directement remis le passeport de Clara dans lcs mains dc Youri qui l'a fait tourner entre ses doigts pendant quelques instants, comme s'il hésitait encore à me le donner.

« Si ton tuyau n'est pas bon, a-t-il fini par me dire, on viendra te redemander des comptes... Et tu peux être sûr qu'on vous retrouvera. Où que vous soyez... »

Il s'est avancé et, en écartant simplement le pouce et l'index, il a laissé tomber le passeport sur la table, juste devant moi. Je l'ai pris en essayant de ne trahir aucune précipitation. La couverture avait la bonne souplesse, les coins étaient même légèrement usagés. En l'ouvrant, je suis tombé sur la photo de Clara avec, en face, un nom et deux prénoms que je ne connaissais pas. Il n'y avait rien à redire à la qualité. Je l'ai refermé et je l'ai glissé dans la poche intérieure de ma veste. Puis j'ai sorti mon portefeuille. J'en ai retiré un vieux ticket de course et, là-dessus, j'ai noté le nom du type et son numéro de portable. Je leur ai expliqué que le type en question travaillait au service de l'urbanisme de la mairie du XVIIe et qu'il siégeait à la commission d'attribution des marchés. Puis j'ai tendu le bout de papier à Youri.

Il a considéré quelques secondes ce que j'y avais noté et, aussitôt après, il a attrapé son téléphone. Comme il allait certainement tomber sur un répondeur, je me suis permis de lui faire quelques suggestions pour qu'il ait une chance de l'obtenir directement. Il en a tenu compte et, après avoir composé le numéro et écouté le message, il a dit à peu près ça :

« Désolé pour l'heure M. Rougier, je vous appelle au sujet de Victor Lemoine. Pour être franc, ça m'embête un peu de pas pouvoir vous parler de vive voix, alors voilà ce qu'on va faire : je vais vous rappeler dans cinq minutes et là, si ça ne répond toujours pas, je serai obligé de considérer que vous n'avez rien à déclarer de plus sur cette affaire et on transmettra donc le dossier en l'état à ces petits fouineurs de journalistes… Mais c'est probablement pas ça que vous voulez. Alors à bientôt j'espère. »

Il a raccroché et il en a profité pour passer un autre coup de fil. Cette fois, il parlait dans sa langue, mais j'ai quand même saisi le nom de Rougier à deux reprises et j'ai cru comprendre qu'il était question du service d'urbanisme de la mairie. Vers la fin de l'appel, il a surtout écouté ce qui se disait à l'autre bout du fil. Puis il a raccroché, et il a échangé quelques mots avec le type qui était à sa gauche.

« Apparemment ton histoire se tient, a-t-il fini par me dire. Mais, avant de te laisser filer, j'aimerais quand même pouvoir parler un peu avec ce Rougier. C'est juste que j'ai besoin d'entendre la voix des gens pour me faire une opinion... Au pire, on ira le réveiller chez lui, juste pour lui montrer qu'on est du genre déterminé. »

Il a repris son téléphone.

« M. Rougier ? (Il y a eu un blanc et j'ai compris que l'autre avait décroché.) Encore une fois je m'excuse de vous appeler un peu tard. Comme je vous l'ai dit, j'aimerais pouvoir parler avec vous des modalités d'attribution d'un contrat d'aménagement dont M. Lemoine a bénéficié. ... Non, ne faites pas le modeste, je suis sûr que vous y avez eu votre part. Écoutez, on n'a qu'à se rencontrer, juste un petit moment, je ne suis pas un bavard, rassurez-vous, et je sais qu'on se comprendra vite. ... Excusez-moi de vous interrompre M. Rougier, mais étant donné le genre d'affaire dans lequel vous vous êtes fourré, je crois que c'est dans votre intérêt d'écouter ce que j'ai à vous proposer... Bien sûr que si je sais de quoi je parle et vous savez aussi bien que moi que *Le Parisien* ou *Le Canard enchaîné* auront de quoi faire plusieurs unes avec cette affaire, alors ne perdons pas notre temps... Bien. Quand ? ... Je préfèrerais qu'on se voie un peu plus rapidement, M. Rougier... Voilà, demain ce serait parfait. ... Ne vous inquiétez pas pour ça, donnez-moi l'adresse. (Il l'a griffonnée sur le ticket.) Pardon ? ... Ah, il n'y a pas de mal, c'est Youri. Youri Atanasiu. ... C'est ça, à demain. » Et il a raccroché.

« S'il est aussi mouillé qu'il est nerveux, a-t-il dit en souriant, on est tombés sur le bon poisson.

— Faites attention, l'ai-je tout de même averti. La première chose qu'il va faire, ce sera évidemment de prévenir Victor.

— Dans ce cas-là, toi aussi fais attention... »

Je me doutais bien, en effet, qu'il ne faudrait pas longtemps à Victor pour faire le rapprochement avec Clara et pour comprendre que la fuite venait de moi. Mais je n'avais pas non plus l'intention d'attendre les bras croisés qu'il vienne me taper sur les doigts et j'ai demandé à Youri que l'échange se fasse au plus vite. Il a répondu que je la verrais dès que j'aurais apporté l'argent.

« L'argent est prêt, lui ai-je dit. Vous l'aurez dans une heure. »

On a convenu que je le leur remettrais chez Clara. De leur côté, ils m'ont assuré qu'elle serait bien là et que, si tout était régulier, je pourrais aussitôt repartir avec elle. Bref, tout semblait se présenter à merveille mais j'ai quand même jugé utile de les prévenir que je serais armé, et que je ne comptais pas me laisser faire s'ils tentaient de m'avoir. Youri a souri, il m'a dit que j'étais trop nerveux et qu'il n'y avait aucune raison que ça ne se passe pas à la régulière des deux côtés. Alors je me suis levé et on s'est à nouveau serré la main.

L'un des types m'a suivi dans l'escalier et il a continué comme ça jusqu'à ce que je sorte du bar. Dehors, il a encore fait un ou deux pas sur le trottoir puis il est resté planté là, devant la porte, se contentant apparemment de me regarder m'éloigner. C'est ce que j'ai pu vérifier en me retournant au moment où je contournais l'angle de la rue.

J'ai pressé le pas. Il me fallait une dizaine de minutes pour aller récupérer l'argent, à peu près autant pour me rendre chez Clara et je comptais bien, avec un peu de chance, être le premier sur les lieux. En chemin, pourtant, je n'ai pas pu m'empêcher de repenser à ce que Youri m'avait dit. Ce type était à l'évidence bien renseigné et, en réfléchissant aux questions qu'il m'avait posées et en y ajoutant ce que je savais déjà, ça a commencé à faire son travail. Je me suis même mis à comprendre pas mal de choses. Par exemple que, contrairement à ce que j'avais cru, les courses étaient probablement au cœur de l'activité de Victor même si, apparemment, il ne gagnait pas d'argent à proprement parler avec elles. Et je me rendais compte que l'idée était en fait très simple : avec une quantité élevée de mises et en ne conservant, pour l'essentiel, que les paris gagnants, preuves à l'appui, on pouvait facilement justifier une activité dont le rapport régulier n'était pas de dix pour cent mais dix ou quinze fois plus. Il suffisait pour ça de rendre impossible l'évaluation des pertes et c'est la raison pour laquelle on jouait toujours en liquide et en n'ouvrant jamais de compte auprès du PMU. Sur le papier, Victor gagnait ainsi à peu près à tous les coups. En un mot, vous donniez à Victor cinq mille euros dont la provenance n'était pas très avouable, il vous en rendait une bonne partie accompagnée d'une copie de tickets gagnants dont le total des gains était supérieur à la somme en question… Autant dire que vous vous retrouviez avec du titre de propriété imparable. Quand on demandait au type d'où venait cet argent, il sortait les tickets. Et c'était exactement ce que j'avais fait quand la police s'était penchée d'un peu trop près sur mes comptes… Dans les faits, les dix pour cent en moyenne que Victor gagnait, c'était à moi qu'ils revenaient. Lui, il ne récupérait donc pas grand-chose en direct et, dans les mauvaises périodes, son capital se trouvait même un peu entamé. Mais ce n'était pas grave tant que je continuais à lui fournir un certain nombre de tickets gagnants. Parce que c'était ça qui valait de l'or : au bas mot, sur l'argent qu'on lui donnait à blanchir, Victor gagnait trente pour cent nets de frais. Et on peut alors supposer qu'il en réinjectait une bonne partie dans ses projets immobiliers. Où était le risque puisque c'était lui qui possédait la blanchisseuse ? Le jour où il y avait un contrôle, ses autres revenus et les tickets – qu'il réunissait rapidement grâce à notre système – couvraient largement l'opération… Et il en ressortait toujours blanc comme neige.

C'était quand même un sacré montage… Et je dois avouer qu'au fur et à mesure que je comprenais tout ça, j'ai peu à peu ralenti le pas jusqu'à m'arrêter… mais seulement quelques instants, parce que je me suis quand même vite souvenu qu'il y avait plus urgent pour le moment. Et j'ai aussitôt repris mon bon rythme.

Moins de vingt minutes après avoir quitté Youri, j'atteignais ainsi l'immeuble de Clara. Tout y paraissait calme et assoupi et, sur le moment, j'ai caressé l'espoir d'être arrivé le premier.

33

Less is more.

Quand j'ai poussé la porte de l'immeuble, j'ai cependant constaté qu'un des types du *Batisva* était déjà posté dans le hall. Si elle avait été seule, maintenant qu'on avait le passeport, on aurait peut-être pu essayer de partir sans rien demander à personne… Peut-être bien. Là, en tout cas, la question ne se posait plus. Ils avaient préféré ne pas nous laisser le choix – et le type ne m'a d'ailleurs pas vu débarquer d'un très bon œil.

« T'es en avance…, a-t-il fait remarquer, observateur.

— J'ai pu récupérer l'argent plus vite que prévu. Alors j'ai décidé de pas vous faire attendre plus longtemps… »

À voir son air, il n'était pas du genre à aimer l'imprévu. Et il semblait partagé entre l'embarras de ne pas pouvoir suivre le plan à la lettre et le désir de me montrer qu'il maîtrisait la situation.

« Bon… Fais voir ça… »

J'avais les mains dans les poches de mon manteau. J'ai sorti la main gauche, celle qui tenait l'enveloppe.

« Tout est là. »

Il a commencé à tendre le bras mais j'ai reculé la main :

« Je vous le donnerai quand vous aurez amené la fille. »

J'ai dit « la fille » parce que j'ai supposé que c'était comme ça qu'ils parlaient d'elle. Mais c'est pas ça qui l'a dérangé. Ce qui le dérangeait, c'était de ne pas voir le contenu de l'enveloppe.

Alors, toujours de la main gauche, j'ai entrepris de le lui montrer. C'était pas facile et il m'a demandé ce que j'avais dans l'autre main. Je lui ai répondu que c'était juste au cas où j'aurais besoin de leur rappeler les modalités de notre accord, s'il voyait ce que je voulais dire… Entre temps, j'étais tout de même parvenu à faire dépasser quelques billets de l'enveloppe. Je lui ai dit que, maintenant, je voulais voir Clara. Je lui ai aussi dit qu'il faudrait la laisser s'éloigner et que c'est seulement quand elle serait loin d'eux que je leur remettrais l'argent.

Il a alors pris son téléphone et il a composé un numéro. Il a dit quelques mots dans sa langue, puis il a raccroché sans juger utile de me donner plus d'informations. Quelques minutes plus tard, il y a eu un nouvel échange de coups de fil. Même mystère sur ce qui s'était dit ; et c'est seulement après de longues minutes que j'ai entendu grincer les marches de l'escalier. C'étaient deux paires de pas. J'ai d'abord vu les jambes de Clara puis celles d'un type. Lui, il avait une arme dans sa poche et il a eu un léger mouvement comme pour retirer sa main quand il m'a aperçu. Clara, elle, ne disait rien, mais son regard était extrêmement attentif. Je ne l'avais encore jamais vue se tenir autant sur ses gardes. Ça m'a un peu troublé. Je n'étais pas habitué à sentir ce genre d'inquiétude chez elle. Ce qui m'a ému aussi, c'était de la voir s'approcher en tenant sa valise, et il fallait vraiment que je me surveille pour ne pas lâcher les deux autres des yeux. Mais elle a fini par s'arrêter. Le type la retenait par le coude.

« Tu l'as vue. Maintenant, file-nous l'argent. »

Ils avaient chacun leur main droite plongée dans leur poche. J'en faisais autant. Vu de l'extérieur ça restait discret mais nous savions parfaitement les uns et les autres à quoi nous en tenir. Je me suis approché de Clara et j'ai tendu l'enveloppe à celui qui la retenait. Il était obligé de la lâcher s'il voulait prendre l'argent. Sans bouger et sans me quitter des yeux il a dit quelque chose à son copain dans sa langue. Mais c'est moi qui ai répondu :

« Je viens de lui montrer le contenu. »

Ils se sont à nouveau dit quelque chose puis celui qui tenait Clara s'est adressé à elle, toujours dans leur langue. Après quoi il m'a regardé puis il l'a lâchée et de la main qui s'était ainsi libérée, il a attrapé l'enveloppe. Clara a fait un pas de côté et l'autre type lui a dit quelque chose.

Elle s'est aussitôt arrêtée. Elle n'était plus qu'à quelques centimètres de moi.

« Tiens Clara. » Je venais de plonger ma main dans ma poche et j'en ai ressorti son passeport. Le type qui nous surveillait a fait une grimace. Celui qui comptait les billets a levé la tête.

« Qu'est-ce que tu leur as donné ? » m'a-t-elle demandé en l'attrapant.

Je lui ai simplement répondu qu'elle trouverait dedans une carte de l'hôtel avec le numéro de la chambre, et j'ai ajouté qu'on se retrouverait là-bas. Après quoi je me suis légèrement rapproché pour être placé entre elle et le type qui nous surveillait.

« Tu peux y aller, maintenant. Ils ont l'argent. » J'avais dit ça assez fort pour que les deux types entendent. Elle a semblé hésiter. « Vas-y… », ai-je répété.

Elle m'a regardé, elle a regardé les deux autres types, puis elle s'est avancée vers la porte.

J'aurais préféré lui laisser le temps de s'éloigner un peu, mais ils ne l'entendaient pas de cette façon. Celui qui était descendu avec Clara a aussitôt sorti son arme de sa poche. Il m'a ajusté et il m'a dit que si elle franchissait la porte avant qu'ils aient vérifié l'argent il tirerait. J'ai entendu Clara s'arrêter. Le froissement de papier a donc continué un moment, avant de s'interrompre. Il y a alors eu un silence et comme un léger flottement.

J'ai soulevé mon avant-bras. Ils pouvaient voir dans la poche de mon manteau la forme du canon, pointé dans leur direction.

« Tu peux y aller, Clara. Ils ont ce qu'ils voulaient. Et ils ont eu le temps de compter… »

L'instant d'après, j'ai entendu la porte se refermer. Bien que le type au pistolet ne m'inspire pas une confiance excessive, je me suis forcé à attendre encore un petit moment pour laisser à Clara le temps de prendre de l'avance. Une fois que j'ai jugé que ça avait été le cas, et sans les quitter des yeux, j'ai commencé à reculer jusqu'à ce que je bute contre la porte puis, toujours sans me retourner, j'ai cherché à tâtons le loquet et j'ai tiré le battant suffisamment pour pouvoir me glisser par l'entrebâillement. Dehors, tout en m'éloignant, je continuais à surveiller autant que possible ce qui se passait du côté de l'entrée de l'immeuble et c'est seulement après avoir encore fait une dizaine de mètres comme ça que j'ai purement et simplement détalé. Clara n'était déjà plus à portée de vue. Je m'étais donc décidé à aller la rejoindre à l'adresse que je lui avais laissée pourtant, en arrivant sur le quai presque vide du métro, j'ai eu la bonne surprise de reconnaître sa silhouette. Elle était debout, avec sa valise. Je me suis approché d'elle. En entendant mes pas, elle s'est retournée. Elle a d'abord souri, puis elle m'a regardé bizarrement. Je lui ai demandé ce qui n'allait pas.

« Rien… C'est juste que t'as l'air assez pâle.

— J'ai dû courir trop vite…

— Bon… En tout cas, jusque-là tu t'en es pas trop mal sorti. »

Venant d'une spécialiste, le compliment me touchait tout particulièrement. Je le lui ai dit.

Elle a juste hoché la tête, sans trop m'écouter. Elle regardait alternativement chaque extrémité du quai.

« Tu as quoi comme arme ? »

C'était dit assez bas, mais, moi, je n'ai pas pu m'empêcher de prendre un petit air fanfaron en lui répondant :

« Quelle arme ?... » Et, tout en disant ça, j'ai mimé sous ses yeux un revolver avec l'index et le majeur et j'ai mis ma main comme ça dans ma poche. « On dirait un vrai, tu trouves pas ? »

Sur le coup, ça ne l'a pas fait rire. Mais elle a fini par afficher un sourire indulgent :

« Amateur... »

Puis elle a ajouté, plus sérieusement et comme pour elle-même :

« Pour les prochains jours, je préfèrerais quand même qu'on ait de quoi se défendre... »

C'est à ce moment-là que le métro est arrivé. Jusqu'à ce que les portes se referment, j'ai observé ceux qui entraient après nous dans la rame. Puis on est allés s'asseoir.

« Alors ? lui ai-je demandé. Qu'est-ce que tu comptes faire maintenant ?

— Je pensais que tu avais tout prévu... »

Je lui ai répondu que je voulais juste savoir comment, elle, elle voyait les choses.

« Pour les prochains jours, m'a-t-elle dit, je crois que je vais me fier à toi... » Elle a laissé passer une station, avant d'ajouter : « Il va falloir que je me réhabitue à être libre de mes mouvements... Tu m'as parlé d'un hôtel. On y restera combien de temps ?

— C'est juste pour la nuit. Ce sera notre dernière nuit à Paris. Demain, j'aurai plus qu'à récupérer un peu d'argent à droite et à gauche… Je repasserai te prendre aussitôt après et on s'en ira. J'ai prévu d'aller vers le Sud. Tu vois, l'idéal ce serait de s'installer dans une ville du centre de la France… Je pensais à Brive, Limoges ou Aurillac. Une de ces villes où on vit avec rien et où personne ne viendra nous chercher. Je me disais que ce serait pas mal pour commencer une nouvelle vie, tu penses pas ? Enfin, tout ça c'est seulement au cas où… »

Je me suis arrêté.

« Au cas où quoi ? »

Tout ça c'était dans le cas où elle voulait qu'on parte ensemble. Parce que, après tout, ai-je ajouté, maintenant qu'elle avait récupéré ses papiers, elle pouvait très bien décider de se débrouiller toute seule. Elle en était tout à fait capable…

Elle s'est mise à rire :

« De toute façon, est-ce que j'ai le choix ? Après tout, c'est toi qui m'as rachetée… J'aimerais bien savoir combien, d'ailleurs… »

Puisqu'elle voulait le savoir je le lui ai dit :

« Neuf mille. »

Elle a trouvé que j'avais fait une affaire… Je ne sais pas si elle plaisantait encore ou bien si elle se doutait qu'il y avait eu autre chose dans la balance. Elle a regardé défiler le quai un petit moment, puis elle s'est tournée vers moi. Elle m'a dit qu'elle me faisait confiance pour ce qui était du programme mais qu'avant, elle aurait aimé faire une chose qu'elle n'avait pas pu faire depuis bien longtemps… Elle aurait aimé aller au cinéma.

« Maintenant ? »

Elle a juste répondu oui.

Alors c'est ce qu'on a fait. On est descendus à Montparnasse et on est arrivés juste à temps pour les séances de vingt-deux heures. Sauf qu'elle a eu du mal à se décider : elle regardait les photos à l'entrée mais entre les films d'action, les films où des types se racontent leurs problèmes et des comédies un peu lourdes, il n'y avait pas beaucoup le choix. Je voyais bien qu'elle était déçue. Un peu après, on est passés devant l'affiche du dernier Disney. « J'ai toujours aimé les dessins animés », m'a-t-elle avoué. On s'est arrêtés. On a regardé les têtes enjouées et un peu niaises des animaux qui se proposaient de devenir nos compagnons pour les quatre-vingt-dix prochaines minutes.

« Ça ne doit plus passer à cette heure-ci…

— On peut toujours vérifier.

— C'est vrai, tu veux bien ? »

Je lui ai dit que, ce soir, elle pouvait tout me demander. Je l'ai juste prévenue que, si elle s'attendait à voir quelque chose dans le genre de *Bambi*, elle risquait d'être un peu déçue : les dessins animés avaient bien changé depuis cette époque.

On y est tout de même allés. Au début, je pensais que ce n'était pas une si bonne idée que ça mais, quand je l'ai vue, dans le cinéma, se tourner de temps en temps vers moi en riant, je me suis rendu compte que je ne l'avais encore jamais connue comme ça, alors, évidemment, je n'ai plus du tout regretté. Sur le chemin du retour, elle m'a dit qu'elle ne se souvenait pas d'avoir passé une aussi bonne soirée depuis…

« Et encore, t'as pas vu l'hôtel, l'ai-je coupée.

— C'est un bel hôtel ?

— Oui… Un palace. »

Mais quand on est arrivés devant l'hôtel en question, un petit deux étoiles du côté de Vaugirard, j'ai regretté d'avoir plaisanté avec ça, parce qu'il m'a semblé qu'elle s'était effectivement attendue à mieux. J'ai récupéré la clé et on est montés dans notre chambre. Ce n'était pas très grand mais c'était propre et pas trop moche.

Je lui ai rappelé que ce serait juste pour cette nuit.

Elle m'a répondu que c'était très bien.

Bien sûr, elle et moi on savait que, les ennuis, ça peut toujours réapparaître à un moment ou à un autre, mais on ne s'imaginait tout de même pas que, cette nuit-là, ce serait à la fois notre première et notre dernière véritable nuit ensemble. Et encore moins que, pour l'un de nous deux, ça serait la dernière nuit tout court. Alors on a juste fait l'amour, naïvement, sans savoir tout ça, comme on l'avait déjà fait et comme on pensait pouvoir le faire et le refaire encore, souvent, des centaines et peut-être même des milliers de fois. Après quoi on s'est juste tranquillement endormis…

Ce qui est sûr, c'est que de la découvrir à côté de moi, en ouvrant les yeux, au petit matin, ça a été un plaisir difficile à décrire. À cet instant-là, je n'ai pas pu m'empêcher de penser que quelque chose d'aussi doux ne pouvait être que quelque chose de fragile. Et j'ai senti grandir en moi plus que jamais la peur de la perdre. Je suis resté encore un moment auprès d'elle. J'aurais pu rester des heures comme ça mais il fallait tout de même être raisonnable, le temps était compté. Et je savais qu'avec tout ce qu'il me restait à faire, je ne serais pas de retour avant quinze heures. Mais qu'est-ce que j'aurais donné – et qu'est-ce que je donnerais encore – pour qu'on en soit déjà, elle et moi, au moment de tourner la clé de contact !...

En y repensant, ça paraît fou mais, une fois sorti de l'hôtel, j'ai commencé par aller passer deux heures au café. J'avais cru que c'était ce qu'il y avait de mieux à faire. Parce que la situation financière n'était pas brillante. J'avais quasiment tout donné à Youri et c'était vraiment pas raisonnable de partir comme ça. Il fallait absolument que je me refasse. Alors j'ai acheté quelques journaux de courses, et j'ai préparé mon papier, un papier un peu différent de ceux que j'avais l'habitude de préparer. Je ne pouvais plus me contenter de trois ou quatre mille euros de gains... Il s'agissait de tenter le tout pour le tout et je me suis concentré sur les deux premières courses, parce que je savais qu'il ne serait pas question de traîner plus longtemps sur place. Et rien que ça, ça m'a bien pris deux heures, pour éplucher et comparer toutes les statistiques des seize chevaux. Une fois le papier bouclé, je suis passé prendre la voiture de location. J'ai choisi une Opel Astra, un modèle discret mais capable de fournir une petite accélération au besoin… J'ai signé les papiers, j'ai payé et on m'a remis les clés. Vingt minutes plus tard, je me garais dans le parking de Longchamp. Il était midi et demi. Les courses ne commenceraient pas avant une heure, mais il y avait déjà des habitués dans les tribunes, et j'avais de bonnes chances de trouver les deux personnes que j'étais venu voir.

Bruno se trouvait dans le hall, assis dans un fauteuil, à sa place habituelle, téléphone à l'oreille et notant des chiffres. Le calepin était posé en équilibre sur son genou. Je me suis installé à côté de lui. Il n'a pas remarqué tout de suite ma présence mais, quand ça a été le cas, il a aussitôt écourté l'appel.

« Bonjour, Daniel… »

Il ne s'est pas donné la peine de sourire et il n'a rien dit de plus. C'était moi qui était venu le trouver. Il attendait de voir ce que je lui voulais. Mais il y avait clairement, dans ses manières, quelque chose d'un peu plus distant que d'habitude. Je préférais autant lui dire sans détour pourquoi j'étais là :

« Je viens récupérer les quatre mille euros. »

Je n'en suis pas complètement sûr mais il m'a semblé qu'il se contractait, vous savez, un peu comme une huître dont on pince la corolle avec la pointe d'un couteau. Après les quelques secondes qu'il lui a fallu pour intégrer la situation, il a fini par me dire très calmement que j'aurais dû le prévenir à l'avance.

« Tu te doutes bien que si j'avais pu, je l'aurais fait, lui ai-je répondu. Dis-moi au moins ce que tu peux me donner tout de suite.

— Je n'ai pas d'argent sur moi. »

Alors je lui ai dit qu'il me faisait un peu rigoler, parce que je me doutais bien que, s'il venait parier ici, c'était probablement qu'il se trouvait pas avec les poches vides juste avant le départ de la première course…

« J'ai un compte, Daniel. Et les gens avec lesquels je travaille sont sur le même modèle. C'est réglo… » Et il disait ça en écartant les mains, comme un prestidigitateur qui veut évacuer toute suspicion. Puis il a ajouté : « Il n'y a qu'avec toi que je travaille en liquide. » Traduction : « Il n'y a qu'avec toi que je fais des trucs tordus. » Ce que, dans d'autres circonstances, j'aurais pu trouver assez drôle venant de sa part.

Mais je dois reconnaître qu'en l'occurrence ça m'a surtout impatienté. Je lui ai dit de se débrouiller. Il n'allait quand même pas me faire croire que tous ses comptes en banque étaient vides ; et les distributeurs, c'était pas ce qui manquait par ici. Je lui ai dit que je lui donnais une demi-heure pour me rendre l'argent.

« J'ai pas besoin d'une demi-heure pour te donner ma réponse. Ton argent, je l'ai pas là, et l'argent que j'ai avec moi il est engagé sur des opérations. Un point c'est tout. »

En temps normal, il n'aurait jamais pu me dire ça aussi carrément. J'ai compris qu'il savait quelque chose. Ça voulait dire que Victor était parvenu à le joindre, et qu'il était déjà en train de remuer son petit monde pour me mettre la main dessus.

« Tu veux dire que tu vas m'obliger à te faire les poches, ici, devant tout le monde ?

— Pour qui tu te prends ? »

Je lui ai dit que je me prenais juste pour quelqu'un qui a bien l'intention de rentrer dans ses fonds.

« Ton argent, tu l'auras dans trois jours. Je ne suis pas un voleur. Mais je suis pas non plus un distributeur automatique. En attendant je peux te garantir que si tu me touches, toi et Victor vous le regretterez. »

Je l'ai bien regardé. J'ai compris qu'il n'y aurait rien à en tirer. Il avait senti le vent tourner et il savait que je n'étais plus en situation d'obtenir quoi que ce soit. C'était un peu comme si, à ses yeux, je faisais déjà partie du monde des morts. Il avait compris que, les quatre mille euros, c'était comme s'ils étaient déjà à lui ; aussi sûr que s'il les avait honnêtement gagnés…

Si le monde avait été bien fait, à cet instant précis, je lui aurais écrasé mon poing sur la figure. Et encore, ce serait rien à côté de ce que mérite celui qui vous fait un coup pareil. Mais j'attirais déjà suffisamment l'attention en débarquant ici, ça ne servait à rien de me mettre en plus le service d'ordre sur le dos. Probablement que ça aussi il le savait. D'ailleurs, le départ de la première course approchait et il me restait encore une ou deux choses à régler. Je me suis éloigné sans rien lui dire.

J'ai dû tourner un petit moment avant de tomber sur Manuel. En me voyant, celui-ci a eu l'air aussi stupéfait que s'il avait vu un revenant. Instinctivement, il a baissé la voix comme s'il était en train de faire une connerie en me parlant : « Mais qu'est-ce que tu fous là ? » soufflat-il en jetant des coups d'œil à droite et à gauche. Je n'ai pas voulu perdre de temps et je lui ai tout de suite expliqué que j'avais besoin qu'il m'avance de l'argent. Mais il ne m'avait même pas écouté :

« T'es pas au courant ? Victor te cherche, et il a pas l'air content ! Tu sais, je vais devoir lui dire que je t'ai vu…

— Je sais, je sais… Mais ne te fais pas de souci pour ça, ça lui passera. En attendant, j'ai besoin que tu me rendes un service… Alors si tu considères que tu ne me dois rien, dis-le tout de suite, et je te promets que je ne t'embêterai pas plus longtemps… »

Il voyait bien où je voulais l'entraîner et il ne savait pas trop comment s'en sortir. Je ne lui ai pas laissé le temps de se défiler :

« Manuel, franchement, je t'ai fait gagner pas mal d'argent, non ?

— C'est vrai, mais j'ai toujours…

— Et pas qu'une fois, hein ? C'est bien vrai, non ?

— Si, si. C'est vrai… »

C'était dit plus bas encore, presque à contrecœur. Alors j'ai essayé de prendre les choses de biais :

« À ton avis, comment est-ce qu'il réagirait, Bruno, si je le croisais et si je lui demandais de m'aider, comme je te le demande, à toi ? »

Manuel n'osait pas en dire du mal sans raison :

« Il te prêterait sans doute un peu d'argent, m'a-t-il répondu, parce qu'il en a et parce que tu l'as bien aidé lui aussi...

— On est d'accord. Ce serait normal de sa part... Eh bien figure-toi que je viens de le croiser et qu'il me doit quatre mille euros. Je te parle pas d'argent que je lui ai fait gagner, c'est vraiment de l'argent qu'il me doit, de l'argent que je lui ai prêté... Donc je lui ai demandé de me les rendre. Et tu sais ce qu'il m'a dit ? Tu veux savoir ? Il m'a dit qu'il ne pouvait pas. Comme ça. Alors je lui ai demandé combien est-ce qu'il pouvait me rendre, parce qu'il devait au moins pouvoir me donner quelque chose... Tu devineras pas ce qu'il m'a répondu. Il m'a dit rien. Il m'a regardé et il m'a dit je peux rien te donner pour le moment, même si c'est urgent, même si c'est pour toi, j'ai rien...

— C'est vrai ? Il t'a vraiment répondu ça ?

— Et il aurait été bien bête de pas me le dire... Parce qu'il sait que j'ai eu un petit souci avec Victor et que je vais devoir mettre les voiles pour quelque temps. Alors s'il se débrouille pour ne pas me le rendre avant que je parte, il a compris que cet argent sera à lui... Pour lui, le problème c'est pas de savoir si je lui ai fait gagner de l'argent (et tu te doutes que je lui en ai fait gagner pas mal...) mais c'est de calculer comment il peut m'entourlouper pour récupérer les quatre mille euros et se les mettre dans la poche au moment où j'en ai le plus besoin... »

Manuel écoutait tout ça, effaré. « Ce type ne m'a jamais inspiré confiance... », m'avoua-t-il.

Et je sentais qu'au fond de lui il était content d'avoir eu raison dans son antipathie instinctive. Du coup, il a aussitôt voulu me montrer que lui, Manuel, il n'était pas comme ça. Et j'ai bien compris que j'obtiendrais plus facilement grâce à son aversion pour Bruno que grâce à son amitié pour moi... Bref, il m'a dit qu'il n'avait pas beaucoup d'argent, mais qu'il m'aiderait un peu parce que, quand même, depuis deux ans, on avait formé une vraie équipe, un vrai tandem tous les deux... Et il rigolait en me rappelant notamment un coup, d'il y a deux ans, à Enghien... Ça en devenait interminable. J'ai regardé ma montre ; la course allait avoir lieu dans moins de dix minutes. Je lui ai dit que j'avais besoin de l'argent rapidement pour faire les mises et que ce serait impeccable s'il pouvait m'avancer trois ou quatre mille euros tout de suite. Je savais que ce n'était pas la peine d'en demander davantage. Il n'était tout de même pas naïf au point d'ignorer qu'il ne le reverrait pas son argent. Mais en entendant ça, il s'est mis à s'écrier à voix basse que quatre mille, c'était pas possible, que je n'y pensais pas, qu'il n'avait pas une somme pareille, etc., etc. Je voyais bien qu'il n'y avait pas beaucoup d'espoir. De toute façon, je ne pouvais pas m'attarder plus longtemps. Alors je n'ai pas insisté et je lui ai dit qu'il n'avait qu'à me donner ce qu'il pouvait, que je ferais avec...

Il tremblait presque en cherchant son portefeuille, il a encore tergiversé en me déroulant le détail de ses prochaines échéances, et il a fini par lâcher cinq cents malheureux euros. C'était pitoyable. Mais il fallait sans doute voir ça comme un acte de courage de sa part. Je lui ai dit que ça serait porté à son crédit le jour du Jugement dernier. Et c'était pas des blagues. Sur le moment je le pensais.

« Qu'est-ce qui se passe avec Victor ? m'a-t-il demandé pendant que j'empochais les billets.

— Je te raconterai tout ça un de ces jours…

— Va au moins le voir pour t'expliquer, m'a-t-il conseillé au moment de nous séparer. Tu sais bien qu'il a toujours été plutôt cool avec toi… »

Je suis arrivé juste à temps au guichet. J'ai déposé deux mille euros, c'était tout ce qui me restait. J'ai ajouté les cinq cents euros de Manuel. Il s'agissait de jouer serré. J'ai fait des paris croisés avec deux simples placés, pour être sûr de récupérer au moins une petite partie de la mise en cas de déroute, et un tiercé joint à un simple gagnant sur un cheval dont la cote était plutôt basse mais qui, à mon avis, avait ses chances. Le type a tapé tout ça sur sa machine et m'a tendu les tickets.

Quelques minutes après, les chevaux s'élançaient. Je me suis assis dans le hall, pour être tranquille, et j'ai regardé la course sur l'écran. Je gardais plus particulièrement un œil sur les chevaux joués en tiercé. C'était surtout là-dessus que je comptais pour gagner quelque chose qui en valait la peine. Les deux premiers chevaux étaient bien partis pour l'emporter mais mon troisième restait encore loin derrière. Il allait nécessairement finir par rattraper son retard parce que c'était un finisseur, mais la course se jouait sur une distance intermédiaire, et toute la question était de savoir s'il aurait le temps pour faire sa remontée. Alors je n'ai plus regardé que lui. Il portait le numéro huit. C'était un beau cheval noir qui ne donnait pas l'impression de peiner mais qui, à mon goût, se trouvait un peu trop coincé dans la queue du groupe. Ça a duré un bon bout de temps comme ça. J'ai bien cru qu'on s'en sortirait pas et ce n'est qu'à six cents mètres de la ligne d'arrivée, tandis que le peloton commençait à sérieusement s'étirer, qu'il a réussi à se détacher par l'intérieur. À partir de ce moment-là, il a réduit l'écart, et de plus en plus vite… Vu comme ça, sur un écran, on aurait même dit qu'il avait subitement donné une forte accélération ; mais ce n'était pas le cas. C'était un cheval qui se connaissait, et qui courait avec une régularité admirable. Du coup, quand les autres, qui étaient partis comme des flèches, commençaient à tirer la langue, lui, il se trouvait encore dans son bon rythme. Ce qui fait que ce n'était pas lui qui gagnait du terrain, c'étaient les autres qui en perdaient. Et il fallait juste prier pour que la ligne d'arrivée ne soit pas là trop tôt. Parce que je la voyais approcher dangereusement, cette ligne, et avec elle le moment où les positions seraient définitivement scellées. À ce moment-là, je n'ai pas pu m'empêcher de me dire qu'il aurait fallu le leur faire savoir, à ce cheval et à son jockey, tout ce que ça représentait pour moi, ces dernières centaines de mètres, et je me disais aussi que, s'ils l'avaient compris, peut-être qu'ils auraient donné quelque chose de plus, ce petit quelque chose qui risquait de terriblement manquer... Bref, pendant que je me creusais la tête pour trouver un moyen de leur donner télépathiquement un coup de pied au cul, les chevaux de tête, eux, n'en étaient déjà plus qu'à quelques encolures du poteau et au moment précis où le premier franchissait la ligne, le huit en était encore d'une tête derrière le troisième. Je n'ai pas lâché l'écran des yeux et je peux bien dire que je sentais déjà les larmes monter mais, là où la magie a opéré, c'est que, grâce à sa lancée, mon huit a continué à gagner du terrain pendant cette brève seconde, de telle sorte qu'au moment où il franchissait la ligne à son tour, il était passé troisième d'un nez à peine devant le quatrième... En faisant glisser la main dans mes cheveux et je les ai sentis trempés à la racine.

J'étais maintenant debout, le nez en l'air, le plus près possible de l'écran mais c'était pas facile de distinguer d'aussi petites différences. Alors, quand l'arrivée a été repassée au ralenti, je n'ai pas lâché des yeux les quelques pixels qui prouvaient que j'avais bel et bien les trois de tête, le tiercé complet... Et je me sentais incroyablement fier, fier comme quelqu'un qui, pour la première fois de sa vie, a le sentiment d'avoir accompli un vrai bon boulot.

Dès que le classement d'arrivée a été validé, je me suis rendu au guichet le plus proche. La somme totale des gains s'élevait à 54 637 euros. J'ai empoché le chèque et j'ai quitté l'hippodrome sans perdre de temps.

Je sentais mon cœur battre.

Je croyais encore que j'avais eu raison de venir tenter ma chance, même au risque de me faire repérer. Et, tout en conduisant, il me semblait sentir le chèque me réchauffer la poitrine, physiquement. Il faut dire qu'à ce moment-là c'était ni plus ni moins que quelque chose comme un aller simple pour le bonheur et je devais sacrément me surveiller pour ne pas rouler trop vite en traversant le bois de Boulogne, tellement j'avais maintenant envie de brûler les étapes… À plusieurs reprises, j'ai quand même vérifié que je n'étais pas suivi et, autant qu'une circulation plutôt dense permettait de l'affirmer, il me semblait que, de ce côté-là, tout était normal.

Arrivé aux abords de l'hôtel, il a évidemment fallu que je tourne pas mal avant de trouver une place et je me suis résigné à me garer sur un stationnement interdit en me disant que ce ne serait que l'affaire de quelques minutes. J'avais envie de courir. J'ai dû me forcer pour ne pas le faire mais j'avançais tout de même à la vitesse du banlieusard pressé. Au moment de traverser la rue, je n'ai pas pu m'empêcher de lever les yeux, instinctivement, jusqu'aux fenêtres du troisième étage. J'ai reconnu sa silhouette, derrière l'une des fenêtres. C'était elle, il n'y avait pas de doute. J'ai alors souri et j'ai traversé.

Tout cela s'est passé il y a maintenant une dizaine de minutes.

En arrivant sur le trottoir d'en face, je n'étais plus qu'à quelques mètres de la porte de l'hôtel. Tout paraissait tellement calme. Je crois encore me souvenir qu'il y avait, à cet instant-là, un vélo qui remontait la rue, une voiture qui venait en sens inverse… C'était une de ces rues du XVe arrondissement où il n'y a pas beaucoup de passage en journée. J'ai dû croiser, en tout et pour tout, deux ou trois passants auxquels j'étais d'ailleurs trop pressé pour prêter attention. Je ne me suis même pas aperçu que l'un d'entre eux venait de s'approcher de moi.

34

Time is money.

Et c'est venu comme une chose de tous les jours. Quelqu'un qui m'a bousculé… Son épaule est juste entrée un peu plus franchement dans la mienne et, dans le même temps, j'ai senti quelque chose de glacial qui me glissait sous les poumons. L'homme s'est dégagé. Je n'avais même pas fait attention à son visage. Il m'a maintenu du bout de la main, en partant, comme on maintient un convalescent qu'on a aidé à faire quelques pas et qui pourrait chanceler si on le lâche d'un coup. Je me suis retrouvé debout, sans oser avancer. Mais ça n'a pas duré longtemps. Et je crois que je n'ai pas vraiment eu conscience de la douleur quand mon genou a percuté le sol, tellement j'étais stupéfait par ce qui m'arrivait. Puis ça a été la tête et tout a été noir pendant quelques instants.

Quand mes yeux se sont rouverts, de là où ils étaient, collés au sol, le trottoir m'a fait l'impression de se dérouler à l'infini, et la rue ne ressemblait déjà plus à rien. J'ai voulu comprendre qui m'avait fait ça. Et, heureusement, je n'ai pas eu à chercher très loin. Ça m'a fait sourire. C'était bien la preuve qu'il me restait encore pas mal de choses à apprendre sur la nature humaine... En tout cas, maintenant que je savais, je pouvais partir en paix... Tout a commencé à se troubler et j'ai senti mes yeux se refermer d'eux-mêmes.

On en serait probablement restés là si, juste au moment où mes paupières allaient se rejoindre, je n'avais pas cru apercevoir, tout là-bas, une silhouette qui s'avançait vers moi... Une silhouette que je connaissais, que j'avais déjà vue, *sa* silhouette... Ça a suffi à provoquer un dernier sursaut... C'était pas possible de mourir maintenant, au moment où elle réapparaissait enfin... Alors j'ai lutté pour garder les yeux ouverts, jusqu'à ce qu'elle se penche vers moi, exactement comme la première fois. Et j'ai su, à cet instant, que je ne m'étais pas trompé. C'était bien lui, ce regard... ce regard que j'avais si longtemps cherché et que je retrouvais, aussi incroyable que ça paraisse, là, maintenant... Anna...

J'ai voulu la toucher et il m'a semblé entendre à ce moment-là comme une musique autour de nous. Puis je me suis aperçu que ce n'était pas une musique mais sa voix et qu'elle était en train de me parler sans que je comprenne très bien ce qu'elle disait. J'ai aussi senti sa main sur mon visage. Les mots se sont alors mis à avoir un sens :

« Qui est-ce qui t'a fait ça ? » me demandait-elle. Et j'ai alors compris que c'était la voix de Clara.

« Clara... je m'étais pas trompé, c'était bien toi... Anna... ce soir-là, le soir où...

— C'était moi... », m'a-t-elle répondu. Et elle a posé sa main sur mes cheveux.

J'ai souri comme un enfant qui s'aperçoit que les deux parties de son puzzle se rejoignent. Anna...

J'ai pris sa main dans la mienne.

« Pourquoi tu ne me l'as jamais dit ?

— Je savais que ça ne t'amènerait rien de bon... Si je te laissais m'aimer, d'une manière ou d'une autre, ça finirait mal. C'est comme ça : jusqu'à maintenant, ceux qui se sont attachés à moi ont toujours fini par le payer cher. J'avais pensé qu'en te montrant de quoi je vivais et en te cachant que j'étais celle que tu cherchais, tu t'éloignerais plus facilement. Tu vois le résultat... »

Je l'écoutais me dire tout ça sans pouvoir m'empêcher de sourire. La seule chose que je retenais, la seule qui importait désormais, c'est qu'elle était enfin là, près de moi... J'ai serré sa main plus fort.

« Rien... Anna, rien de ce que tu m'as attiré n'était un mal. Même si je dois y rester... Mais dis-moi au moins ce que tu faisais là quand ils m'ont tiré dessus ? »

Sa voix était de plus en plus lointaine... Ce que j'ai pu comprendre, c'est que peu après son arrivée en France, elle avait cherché à savoir qui étaient les types qui la faisaient travailler, avant de tenter quoi que ce soit. Un jour, elle les avait vus descendre l'escalier avec des armes et monter dans une Mercedes. Ça aurait pu en rester là mais, en rejoignant le boulevard, elle avait reconnu la voiture, garée dans une rue parallèle, et eux dedans… Alors elle a attendu sous un porche, elle aussi. Au bout d'un moment, la voiture était repartie et avait tourné un peu plus loin, à ce que j'ai compris et, elle, elle était arrivée à l'angle de la rue juste à temps pour entendre les coups de feu et pour me voir tomber.

« J'aurais dû m'enfuir, mais… en te voyant à terre, j'ai repensé à Nikolaï. Je me suis approchée. Tu étais comme… comme maintenant, alors je t'ai pris dans mes bras, comme ça. Toi, tu me tenais la main, comme si tu avais peur que je la lâche, alors je t'ai dit que je ne te quitterais plus. On ne se connaissait pas mais j'ai senti que tu avais besoin d'entendre ça. Et moi, j'étais prête à tout pour ne pas voir à nouveau quelqu'un mourir sous mes yeux. Alors je t'ai fait des promesses que je ne pouvais pas tenir, je t'ai fait la promesse que tu vivrais… Au fond, tu sais, moi non plus je ne me souviens plus très bien de ce qui s'est passé… À certains moments, j'ai même cru que je parlais à mon frère, que je l'avais retrouvé… Tiens, tu te rappelles quand tu m'as demandé mon nom, je t'ai dit que je m'appelais Anna. C'était pas un mensonge. C'était comme ça qu'il m'appelait, lui, et c'est aussi la dernière chose qui est sortie de sa bouche. Anna… J'étais soudain revenue des années en arrière et c'était comme si on me donnait une nouvelle chance de le retenir… Alors, à ce moment-là, c'est devenu comme un pacte. Ce que je n'avais pas réussi pour lui, je voulais le réussir avec toi. J'avais besoin que tu vives, j'avais besoin que tu t'en sortes… Et même si je ne te connaissais pas, tout ce que je t'ai dit, je l'ai pensé. Ça a duré jusqu'à ce que les secours arrivent. Après, en reprenant peu à peu mes esprits, je n'étais plus très sûre de bien comprendre ce qui m'était arrivé. Je m'en suis même voulu. Et j'ai tout de suite su qu'il allait falloir tirer un trait sur ce qui venait de se passer : si les types du réseau découvraient ce que je savais, il ne me restait pas une heure à vivre… Alors tu imagines l'effet que ça m'a fait le jour où tu m'es tombé dessus… J'ai vraiment été prise de court. Je ne savais plus ce que je devais faire… Et quand j'ai vu que toi-même tu n'étais pas très sûr de me reconnaître, j'ai finalement préféré ne rien dire… »

Mais elle a ajouté qu'elle regrettait de me l'avoir caché si longtemps, et qu'elle avait l'intention de me l'apprendre aujourd'hui, quand nous serions loin de Paris… « J'étais si heureuse à l'idée de te le dire, m'avoua-t-elle, et à l'idée de t'entendre à nouveau m'appeler Anna. Parce que je savais à quel point c'était important pour toi. Je te l'aurais dit en haut d'une colline, à l'heure du coucher de soleil… Je voulais que tu n'oublies pas cet instant… »

Et moi, je la regardais. Je regardais Anna. Mais j'avais aussi de plus en plus de mal à respirer… Ça m'a fait repenser à l'argent…

« Clara... Une dernière chose... Il faudra que tu ailles voir ma sœur... C'est important. Dis-leur pour le chèque... Tu sais pas ? J'ai gagné aux courses. C'est drôle, non ?... Il est dans la poche de ma veste. Dis-leur que je veux que ça te revienne. Ils me doivent bien ça. Dis-leur juste que c'est mon yacht à moi, ils comprendront... À ce propos, Clara : quoi que tu apprennes, par la suite, au sujet de Victor, il ne faudra pas que tu lui en veuilles. Au fond, il n'est pas plus mauvais qu'un autre, c'est juste qu'il n'aime pas qu'on lui joue des mauvais tours... Et ce qui vient d'arriver, je peux m'en prendre qu'à moi... De toute façon, maintenant, je sais qu'à ses yeux on est quittes... D'ailleurs, ma sœur sera de ton côté. Elle fera pour toi tout ce qu'elle regrettera de ne pas avoir fait pour moi... Alors va les voir... Parce que, Victor, je le connais : il ne sera quand même pas très fier de ce qu'il a fait. Et ça lui tiendra à cœur de t'aider, en souvenir de moi... »

Mais elle ne voulait pas que je parle comme ça. Elle disait que j'allais m'en sortir...

« Non, Clara, non... Tu sais, il y a une balle contre laquelle les médecins n'auront rien pu faire. Elle m'a touché là, dès que je t'ai vue, et je suis bien content de ne pas l'avoir évitée, même si c'est à cause d'elle que je meurs... »

Je ne la lâchais plus des yeux, maintenant qu'elle était là. Je n'avais plus besoin de chercher quoi que ce soit d'autre. Elle était là. Je sentais que tout le reste s'éteignait et ses yeux étaient si doux qu'à les regarder c'était comme si je m'endormais peu à peu, dans du duvet... Alors j'ai compris qu'elle allait bientôt partir et j'ai voulu entendre une dernière chose de sa bouche :

« Anna... Dis-moi, on aurait été heureux, hein ? »

Je l'ai regardée. Elle ne disait rien et je ne voyais plus très bien ses yeux. Alors je lui ai dit que j'avais besoin de savoir ce qu'elle en pensait, même si c'était pas agréable... Mais, à nouveau, elle n'a rien répondu. Ça m'a fait mal.

« Anna... J'aurais préféré que tu me dises franchement non. Au moins, ça aurait été une réponse... »

J'ai soudain senti sa main sur mon épaule.

« Une réponse à quoi ?

— Anna... La question que je viens de te poser...

— Quelle question ? Tu ne dis plus rien, Daniel. Ça fait un moment que je te parle et c'est comme si tu ne m'entendais pas. Mais ne t'arrête pas, continue à parler comme ça, c'est bien... Promets-moi de ne pas t'arrêter... »

Ça m'a troublé qu'elle me dise ça et, à la réflexion, je n'étais pas moi-même très sûr d'avoir vraiment parlé. J'ai essayé de faire un dernier effort, sans la lâcher des yeux. C'était un moyen de me convaincre que je lui parlais, à elle, et que ça ne se passait pas seulement dans ma tête...

« D'accord, Anna... je vais essayer de continuer à te parler. Serre-moi la main très fort si tu vois que je m'arrête. Il me semble que je sens encore tes doigts. Ça me rassure. Ça veut dire que je suis encore là. Et je te vois aussi, et tant que je continue à te voir, je n'en demande pas plus… Je me trompe peut-être, je ne sais pas si elles sont à moi ou à toi, mais il me semble même que je vois des petites larmes sur tes joues. Tu sais, en y réfléchissant, je crois que ça ne serait pas si triste que je meure maintenant. C'est sûr que c'est jamais le lieu et jamais le moment, mais franchement, Anna, ça aurait pu être pire, j'aurais pu ne pas t'avoir retrouvée. Alors, après tout, ça me va. Ça me va de partir comme ça… C'est étrange ce que je ressens. C'est comme si plus rien n'était vraiment grave. Et je n'en veux même pas à celui qui m'a fait ça, tu te rends compte ?… Oui, même à toi, Victor, je ne t'en veux pas. Et je suis même désolé de t'avoir obligé à le faire, réellement désolé. Ça a pas dû être facile, pour toi, de devoir en arriver là… Mais reconnaît que, si j'ai été un peu bête, sur ce coup-là, t'as pas été brillant non plus… Je vois ça d'ici… T'as dû te croire malin avec ton idée de faire d'une pierre deux coups : d'un côté me faire payer ma vacherie et de l'autre éliminer Youri et son équipe étant donné qu'avec Clara dans l'affaire les soupçons allaient porter sur eux. Ah ! Laisse-moi rire… Ce bon capitaine Braudel, en voyant mon cadavre, qu'est-ce qu'il va penser en premier à ton avis ? Tu comprends, je suis ton beau-frère et ça fait un an qu'il a ton dossier sur le dos. Alors, crois-moi, il va pas rater l'occasion. Et dès qu'ils auront réuni tes affaires et les miennes, en plus des infos que Youri leur lâchera sur ton compte, lui et les types de la direction des courses et des jeux pourront s'en donner à cœur joie… Un sacré gâchis que tu as fait là… Oh, Victor ! Tu peux pas t'imaginer ce que c'est de devoir partir juste quand on commençait à toucher au bonheur… Si tu avais vraiment su à quel point ça fait mal, crois-moi, tu te serais pas acharné, tu m'aurais laissé m'en tirer. Parce que c'était la meilleure part qu'il me restait à vivre, Victor, la meilleure part… Et le plus drôle, c'est qu'il y avait un moyen pour que tout le monde s'en sorte sans encombre. Si, si, je t'assure. Je vais t'expliquer… »

Mais à ce moment-là, je me suis arrêté. Je ne savais plus très bien pourquoi je ne parlais plus à Clara… J'ai eu peur et j'ai rouvert les yeux. Heureusement, elle était toujours là. J'ai serré sa main un peu plus fort. Je me suis demandé depuis combien de temps je lui parlais. Il me semblait que les choses avaient changé. La lumière n'était plus vraiment la même et la rue paraissait désormais complètement silencieuse. J'ai pris le temps de bien regarder son visage. Je savais maintenant que c'était la dernière chose que je verrais de ce monde. Et j'y trouvais de la force et du calme. Mais je me suis aussi souvenu de la promesse que je lui avais faite. Alors, et sans même savoir si elle m'entendait encore, je me suis juré de continuer à parler jusqu'au bout :

« En tout cas, Anna, il ne faudra rien regretter… Parce que, avant de te rencontrer, je n'avais le souvenir d'aucun visage à emporter avec moi. Et tu sais, Anna, tu sais ce qu'il y a de plus beau dans ton visage ? C'est que j'ai l'impression qu'il continue à me promettre quelque chose… Je ne sais pas ce que ça peut vouloir dire vu que tout est déjà en train de s'éteindre peu à peu mais, lui, il continue à être là, bel et bien là, et on dirait qu'il me parle de l'avenir, de mon avenir… C'est étrange, Anna, puisque je m'en vais et que toi et moi, maintenant, on ne saura jamais ce que ça aurait pu devenir. Mais, lui, il continue pourtant à m'en parler, comme s'il en savait quelque chose, et même maintenant, au moment où j'en ai le plus besoin, il me donne envie d'y rêver… Il me dit qu'il y a un monde encore tout proche du nôtre : c'est le monde dans lequel on aurait réussi à prendre cette autoroute, et où ensuite on se serait réveillés des milliers de fois sous les yeux l'un de l'autre… Oui, quand je te regarde, c'est vraiment comme si tout ça était encore à portée de main. Il s'en est fallu de peu, tu crois pas ?… Tu ne réponds pas… Mais je sais que tu es là… Il faut vraiment y penser à ces choses avant que ce soit balayé. Et ne me dis surtout pas, Anna, que tout cela n'est plus que du vent, parce que ce monde-ci où on est, il est réel, lui, bien réel, atrocement réel et toi et moi on y a assez souffert pour que personne ne vienne nous dire le contraire… Alors réfléchis, si nous sommes bel et bien réels, tout ce qui vient de nous l'est un peu à son tour, non ? Et les rêves aussi, n'est-ce pas Anna ? c'est de la logique… Et, si c'est ça, tu vois bien que les mondes possibles auxquels on pense ne sont pas rien du tout… Mais tout ça je le dis tellement mal et tu vas trouver que je m'embrouille et que déjà je perds le fil… Si tu savais pourtant comme c'est clair en ce moment devant moi. Je n'avais jamais pensé à toutes ces choses... Ce que je voudrais te dire, avant de partir, c'est que quand tu penseras aux enfants qu'on n'aura pas eus, à la maison dans laquelle on n'aura jamais vécu, à tous les bons moments qu'on n'aura pas connus, eh bien tu auras autant le droit d'y penser que ceux qui repensent à de vieux souvenirs. Parce que cette vie-là, elle est là, au bout de cette rue et il suffirait que toi et moi on se lève pour la rejoindre. Alors c'est qu'elle est bien quelque part et qu'elle ne vaut pas moins que leurs vieux souvenirs... Et toi, tu auras le droit d'y penser, aussi longtemps que tu vivras tu auras le droit d'y penser comme à une chose qui a existé. C'est important de se dire ça, tu comprends ? En tout cas, moi, je nous vois, Clara, je nous vois au milieu de ce bonheur, et je t'assure qu'à cet instant précis je n'ai pas besoin d'autre chose... Oh oui... Si tu savais comme c'est facile de partir en pouvant croire qu'il y a une partie de moi qui reste dans ton regard. C'est ça que tu m'as apporté. Et tu n'imagines pas ce que c'est. Ça paye tout le reste. Et moi je ne crois pas que je t'ai apporté le tiers du quart de ça... Voilà, c'est ce qu'il faudra bien que tu te dises, que grâce à toi, juste à temps, juste au moment où j'allais quitter un monde vide, j'ai enfin pu toucher au bonheur. Et alors tu seras la seule à avoir su pourquoi, malgré tout ce que je rate, j'ai quand même envie de sourire... Quelle chance j'ai eue... J'en frissonne encore. C'est comme si je découvrais les choses pour la première fois, comme si je venais juste de naître, et c'est pourtant la fin... Ça prouve bien qu'il n'est jamais trop tard, Anna, tu crois pas ? En tout cas, je m'en rends bien compte, moi, quand je pense à cette façon que vous avez eue, toi et ton visage, d'arriver dans ma vie, comme ça, *in extremis*… »

Je tiens à adresser mes remerciements à Jean-Étienne Pieri pour sa relecture attentive, à Romain Forment pour ses conseils, à Hélène Bihèry et l'équipe du Masque pour leur confiance et la qualité des échanges autour de ce texte, à Mélanie pour tout le reste.

Pour l'éditeur, le principe est d'utiliser des papiers composés de fibres naturelles, renouvelables, recyclables et fabriquées à partir de bois issus de forêts qui adoptent un système d'aménagement durable.

En outre, l'éditeur attend de ses founisseurs de papier qu'ils s'inscrivent dans une démarche de certification environnementale reconnue.

Composition réalisée par FACOMPO (Lisieux)

Achevé d'imprimer en septembre 2010, en France sur Presse Offset par
Maury-Imprimeur - 45330 Malesherbes
N° d'imprimeur : 158651
Dépôt légal : octobre 2010 - Édition 01